U0575341

荣斋故事

孙培功　孙宇 著

云南人民出版社

图书在版编目（CIP）数据

荣斋故事 / 孙培功，孙宇著. -- 昆明：云南人民
出版社, 2024.1

ISBN 978-7-222-22197-0

Ⅰ.①荣… Ⅱ.①孙… ②孙… Ⅲ.①故事—作品集
—中国—当代 Ⅳ.①I247.81

中国国家版本馆 CIP 数据核字（2023）第 222817 号

责任编辑：杨 惠
责任校对：刘松山
装帧设计：蓓蕾文化
责任印制：窦雪松

荣斋故事
RONG ZHAI GUSHI

孙培功　孙宇　著

出版　云南人民出版社
发行　云南人民出版社
社址　昆明市环城西路 609 号
邮编　650034
网址　www.ynpph.com.cn
E-mail　ynrms@sina.com
开本　720mm×1010mm　1/16
印张　18.5
字数　270 千
版次　2024 年 1 月第 1 版第 1 次印刷
印刷　成都新恒川印务有限公司
书号　ISBN 978-7-222-22197-0
定价　48.00 元

如有图书质量及相关问题请与我社联系
印制科电话：0871-64191534

云南人民出版社微信公众号

序　言

　　当今社会，人们获取信息与知识的渠道多元，阅读与娱乐的形式繁多，其内容也更广博繁杂。同时，生活节奏快，很多人无暇进行长篇阅读，也难以做到深入思考，知识来源碎片化的问题也很突出，这些问题使人变得浮躁。如果能让人们在忙碌之中读到一些短小精悍、引人思考、给人启迪的完整精辟的小短章，在轻快的短章之中体会到深刻，在匆忙之中获得片刻沉潜的时光，感受到心灵沉静的力量，无疑是一件很有意义的事情。

　　作为短篇故事的写作者，我是有些体会的。写好短篇故事，其实不那么容易，短篇故事的写作过程是严谨的，与片段化的即兴表达很不同，要写出凝练深刻、趣味盎然的故事，首先要细致地观察，深入地思考，提炼出生活与思想的精粹之处，然后用简约、准确而生动的语言把生活经验、道德观念、思想意识以及人生经验与教训等凝练成一篇篇小故事，做到精练而传神，唯有这样，才不让人觉得这是枯燥乏味的说教，给人带来阅读乐趣的同时发人深省，给人以启迪。写短篇故事是个细水长流的过程，不能贪多求快，要在生活中边观察、边体会、边思考。不过，写短篇故事是一件很有乐趣的事情，不仅故事中的人和事、生活经验、生活哲理等都是丰富有趣的，就连出现在故事中的动植物或微生物，它们本身就是非常有趣的生命体，不仅有着丰富多彩的生命形态，从人类的角度来看，它们还有饶有趣味的生活，深入了解它们后，会获得很多感触与启发。通过短篇故事，让人与自然发生更多趣味横生的关联，这也让思想的载体变得更丰富，使人对生活的感悟更广博更深刻。通过写短篇故事，更能体会大自然的多姿多彩，领会生活表象之下的更多生活内涵，了解生活的更多层次，看问题更通透，心态更平和包容。写作短篇故事的过程让作者受益良多，让读者在阅读故事时更受益，则是作者的美好愿望。

《荣斋故事》中的小故事有的教导人们正直勤勉，有的劝勉大家谦虚好学，有的警示人们尊重规律、敬畏自然，有的赞美善良勇敢、默默奉献，有的斥责懒惰怯懦、鞭挞恶人恶事，内容不一而足，无一不是想通过这些健康质朴的内容传递温暖，引人向善，引导人们做积极向上的好公民，激励大家发光发热，为祖国建设贡献自己的一分力量。国家兴亡，匹夫有责，作为一名任教四十载的人民教师，手持一支粉笔，胸怀一颗丹心，深知三尺讲台系国运之道理，也深谙一生秉烛铸民魂之重要。作为普通民众的我们，唯有热爱生活，热爱家乡，热爱祖国，坚定信念，勤劳勇敢，勇于奉献，为过上美好生活而努力，为祖国的建设和发展添砖加瓦，肩负起对自己、对社会、对祖国的责任，才不负时代，不负自己，不负祖国。

如今我已经退休十几年，对退休生活也有很多感触。有人退休后喜欢旅行，游览祖国的壮美山河，体会大千世界的丰富纷繁；有人热爱唱歌跳舞，强身健体的同时愉悦身心；有人爱好三五好友相聚对弈，在楚河汉界中叱咤风云；有人则热爱户外运动，在户外骑行或爬山攀岩中体会乐趣，如此种种，都是很好的爱好，都能让退休生活丰富多彩，而自己则是喜欢喝茶看书，侍弄花草，安闲地散步，再在沉静中提笔写点东西，与其说写作是爱好，不如说写作是给自己一些表达机会，表达对生活的感悟，对美好生活的感激，对祖国繁荣昌盛的赞叹，对国家长治久安的祝福，祖国日新月异的发展变化令人激动欣喜，倍感振奋，很多时候，提笔书写时会想起先辈，怀念他们的音容笑貌，感慨他们吃苦耐劳、坚忍顽强的一生，很多人没等过上好日子便去世了，每想到此不禁让人泪盈于睫，如果他们有幸活到现在该多好！尤其是毛泽东主席、周恩来总理等那些为了祖国呕心沥血、鞠躬尽瘁的老一辈无产阶级革命家，那些曾为祖国上刀山下火海的英勇战士，那些铁骨铮铮为祖国捐躯的豪杰英烈，如果他们能亲眼见证今天祖国的强盛、民族的复兴，亲历民康物阜、国泰民安之盛景，看到我们连"可上九天揽月，可下五洋捉鳖"这样的凌云壮志都实现了，该是多么幸福欣慰，豪情满怀！

本序言用毛泽东主席壮怀激烈的豪迈之词作为结尾，致敬先辈，致敬奋勇前进的祖国和人民：

水调歌头·重上井冈山
毛泽东

久有凌云志，重上井冈山。千里来寻故地，旧貌变新颜。到处莺歌燕舞，更有潺潺流水，高路入云端。过了黄洋界，险处不须看。

风雷动，旌旗奋，是人寰。三十八年过去，弹指一挥间。可上九天揽月，可下五洋捉鳖，谈笑凯歌还。世上无难事，只要肯登攀。

如果读者朋友能从该书中获得些许有益的感悟与积极向上的力量，作为作者的我就倍感欣慰了。

孙培功

2022 年 10 月 28 日于日照市教授花园

目 录
CONTENTS

目
录

目
录

目
录

一群懒汉

　　一群懒汉躺在河边的沙滩上晒太阳。太阳已偏西，他们的肚子饿得咕咕叫，好像敲锣打鼓唱小戏一般，可他们谁都不愿起来舀稀粥喝、掰大饼吃。实在耐不住饥饿，一个懒汉动了下脑筋，出了个主意：谁先说一句话，谁就起来伺候大家吃喝。

　　众懒汉一致同意这个提议，大家认为，自己懒到连说一句话都嫌费力的程度，不说话，不是正好吗？大家都对自己能赢得比赛的懒惰能力深信不疑。

　　可是，跑来了一只狗，把一个懒汉的脸颊舔得奇痒难耐，他强忍着，最后实在忍不住了，轻轻地"哼"了一声。这声"哼"简直是众懒汉的福音，"哈哈哈！"懒汉们实在高兴坏了，终于不用担心自己起来劳动了！众懒汉嚷道："快快快，赶紧给我们分食物！我们一秒钟都等不下去了！"

　　虽然大家使劲地催，可这个懒汉实在太懒了，同时他还觉得很委屈，还在纠结"哼"一声究竟算不算是说话，他认为这一声轻微的"哼"，极尽克制，有气无力，似有若无，实在不该算作说话。因此，他迟迟没起来分食物。

　　那只舔懒汉的狗凑近稀粥闻了闻，觉得清汤寡水的实在没什么喝头，就一嘴把粥锅拱翻了，然后叼起大饼就跑了。

　　没有了食物，懒汉们只好饿着肚子继续躺着，抱怨狗，抱怨被拱撒了的稀粥，抱怨被叼走了的大饼，当然，更抱怨那个明明"哼"了一声却不起来分食物的懒汉。

小萝卜找坑

有一个小萝卜，被一阵狂风从小窝里刮了出来，大风卷着泥土把它的小窝填满，没有它的坑了。它努力地寻找，终于在另一个地方找到了一个坑，狠命地扎下根，又茁壮地生长起来，最后长成了一个抱不动的大萝卜。

又有一个小萝卜，也被狂风从窝里刮了出来，它想，爱咋地就咋地吧，既然已经被刮了出来，那我就带着我的萝卜缨一起在地上滚来滚去，体会像飞一样的感觉，也很快活。它只顾眼前滚得欢，不再找坑，最终变成了一个萝卜干。

还有一个小萝卜，同样被狂风从窝里刮了出来，它感到自己很倒霉，为什么别的萝卜没被刮出来，而我却要遭此厄运？它自怨自艾，很是忧伤。直到另一个被刮出来的萝卜开导了它，它才打起精神去找坑，虽然找到了坑，还是常常为自己曾经的遭遇而悲伤，长期郁郁寡欢，没长好，最后只是长成了个小萝卜。

面对厄运，不同的态度会有不同的结局。

猫入虎列

一只猫立志好好捉老鼠，变肥硕，变富有，然后加入老虎行列。

经过不懈地努力，它还真把自己训练成了捕鼠能手。它捉了一大堆老鼠，把自己养得很肥壮，然后把吃剩的老鼠全部变卖换成了钱。它美滋滋地想：老虎占山为王，多神气啊！我现在有钱了，长得也强壮威武，要是加入了老虎行列，我也会威风凛凛，在众兽之中也有响当当的威望了。

说做就做。这只猫双手捧着厚厚一摞钱来找虎王，想跟虎王申请加入虎列。猫到来时，虎王正饿，但又懒于去捕食，于是就眯着眼睛养神。忽然听到"虎大王！虎大王！"的叫声，睁眼一看，一只肥猫正双手举着一摞纸站在自己面前。虎王喜出望外，心想：本大王正饥饿难耐，就有肥猫送上门了，何等快哉！只是这肥猫手上托着的这摞花纸是什么东西？不管了，先解决我肚子饿的问题吧！没等猫反应过来，虎王一个饿虎捕食，三口两口就把猫吃掉了。

目标错误的奋斗，结局往往是场灾难。

小猴的伤痕

南山上生活着一只老猴和一只小猴，老猴教育小猴，世界凶险，要好好练武学本领，但小猴就是不听话，不肯下苦功，只会些花拳绣腿。

有一次，小猴出去玩耍迷了路，只好露宿野外，半夜来了一只大狐狸要吃它，它与狐狸搏斗，被狐狸咬伤了腿。经过几番挣扎，好歹逃脱了。

黑夜过去，白昼来临。来了一只善良的白胡子山羊，山羊爷爷帮小猴包扎了伤口，并告诉它："你的伤口很大很深，以后恐怕要留下瘢痕了。不过这样也好，每当看到这个瘢痕，你就会想起曾经遇到的危险，它会激励你好好学习本领，好好练习武功。"

这只小猴终生带着这个瘢痕，这是它保存记忆的地方，是激励它前进的图腾。之后，它勤练武功，努力学习本领，长大以后成了本领高强的猴王。

狗和猫

一户人家养了一只狗和一只猫。

一天晚上，家里来了一只老鼠，狗先看见了，"汪汪汪"地大声呼唤猫，让它赶紧过来捉老鼠。猫听见狗在叫它，慢腾腾地回答："我正睡觉呢，不要叫我了!"

猫不起来捉老鼠，狗很无奈，就自己跑去捉，没捉到，反而把老鼠吓跑了。这一幕恰巧被主人看见了，主人拿起笤帚不容分说地把狗打了一顿："我让你狗拿耗子——多管闲事，要不是你把老鼠吓跑了，猫就捉到它了!"

又一天晚上，一个小偷进了家门，负责看门的狗没有叫，猫对狗说："你快去叫醒主人吧!"狗说："这不关你的事，捉你的耗子去吧!"猫见狗根本就不去叫醒主人，就进屋声嘶力竭地"喵呜""喵呜"地叫，把主人惊醒了。主人拉亮电灯，灯光把小偷吓跑了，主人并没看到小偷，只看到了冲着自己大声叫唤的猫。因为打扰了主人睡觉，主人用笤帚不容分说地把猫打了一顿。

狗得意地说："看到了没？猫多管闲事也是要挨打的!"

嫌毛重的羊

一只羊总是嫌身上的毛重，就让毛一团一团地往下褪，最后成为一只赤身裸体的无毛羊。

它的生活因为无毛而改变了。夏天，因为完全没有毛，蚊蝇很容易就能吸到它的血，不断地叮它；冬天，没有毛的覆盖，严寒会肆无忌惮地冻它，雪会直接落在它的皮肤上把它冻伤；它的朋友们也都嫌它丑，不再跟它玩耍，不但叫它懒羊，还常常笑话它裸体……本来觉得无毛一身轻，结果却是无毛寸步难行。

它得到了教训，又努力地长出了新毛，当身体被新毛覆盖住之后，它觉得自己那么安全，那么自在，再也不觉得身上的毛重了。

生活也一样，有时是要承受一些重量的，当你完全追求轻松时，往往会适得其反，反而变得压力重重。

苦瓜笑土豆

苦瓜见到了土豆，张开大嘴就笑，几乎把嘴角都笑裂了，它笑土豆有一脸麻子，并给土豆起了个外号：疤瘌脸。土豆气得不轻，就对苦瓜说："也不看看自己，浑身皱巴巴的，核桃都没有你皱！"

此时，核桃正经过此地，听到土豆讽刺自己，就说："我只是皱巴些，可我营养丰富，吃起来香啊！哪像苦瓜，不但浑身皱，吃起来也是真苦啊！"

苦瓜本来希望土豆和核桃打起来，自己看个热闹，没承想核桃并没讽刺土豆，而是嫌苦瓜苦。苦瓜心里很不快，就挑拨道："说你皱的是土豆，又不是我，你不找土豆算账，却嫌我苦，账算歪了吧？"

核桃说："你嘲笑土豆的话我全听到了，是你挑起的争端，你苦瓜不知自身皱，却笑土豆脸儿麻，你要是不笑话别人，谁还会笑话你？改改你的臭毛病吧！"

每个人都有自己的优点和缺点，要全面地看待一个人。不能只盯着别人的缺点，看不到自己的缺点。

爱 好

小麻雀喜欢四处飞着玩，这天，它打算去采访一下其他小动物，看它们有什么爱好。

小麻雀先是见到了小蜗牛，问道："小蜗牛，你平时有什么爱好呀？"小蜗牛说："我喜欢旅游。我把一对天线戴在头上，随时接收信息，信息灵通出去旅游真方便真自由！"

小麻雀见到了野兔，问野兔道："野兔，野兔，你有什么爱好呀？"野兔说："我爱钻到树林里挖土掏洞修房子，我把房子修得又舒适又容易逃跑。"

小麻雀又见到了蟋蟀，问蟋蟀的爱好，蟋蟀说："我是音乐家，当然喜欢音乐啦，我最爱弹琴，能弹一整天都不累！"

随后，小麻雀碰到了蚱蜢，问蚱蜢的爱好，蚱蜢说："还用问吗？我可是大名鼎鼎的运动健将，最爱跳高，天天不停地跳！"

小麻雀来到一个小广场，看到小狗和小猫正一起玩，就问它们有什么爱好，小猫抢着说："小狗爱到处撒尿！"小狗一听气得吹胡子瞪眼，对小麻雀说："小猫胡说八道，我爱给主人守门！小猫爱睡大觉，它是懒猫！"小猫则反驳道："我爱捉耗子！睡觉是为了养精蓄锐，有时也是为了迷惑老鼠！"

小麻雀说："别争了，你们都是人类的好朋友，都有很好的爱好！"

小麻雀心想，真是些生活有趣的小动物啊，有自己的爱好，能为生活增添很多光彩呢！

桃树根

一棵桃树的根使劲往下扎，根在地下，默默地生长。

金色的阳光洒满山坡，到处暖烘烘的，枝枝叶叶在阳光下欢快起舞，它看不到；小鸟在林间欢快地飞翔，鸟鸣清脆悦耳，它听不到；微风轻柔地吹拂，送来阵阵清凉，它感受不到；空气中弥漫着沁人心脾的花香，它闻不到……这个世界上很多很多的美好，它无法体会，无法享受。它很坦然，虽然黑暗时时都包围着它，但它并不觉得烦闷委屈。它毫无怨言，在黑暗的地下尽最大努力往深处扎根，尽力为桃树吸收更多养分。

等鲜美的大桃子挂满枝头，人们看着累累硕果心花怒放时，它感受到了，它享受不到很多美好，但它懂得时节，它知道，此时果实成熟了、丰收了，它感到无比幸福。

给贫穷穿衣

有一个人好吃懒做，他只喜欢三件事：一是沉迷游戏，二是恣意吃喝，三是四处闲逛。他认为这三件事相辅相成，沉迷游戏带给他虚拟的快乐，打游戏累得腰酸背疼、饿得两眼昏花时，大吃大喝补充了能量，四处游逛活动了筋骨，而后继续酣战。他的父母极力劝他戒掉游戏，他都不听，父母气得把他赶出了家门。他租了间破房安下家，仍是没日没夜地打游戏，家徒四壁，穷困潦倒，食不果腹，贫穷趁机住进了他的家里。

贫穷因为穷，赤身裸体，一丝不挂。这人心想，要是人们知道贫穷住进了我家里，那可太丢人了。他想啊想，决定给贫穷穿衣来掩盖贫穷。他量好了贫穷的尺寸，绞尽脑汁给贫穷做衣服，可贫穷长得太快，越变越大，尽管他把家里翻了一遍又一遍，用光了所有能用的布料，贫穷还是穿不进他做的衣服。他也穷到箪瓢屡空，饥火烧肠，生活无以为继。

他思来想去，有所领悟：我浪费时间和精力来给贫穷穿衣，贫穷却越变越大，要是我不浪费时间和精力来掩饰他，也不再沉迷游戏，而是努力学习，勤奋工作，结局应该会不一样吧？

果然，自从他努力学习、辛勤工作后，贫穷越变越小，最后从他家逃走了。他无论精神上还是物质上都变得越来越富有。

寻　找

有一个人外表长得十分漂亮，他就利用自己的漂亮外表进行诈骗，成功地欺骗了很多人，让自己变得很富有。可他总觉得心里有空缺，他意识到自己心里可能少了一样东西。

他决定去寻找心中所缺。他先来到了悬崖边上的一条光线幽暗的道路，这条路的路牌上写着"恐惧"；他又来到了一条弯弯曲曲、百转千回的道路，这条路的路牌上写着"焦虑"；他接着来到了一条坑坑洼洼、泥泞狭窄、崎岖难行的道路，这条路的路牌上写着"痛苦"。他想，恐惧、焦虑和痛苦，这些我都有啊，显然这些并非我所缺的，看来还得接着找。他找啊找，最后，他来到了一条宽阔明亮、洒满阳光的大道，道路光辉耀眼，他定睛一看，路牌上写着两个金光闪闪的大字：良心。他觉得这两个字很陌生，原来这就是他所缺失的呀——他缺失的是这么美好、这么光彩夺目的东西，原来通往良心的路是这么明亮的坦途。

从此，他决定洗心革面，好好做人，做个有良心的好人。

丑 陋

几只鸭子在水中嬉戏，一只脸上有伤疤，一只脖子上有伤疤，一只背上有伤疤，一只肚皮上有伤疤，它们的伤疤都很大很难看。原来，它们都参加过保家卫国的战争，都是英勇无畏的战士，在参加战斗时负过伤。

又来了一只鸭子，它的羽毛光滑漂亮，身上一点伤疤都没有，它讥笑那几只鸭子道："你们的伤疤那么丑陋，是小时候调皮摔的吧？"

那几只鸭子说："我们参加过保卫国家的战斗，都是在战斗中受了伤，留下了伤疤。"

羽毛光滑的鸭子说："参加过战斗又怎样，对你们有什么好处？难道你们不知道'走为上策'的道理？傻了吧唧地去杀敌，当时命都差点丢了吧？结果让自己变得这么难看。如果是我，敌人来了我就赶紧逃跑，从来不参加战斗，也就从未负过伤！"

那几只被嘲笑的鸭子很是伤心，齐声道："我们受过伤留下了伤疤，但只是瘢痕丑陋，而你，是内心丑陋，行为丑陋！英勇的战士们抛头颅洒热血保卫了你这种鸭，它们感到很不值！"

人生三天

有一个人很会作比，他把人生比作三天：第一天，生出生命的嫩芽，初探世界的深浅；第二天，全身布满痛苦的荆棘，或戴满荣誉的鲜花；到了第三天，不管是谁，统统如日薄西山，谢幕落下。

人生不过三天，该如何度过？第一天，怀着希望与憧憬，满怀期冀地奋力成长吧！第二天，身上是荆棘，那就软化它的刺；身上是鲜花，那就增加它的美！第三天，无论荆棘还是鲜花，那都放下吧，再也没有比悠然地欣赏美丽的夕阳更美妙的事了。

奋斗的颜色

有一位少年，家庭极度贫困，母亲瘫痪，父亲重病在身，他历经磨难，历尽艰苦，考上了名牌大学。考入大学后，他在学习之余，还四处兼职赚取自己的生活费和学费。他生活十分节俭，学习十分努力，最后以优异的成绩完成学业，获得博士学位。工作以后，他依旧勤奋刻苦，兢兢业业，年纪轻轻就有了不少利国利民的发明创造。

有人问他："你这样极度贫困的家庭环境、极度艰苦的奋斗历程，一路走来会觉得很苦很累吧？"

他说："确实是累，但我没觉得苦。既然苦难选择了我，那我就把背影留给苦难，把笑脸迎向阳光，面向着阳光努力奋斗，勇敢前行，我觉得奋斗的道路是金光闪闪的，奋斗的颜色是金色的。至于背后那些苦难的暗影，就不足挂齿了。"

奋斗的颜色是金色的，汗水的剔透晶莹映着灿烂金黄的阳光，洒下的必定是一串串宝贵的珍珠。

笑容的枷锁

孙老头七十多岁了，在他有生以来的七十多年间，他爱笑，平日里脸上也总是带着真诚的微笑。有人对他说："你这么爱笑，脸上容易长皱纹，保持面部表情的平静，皱纹就不会这么多这么深。"可他不怕，他觉得皱纹是他从小就喜欢笑带来的好结果，不会笑的脸僵僵的，看起来生硬寡淡，不灵动，也不温暖，看到这样的脸，感觉世界也冷冰冰的，这样的脸并不比爱笑却多些皱纹的脸更好，即使少些皱纹又怎样？岁月不会因为你脸上皱纹少些就格外优待你，也不会因为你脸上皱纹多些就蓄意剥夺你。自自然然地、舒适地、真诚地活着就很好，人不是为了对抗皱纹而生的，皱纹不该成为锁住笑容的枷锁。

想笑就笑，别怕皱纹。

嘴巴与耳朵

这天，嘴巴经历了不那么平常的一天，先是说了一些别人的坏话，然后跟被说坏话的人进行了一场激烈的骂战，又因输了骂战而发牢骚，诅咒了别人的祖宗八代，而后又对家人发火，抱怨了大半天，到了深夜，这才安静下来，安静了没多大会儿，便又说起了梦话，主人白天没吵赢的架，在梦里会接着吵。

嘴巴问耳朵："你到底有没有底啊？我这一天的话能不能填满你？看你经过了这吵闹的一天，依然如此安静，就像没经历什么事一样。"

耳朵答道："我没有底啊，可以从早听到晚，如此循环往复，永远都填不满我。我只会装，永远都能装，不会说。不像你，常常乱说，给人们制造矛盾。"

嘴巴委屈地说："我也只是听主人的指令行事啊，我当然不想帮主人传闲话、说坏话、骂人、抱怨、发牢骚等，可主人逼着我这样做，别人就骂我是臭嘴，我真的很无奈很痛苦，我可得好好选个好主人了，只说好话、做好事，让人夸奖我。"

耳朵说："是啊，虽然我只是会听，能装，但我听到这些不好的话也很痛苦，我是装了一耳朵恶毒话、垃圾话啊。我也得好好选个好主人了。"

他们明白了彼此的心意，一拍即合，异口同声地说："那咱们就想办法逃走，去重选主人吧！"从此，嘴巴和耳朵时时密谋逃走，终于出逃成功。这位好说坏话、好抱怨、好骂人的主人成了聋子和哑巴。

被子中的线

小明的爸爸得了重病，小明妈妈迅速地把小明爸爸送到了医院医治。在医院里，小明妈妈无微不至地照顾着小明爸爸，小明爸爸很快就出院了。

出院后，小明看到妈妈每天都搀扶着爸爸出门散步，希望爸爸尽快康复。爸爸的身材高大魁梧，妈妈的身材瘦小单薄，尽管搀扶着爸爸很是辛苦，常常累得大汗淋漓，可妈妈从不抱怨，总是轻声细语地跟爸爸说话。

在小明妈妈的精心照顾下，经过一段时间的休养，小明爸爸康复了。

有一天，小明看到妈妈在缝制被子，缝被子的线都是隐藏在被子里的。线虽然看不见，被隐藏在被子里，但能让棉絮牢固不分散，保持被子的舒适温暖。他想：妈妈的爱，就像这被子中的线啊，妈妈的爱让家人紧密相连，使家庭幸福温暖。

如果生活是一条被子，那么爱就是隐藏在被子里的线，爱在里面，让生活变得坚固而温暖。

庭院里养不出千里马

有一个人养了几匹马，在马场驯马时，有一匹马虽然也很想成为千里马，但它嫌训练艰苦，东踢西撞不受训，脾气十分暴躁，主人又很宠爱这匹马，于是就把它单独养在一个庭院中，让它在庭院里跑跳，这匹马被养得膘肥体壮。后来，主人要出远门，骑了这匹马去。第一天还行，此马跑了二百里，第二天就不行了，只跑了不到一百里。之后，每天都跑得很少，还累病了。主人不禁感叹：庭院里是真养不出千里马呀！

冷　君

冷君是个泥瓦匠，他在翻修千年老屋时，看到瓦片的正面经过日晒雨淋，上面布满了小裂纹，于是就把它反过来使用。他心里深有感触，千年瓦片也有翻身日，哪有穷人穷到底，难道我这个穷人就没有翻身之日吗？肯定有！从此之后，他更加勤劳，早出晚归地勤苦干活，挣的工钱就赶紧置办成土地。若干年后，他已经拥有不少土地，不再贫穷。

虽然他富裕了，却始终对穷人心怀悲悯，格外照顾穷人。有一次，一位富人梓君到他家里玩，言语之中尽显高人一等，冷君打着哈哈说："穷富两样，皮肉一般。你看，咱跟穷人不都是人吗，哪里长得不一样？我倒觉得，有的穷人穷得有志气，有的富人富得不仁义。"梓君恰巧就是靠偷抢劫掠、发不义之财富起来的，听冷君这样讲，只好灰溜溜地走了。

后来，梓君家的不义之财挥霍殆尽，家道败落，又做了打家劫舍的土匪。由于记恨冷君曾经对他的讽刺，就来冷君家抢劫。冷君常年接济穷人，乡民们就自发组织起来保护冷君，把梓君打了个落花流水，并把他送到了官衙。

之后，冷君为了感谢乡民们的帮助，把大部分家产都分给了乡民，他生活得清贫却快乐，直到九十多岁安然辞世。

好人有好报。

老孙头

老孙头在某饭店正吃饭，过来一位少年，拿起桌上的馒头就吃。老孙头知道，这位少年准是饿坏了，便没训斥他，而是和颜悦色地招呼他坐下来吃，并把桌上的鱼肉、羊肉等拨给他。少年吃饱后给老孙头鞠了个躬就离开了。

少年长大了。他想方设法找了很多年，终于找到了老孙头。此时的老孙头家里发生了极大的变故。因为给家人治病，老孙头花尽了家中积蓄，变卖了家产，生活很拮据，家人最后也因病离开了人世。老孙头年老体衰，孑然一身。他有时也抱怨命运不公，自己从未做过坏事，为何老天爷让自己遭此不幸。

青年了解了老孙头的境况之后，跪下恳求老孙头到自己家里生活，如今他已不是当初那个四处流浪的穷苦少年，而是一家企业的老板了。

他跟老孙头谈起自己的身世。他是个父母双亡又没有亲戚朋友的无依无靠的孤儿。那次老孙头让他坐下吃饭，是他流浪的几年里最开心的一次。他流浪期间遭受了太多白眼、侮辱和欺凌，已经厌倦了人世。那天他忽然就想抢饭吃，如果别人因此打骂他，他会毫不留恋地去跳河自杀。可老孙头的举动温暖了他，让他重新看到了人世的美好，心里萌生了希望，就是这丝希望让他对生活重新燃起了热情。之后，他便好好地活着。虽然历尽艰辛才长大，可再苦再难也没再想过放弃生命。坚持到现在，他终于过上了好日子，也成为对社会有用的人。

在青年的再三劝服下，老孙头终于答应跟他一起生活。青年把老孙头接回了家，像亲爹一样赡养，老孙头在此安度晚年，直到百岁高龄才笑着离开了人世。老孙头临去世时说："我抱怨过老天对我不公，但自从又一次遇到你，我知道老天是开眼的，对我真不薄。我的晚年如此幸福，我太知足太感恩了。"

处世让一步为高，待人宽一分是福。

小花鹿取伞

一只小花鹿把家中的几把雨伞送到了修理店修理。

过了几天，它坐公交车去修理店取伞，临下车时，习惯性地想到不要把伞忘到车上，便把手伸向身边的一把伞。不料，身边的小猴大声喊道："抓贼啊，抓偷伞贼啊！"这只小花鹿闹了个大红脸，十分尴尬。

小花鹿去修理店取了修好的几把伞坐车回家，真是冤家路窄，它发现那只小猴也在车上。小猴看到了小花鹿，扫了几眼小花鹿手中的伞，讥讽道："嗬！看来你今天手气不错，收获不小啊！"它误以为这些伞是小花鹿偷来的。

小花鹿说："这是我从修理店取回的伞，是我前几天送去店里修理的。"

小猴不听，仍嚷道："小偷从不会承认自己是小偷，你的话谁信呢！"小花鹿百口莫辩，不再理小猴，好不容易到了站，赶紧下车走了。

后来，小猴跟随自己的叔叔去一位鹿朋友家做客，到了这位鹿朋友家门前，猴叔叔指着几把挂在门边的伞对小猴说："看，这几把漂亮的伞是我上次来做客时送给它们家的，这次我也没空手，看我包里，是美酒！"

此时小花鹿从屋里出来，小猴看到小花鹿感到很内疚，原来是自己冤枉了小花鹿，于是它赶紧向小花鹿道歉，小花鹿说："没事的，我原谅你了，既然你叔叔和我爸爸是好朋友，那咱俩也做好朋友吧。"从此，小猴和小花鹿成了好朋友，常常一起玩耍。

很多时候，误会难免，也难于解释清楚，但时间会给出答案。

一个不吉祥物

小猫给小猪家盖房子，小猪每顿饭都做鱼给小猫吃。

鱼做得很破碎，小猫怀疑小猪不舍得给它吃才故意把鱼做得破碎，于是便做了一个很不吉祥的物件，偷偷地垒在墙中诅咒小猪。

又到了吃饭时，小猪说："咱还有很多鱼，你把我做的这些全吃完吧。怕鱼刺扎着你，我把鱼刺都挑出来了，所以鱼肉才显得破碎些。"

小猫很惭愧，同时也很感动，心想，小猪一片好心，我却想歪了，我要是细心点，就会发现我这些天吃的鱼都是没有刺的，我却只看到了鱼的破碎，没想想原因。

小猫再干活时，把垒在墙中的不吉祥物取了出来，砸得粉碎扔掉了，而且干活时更认真更卖力了，帮小猪盖好了一栋坚固结实又漂亮的房子。

会生存的狮子

有一头狮子，它的工作是收房租。它不苟言笑，成天板着脸，看起来很威严很不好惹，而且它收起房租来丝毫不留情面，大家都知道它的脾性，也都不敢拖欠房租，它每次都能顺利地收齐房租。

过了些日子，这里的房子都拆迁了，狮子失业了，它只好去贸易市场摆摊卖东西。大家看到狮子成天笑眯眯的，再也不是那张威严的面孔了。因为它服务态度好，又爱笑，它的生意很红火。

有动物问狮子："以前从没见你笑过，以为你不会笑呢，也没听你说过几句话，你总是沉默寡言。不过，这也正符合大家心目中的狮子形象，不动声色，威风凛凛。可你现在不仅能说会道，还天天笑得跟花一样灿烂，实在出乎意料。"

狮子说："你只看到了我本身的改变，就没发现我职业的改变吗？每一个行业有每一个行业的门道，生存之道，就是要有能屈能伸的弹性呀！"

扔树叶过河

有一个人有千斤臂力，能够把一棵粗壮的大树扔过河去。

有一天，他正在帮别人扔树过河时，走过来一位男子，问大力士道："你帮别人扔树，扔一棵过河能挣多少钱？"大力士说："能挣 10 元钱。"这个人又问："你今天扔了多少棵树了？"大力士答："扔了 10 棵了。"这人很不屑地笑道："就是说你堂堂大力士，这大半天了才挣了 100 元钱？太少了！雇你的人是欺负你这个老实人呢，我有个好活，把我这片树叶扔过河去，我给你 500 元钱，如果扔不过去，你今天赚的 100 元归我，怎样？"

大力士一听喜出望外，赶忙答应道："好的！好的！我扔大树都轻而易举，扔树叶简直易如反掌，太容易了！"说罢，大力士就开始扔树叶，他鼓足力气，最终也没把树叶扔过河去，只得输掉了辛辛苦苦赚来的 100 元钱。

做决定前要谨慎思考，面对诱惑要仔细辨别，理智行事。

石牌坊和蜘蛛丝

有一座石牌坊矗立在树林边，蜘蛛们常常路过它身边，也常常在石牌坊上面结网捉虫，可是往往刚结好网就被看护石牌坊的人把网扫掉了，蜘蛛们很是生气，它们以为石牌坊破坏了它们的网，决定把石牌坊缠倒，不让它再立在这里。蜘蛛们一呼百应，齐心协力地奋力吐丝，尽管石牌坊上沾满了蛛丝，可就是屹立不倒，蜘蛛们只能败下阵来。

有些事情，无论你怎么努力，也是无法做到的，要想成功就要选对目标。

软藤和硬树

有一个人的家里有一棵槐树，这棵槐树的树冠非常美丽，每年五月开满白玉般的槐花，清香扑鼻，主人非常喜爱这棵树。

有一天，槐树底下长出了一根藤，慢慢地爬到了这棵槐树上，主人发现了，他想，这么细软柔弱的一根藤，这么硬实粗壮的一棵树，这根藤对树没啥影响，于是没管这根藤就出远门了。这根藤一直爬到了树梢上，吸收了更多阳光雨露后疯狂生长，生出了很多分枝，爬满了树冠后，再继续往下垂着生长，把树枝都拽弯了。槐树缺乏阳光照射，又被藤缠得太紧，渐渐枯死了。

冬天主人回来了，看到枯死的槐树，后悔不迭。这么好的一棵树，竟然被看似柔弱的藤缠死了，如果当初看到这根藤时就赶紧拔掉，就不会失去这么好的一棵树了。

如果遇到小问题不及时处理，很可能酿成大祸。

勒紧缰绳的马

有一匹马本来是很驯服的，它安静、温顺、听话、任劳任怨，可它的主人还想让它更驯服，时时刻刻都勒紧缰绳，即使是牵着出去遛遛弯，也是紧拽着缰绳，哪怕是在马厩里，也把缰绳拴得又短又紧，马活动不自由。

马用各种方式表达了抗议，试图挣脱缰绳，可越挣主人就勒得越紧。时间久了，这匹马很是绝望，就绝食抗议。主人对马说："你是吃厌了这食物吧？给你换换食吧。"于是就给马换了食物。马还是不舒服，仍旧绝食抗议，主人检查了一下马的身体，自言自语道："这马也没生病啊，看来是不饿，饿它几天就好了。"

马听后非常伤心，觉得极不舒服，难以忍受，渐渐变得暴躁。马的主人继续勒它时，它气极了，狠狠地踢了主人一脚，主人不明白，曾经那么温顺的马，为什么变成了暴脾气。

老虎镶翅

老虎收了两个小弟：一个是豹，一个是狼。豹和狼只是慑于老虎的虎威，不得不帮老虎干些打猎捕食和日常打杂的事情，它们总想着逃走，却迟迟没等到机会。这天，豹和狼又在苦思冥想，合计逃跑的事，终于想出了一条妙计。

这天早晨，老虎刚醒来，豹和狼一起来到老虎面前献殷勤，又是给它梳毛，又是帮它洗脸，问老虎想吃些什么早餐，老虎说："给我来只羊就好了！"

豹和狼说："可惜大王不会飞，只能吃些地上的动物，要是您会飞了，就能吃到天上的动物了，天上飞的比地上跑的更美味，肉更鲜美！"

老虎听了道："我要如何才会飞呢？"

豹和狼赶紧说："我们给您镶上一对大翅膀，您站到高台上猛地往上一蹿就能飞起来了。"

老虎听了大喜。豹和狼趁热打铁，赶紧做了翅膀给老虎镶上，又筑了高台让老虎站了上去。镶了翅膀的老虎站在高台上心花怒放，迫不及待地往上猛蹿，想赶紧飞起来，结果重重地摔在地上摔死了。

从此，这座山上没有了老虎，豺和狼当上了大王。

月亮晒谷子

夜晚，月亮仙子在天空中探出了头，看到农人们仍在忙忙碌碌地收谷子，用牛车一趟又一趟地把刚割下来的谷子运回打谷场。它想，农人们起早贪黑辛勤劳动，累得满身大汗，浑身酸痛，我也帮不上什么忙，那我就尽力变得亮些再亮些，给他们照明吧。于是，它尽力发光，把黑夜照得如同白昼。

它看到农人们开心地在月光下劳动，又想，既然我能这么明亮，这些放到打谷场上的谷子很潮湿，不如我给晒干吧。于是它铆足力气让自己拼命发光，变得越来越亮，猛劲地照射。过了很长时间，它想，这回应该晒干了吧？伸手一摸，谷子还是潮乎乎湿漉漉的，也没变热乎，仍是凉冰冰的。它这才反应过来，自己只是反射太阳的光，不会发热，尽管自己很想晒谷子，终是无能为力。

渔网遮太阳

这天，渔人们出海归来，从船上卸下满舱的鱼，又把渔网从船上抱下来，铺在岸上晒干。渔人们看着一篓篓的鱼喜笑颜开，渔网心里也充满自豪，这可是自己不怕大海怒涛，勇敢地跳进海里捞上来的鱼啊。

此时，渔网躺在沙滩上，身上晒得滚烫，但它很兴奋，这么多天几乎全都工作在黑暗的海水里，现在躺在细软的沙滩上晒着太阳，太幸福了！

可它看到渔人们都被晒得满头大汗，刺眼的阳光让渔人们几乎睁不开眼睛，它想，我既然能帮他们打鱼，也能帮他们遮阳光啊。于是，渔网对大家说它能遮住阳光，让大家凉快一些。

大家说："你这些天辛勤地劳动，很累了，还是歇着吧，好好享受你的惬意时光，再说，你是遮不住阳光的。"渔网不信，便道："我既然能把鱼挡住，那也能把阳光挡住，不如我试验一下看看。"于是在大太阳底下，它狠劲地遮阳光，并自信地说道："甭说阳光了，即使倾盆大雨劈头盖脸地砸向我，我也照样拦得住！快看，我遮住阳光了，遮住了！"

大家一看，渔网底下依然洒满阳光，就说道："尺有所短，寸有所长，每种东西有每种东西的长处和功用，无论你遮不遮得住阳光，你都是我们离不开的好帮手，是大功臣。你是渔网，有渔网的功能就好了，不必当伞了。"

渔网记住了这句话，不再执着于遮阳光了，只好好地当渔网。

瞎猴挑灯

文山的猴群为庆祝丰收，举行篝火晚会，大家围着篝火唱歌跳舞，好不开心。瞎猴明明也挑着一盏灯笼在猴群里欢跳。猴太多，篝火照亮的范围有限，外圈的猴不断地互相碰撞。

记者峰峰在猴群中采访，它听说挑灯笼的明明从小双目失明，便来到明明身边，问明明："你挑着灯笼是为其他猴子照明吧？"

明明说："不只为它们，我也是为自己照明。"

峰峰又问："你什么都看不见，怎能说也为自己照明？分明是为其他猴子照明呀。"

明明答道："这灯笼既为其他猴子照明，也能让其他猴子看见我，别撞着我，一举两得呢。"

峰峰联想到自己刚才被撞了好几次，顿有所悟：是啊，照亮别人的时候也照亮自己呢。

百灵鸟唱歌

一只百灵鸟钻进了麻雀窝，对麻雀说："我在这里唱歌吧。"麻雀一齐说好。百灵鸟马上开始唱优美的歌，歌声婉转悠扬，煞是好听。只可惜，那群麻雀只知道一个劲儿地叽叽喳喳，一齐聒噪，把百灵鸟的歌声淹没了。想听百灵鸟唱歌的人一句也没听清，议论道："百灵鸟进了麻雀窝，可惜了这副好嗓子！"

百灵鸟气得飞出了麻雀窝，这次它来到了鹦鹉家，它对鹦鹉说："我在这里唱歌吧。"鹦鹉答应了。百灵鸟一刻不停地唱，鹦鹉便一刻不停地说，尽管百灵鸟唱到哑了嗓子，然而在鹦鹉的打扰下，别人还是没听到一首清晰的歌。人们议论道："这次百灵鸟又去错了地方，会唱的碰到了会说的，这歌还能听得清吗？"

去对了地方，找对了平台，才能发挥自己的才能。

蝙蝠观阵

一群蝙蝠分成南、北两队进行比赛，比赛项目包括拔河、篮球、排球、乒乓球等。另有一群蝙蝠按照数量平均分成两队，分别在南队和北队后面观阵。第一场拔河比赛南队赢了，在北边观阵的蝙蝠呼啦一下全飞到了南边的观众阵里，过了一会儿，第二场篮球比赛时北队胜了，那些在南边观阵的蝙蝠又呼地全飞到了北边……就这样，这群观阵的蝙蝠，哪边胜利就往哪边飞，来来回回飞了好多回，其他小动物们笑话蝙蝠道："蝙蝠观阵，立场不稳。"

不拿棍子的熊猫

这天，大熊猫出来找吃的，找到了一根粗壮的竹子，悠闲地吃完了这根竹子上的竹叶，嘟囔着说："没叶子了，要你干什么！"于是把竹棍扔得远远的。

肚子还饿，大熊猫欲进深山的竹林里吃个饱。"拿不拿这根棍子呢？拿根棍子又沉又难看，还显得我老态龙钟，掩盖了我迅敏矫捷的形象，还是不拿了吧！"熊猫看了看被它扔出好远的竹棍，自言自语道。于是，它赤手空拳地进入了深山。

深山里，一只老鹰飞来，要啄瞎它的眼睛，老鹰凶猛速度又快，因无棍子驱赶，它的两只眼睛被啄瞎了。随后，来了一只狐狸，索要它的耳朵，它手中无棍子，眼睛又被老鹰啄瞎了，东扑西扑地乱转着跟狐狸战斗，被狡猾的狐狸咬伤了腿而战败，只得交出了两只耳朵。再后来，来了一只恶狼，看到熊猫瞎了眼，没了耳，还伤了腿，坐在地上哀号，恶狼二话没说，扑上去就把它的脖子咬断，把它吃掉了。

欲去危险之地，就要做好准备。

气球与肥皂泡

一日，气球和肥皂泡见面了。

刚见面，气球便用高八度的声音说："我是只彩色的气球，我能鼓得如球大，还能飞到天上和白云试比高，让千万人看到我的美丽。"

肥皂泡用眼角余光扫了一下气球，撇了撇嘴说："我能鼓得如天大，彩虹都得在我身上安家，全世界的人都能看到我身上的彩虹。"

它俩又唇枪舌剑大战了半天，各自把自己吹捧得天下无敌，把对方贬低得一文不值，谁都不服谁，决定通过一场比赛来一决高下。

气球鼓啊鼓，膨胀得很快，一转眼工夫"嘭"的一声破了，只剩下一张皮；肥皂泡鼓啊鼓，以更快的速度"嘭"的一声胀破了，只剩下一滴水。

吹牛吹大了会危及自身。

大白兔理发

大白兔开了一家理发馆，它的理发手艺很高超，生意很好。只是大白兔常常会想些新点子，在大家身上做试验，大家有些打怵。这天，大白兔把小白兔倒挂在树上给它理发，引来一大群兔子围观，大家都说大白兔瞎搞。

大白兔说："你们太保守了。一味保守的话，到现在你们很可能还是坐在石头上理发，怎么可能坐板凳、坐椅子、坐沙发、坐舒服的旋转沙发椅理发呢？你们看，我把小白兔倒挂着理发，理下来的碎发很容易掉到地上，这有什么不好？不客气地说，这也算得上发明创造呢！"

大家听了觉得有道理。是啊，有想法并敢于尝试，才会有创新和发明啊，大白兔的做法究竟好不好还有待证明，但至少它有新想法并敢于实践，这就值得鼓励呢。

大家不再排斥大白兔的创新行为，都尽力配合大白兔进行一些尝试，大家互相配合，一边实践一边改善理发馆，提升大家理发时的便捷度和舒适度。经过一段时间的完善，大白兔的理发馆成了本地区最舒适的理发馆，大家都享受到了高质量的服务。

刺猬的秘密

一只小刺猬和一只小兔子在山坡上一起玩，玩累了就到一棵大树下休息闲聊。小兔子对小刺猬说："你身上长满了硬刺，连凶恶的大老虎都无法吃你，而我只有一身软毛，谁都可以攻击我、吃我，我只能快跑，若跑慢了被追上，小命就没了。"小刺猬小声地对小兔子说："其实我们也有弱点，我们蜷起来时，肚皮那里是蜷不严实的，还有一个小孔隙。若朝这个小孔隙中吹气，我们会很痒，就会把身体舒展开来，如果朝这个小孔隙里放臭气，我们更受不了，会被熏晕，身体就会马上张开，昏死过去。此时其他动物便可从肚皮处开始吃我们，我们的生命也便结束了。这是我们家族的重要秘密，你千万不要说出去啊。"小兔子信誓旦旦地说："我绝对不会说出去的。"它们又玩了一会儿，就各自回家了。

小刺猬回家后，刺猬妈妈问小刺猬："你出去跟谁玩了？"小刺猬说："跟小兔子玩了，小兔子夸咱们一身硬刺谁都吃不了，为了表示谦虚，我把咱们的家族秘密告诉它了，我说咱们蜷起来后肚皮处有一个致命弱点。"刺猬妈妈听了深深地叹了口气道："从今之后田野上会有很多刺猬皮了。你把如此重要的秘密传出去，是天大的错误啊。"

果然，这天小兔子回家时，被黄鼠狼捉住了，为了保命，就把刺猬的秘密告诉了黄鼠狼，再后来狐狸也知道了。从此以后，刺猬蜷缩起来时，黄鼠狼、狐狸就对着刺猬的腹部小孔放臭气，刺猬就晕厥过去并舒展开身体，成为它们的美食了。正如刺猬妈妈所料，田野里随处可见刺猬的带刺空壳了。

说出去的秘密，便已不是秘密。

山野间的小草

春天来了，山野间长出了一些小草，它们默默生长，不时仰望天空，对飞翔累了的小鸟说："你们饿了吧？吃我们一些鲜嫩的叶子充充饥吧！"

夏天到了，蔚蓝的天空下，小草长高了，它们对飞翔的小鸟说："阳光太毒，到我们身下避避暑吧！"

秋风起，草籽熟，小草吹着凉爽的秋风，悠闲地听着虫鸣鸟叫，并准备了丰盛的果实，对飞翔的小鸟说："我们的果实成熟了，饱满了，你们赶快下来吃吧，吃得饱饱的，储存下更多能量准备过冬啦！"

冬天，寒风怒号，天空中飘飘洒洒下起了雪，小鸟都藏进了温暖的窝里。小草静静地枯萎，被冰雪覆盖了。在冰雪严寒之中，小草们暗暗鼓劲，等春风吹来时再重生，遍布山野，染绿大地，又是乐于奉献的快乐一生！

小牛脱险

傍晚，一头小牛在野外吃完草回家，进了村后在街上悠闲地踱着步。它今天找到了一个水草丰美的山沟，吃得肚子圆溜溜，想回家告诉家人这个好消息。

忽然，从拐弯处跑来一只黄狗，冲它"汪汪"叫，一蹿一扑地要咬它。尽管小牛"哞哞"地发出了警告，可这只黄狗依旧对小牛不依不饶地追咬，小牛吓得没命地逃跑。

老牛见天快黑了小牛还没回家，就出来找小牛，恰巧看到了这一幕，大声对小牛喊道："孩子，不要跑，快弯弯腰！"小牛听到了，赶紧一弯腰，黄狗以为小牛捡石头打它，吓得掉头跑了。

老牛走过来对小牛说："孩子，你要记住，困境并不可怕，只要你勇敢地去面对，就能过去。"

猴王之死

高石岭的猴王落选了，成为一介平民。

夏夜，繁星满天，它在院中呆坐着，低头沉思。它回忆到，原来众猴一见到它，就对它笑脸相迎，又是作揖又是鞠躬，有的还趴下磕头，请它题词，请它剪彩，请它合影，要是谁家有订婚结婚等喜事、高朋来访等，或是逢年过节，不但给它送礼，还总是请它去家里喝酒。它家要是有点什么事，众猴也总是第一时间赶来。即使在平日里，它家里也总是门庭若市。它也彻底喜欢上了这种众星捧月、闹闹哄哄的热闹场面。被众猴追捧的感觉可真不错！而现在，它下台了，那些曾经鞍前马后的猴子们，如今都去围着新猴王转了，自己一切都没了，孤家寡人枯坐着，它的家门可罗雀了。

老猴王常常追忆过去的热闹和辉煌，总想着什么时候恢复过去的热闹和荣光，对败选之事耿耿于怀，对眼前"门前冷落鞍马稀"的冷清境况很是伤怀，沉浸在痛苦之中难以自拔，很快就郁郁而终了。

蜻蜓与飞蜥

一只蜻蜓在天空中飞呀飞，飞倦了，落到一棵树上休息。一只蜥蜴看到了，很快地爬过来想吃它，蜻蜓发现了蜥蜴，不慌不忙地展翅飞离。

蜻蜓千百次地与蜥蜴相遇，千百次地化险为夷，它已经完全不怕蜥蜴了，偶尔还恶作剧地引诱戏耍蜥蜴一番，而后依然能优雅从容地飞走，徒留蜥蜴气得嘶嘶直叫。在与蜥蜴的千百次相斗中，它得出一个结论：蜥蜴不会飞，而我是飞行高手，蜥蜴能奈我何？

可有一次，一只蜥蜴竟飞起来了，由于蜻蜓放松了警惕，被赶上来的蜥蜴逮住吃掉了。原来，蜻蜓遇到了会飞的飞蜥。

不管是谁，总有认知盲点，不能自以为是地认为自己已经懂得一切。尤其在面对强大的敌人时，不能掉以轻心，怎么谨慎都不为过。

胡乱安排

有一座大山，山的周围有奔腾的河流、幽深的山谷、宽阔的草原……这里动物众多，老虎为王。原本这里的生活富足惬意，可动物繁殖得越来越多，渐渐地，大家觉得生存颇有些压力了。虎大王决定好好地规划一下，大力发展农牧业、手工业、狩猎业、捕捞业等行业，同时，也要狠抓文艺，丰富大家的精神生活。总之，各行各业要全面发展，遍地开花，动物们的生活要越来越好。

规划出台后，虎大王开始布置任务。它安排山羊管理菜园，苍蝇负责采蜜，螳螂负责织网，野兔负责捕鱼，长颈鹿负责跳舞，乌鸦负责唱歌……结果山羊把菜吃了，苍蝇污染了花蜜，螳螂钩破了网，野兔掉到河里淹死了，长颈鹿只是摆动长颈根本不会跳舞，乌鸦的歌声就像噪音，大家听了很烦躁。虎大王颇费了一番心血和力气，结果却是一团糟。

有好的规划，更要有好的实施，好的实施要从正确用人开始。

懒猫学艺

有一只猫很懒，它的父母很为它的生活发愁，就跟它商量，送它去学门技艺养活自己。它极不想去，可它的父母已年迈，养不了它多久了，万不得已，它才答应去学技艺。

它先学织毛毯，由于不用心去记技法，怎么也织不齐；它又学编席，由于懒得用力，怎么也编不紧；它去学磨粉，图快图省力，结果磨不细；它去学唱戏，唱念做打都不尽心学，结果咿咿呀呀不入调，也只会点伸伸胳膊踢踢腿的三脚猫功夫；它去学抬轿，由于懒于迈步，结果走得极慢。这只猫光想吃白饭而懒于用脑用力气，结果什么技艺也没学会。

它的父母很无奈，只好把它接回了家，继续供给它吃喝，等它父母年老体衰了，它也无力赡养父母，只好跟父母一起勉强度日。待它父母过世之后，它便成了流浪猫，成日饥肠辘辘，饿得骨瘦如柴，没多久就饿死了。

改 变

有一位农村青年，夏日里农民都忙着锄草割麦，他却袖手旁观，整日无所事事。他的父母管教他，他嫌父母啰唆，就离家出走了。离家之后他四处游荡，白天到庄稼地里、果园里找些吃的，在山上喝山泉水，晚上就到一些废弃的老宅里过夜。

有一天，他百无聊赖，坐在山坡上观景，看到山羊长着漂亮的胡子，在山顶上认真地吃草，努力让自己长得肥壮；树上停着一只长着美丽翎羽的鸟，正忙着用嘴巴梳理羽毛，梳理完后开始衔枝筑巢；一只野公鸡，身上像披着鲜艳华丽的绸缎，美丽而又骄傲地从他不远处经过，找了块好地方努力地刨食吃；山脚下的小河边，一排排的杨树高大挺拔，茂密的枝叶随风舞动，"唰唰唰"地唱着歌；而身边的一簇簇野花，仰着笑脸迎着阳光，尽情地吐着芬芳；勤劳的小蜜蜂成群结队地在花丛中穿梭忙碌，嗡嗡嘤嘤地忙着采蜜；即使山上的山石，也带着美丽的花纹傲然耸立，装点着山的巍峨……

他想，这神奇的大自然啊，不需要外界强加修饰，已是如此美丽，如此欣欣向荣，无心智的自然之物都有丰富而有意义的生命形态，我这个有心智的人却活得如此晦暗落魄，没有理想，没有梦想，甚至连丝幻想都没有，活得就像一个空架子，我要改变，要努力。

之后他回了家，成了努力上进的青年，好好劳动，努力经营生活，成了乡里的富户，他又带领乡亲们共同致富，成了远近闻名的农民企业家。

老虎、小兔和刺猬

有一天，一只小刺猬在外面玩耍。一场春雨过后，山坡上的野花竞相开放，看着美丽的野花，呼吸着清香的空气，小刺猬流连忘返。转眼过了大半天，小刺猬口渴了，环顾四周，看到远处绿草环抱之中有一个小水洼，便高兴地飞跑过去喝水。可这是个泥潭，由于速度太快，小刺猬直接踏进了泥潭里，泥巴立刻涌上来，它被泥紧紧地包住，眼看就有灭顶之灾。

眼看泥巴就要没到脖子了，小刺猬心里充满了恐惧，拼命呼救。一只小兔正在远处采花，听到呼救声飞快地跑了过来，费了九牛二虎之力才把小刺猬拽出来。小兔帮小刺猬洗净身上的泥巴，又安慰了它一番，跟它一起玩耍。

它们游逛着来到一个树林边，看到树林里橘红色的大蘑菇又大又好看，就想采一个放到山坡上当遮阳伞。它们走进树林，遇到一只饿虎出来觅食，老虎没看到在草丛里迈着小碎步紧追着小兔跑的小刺猬，只看到了昂首挺胸、两只大耳朵摇来晃去的小兔，老虎一个箭步蹿上来，想吃掉小兔。小兔看到老虎张开血盆大口对着自己，吓得目瞪口呆，腿脚抽筋不会跑了。小刺猬见大事不妙，飞快地滚过来猛一跳，像一个镶满钢针的刺球一样飞起来，猛地刺向老虎屁股。老虎被扎得生疼，又看不到掉进草丛里的小刺猬，以为是什么神力对付自己，吓得不轻，吼叫着逃走了。

饿虎肚里咕咕叫，小兔拍手哈哈笑。小兔和小刺猬又高高兴兴地一起玩耍了。

云雀和风

山上有片松林，云雀不断地在松树上唱歌给人听，人们都夸云雀歌声美妙。风呼呼地刮，云雀有些生气，它嫌自己动听的歌声被风声淹没，人们听不到了。于是它使劲地呵斥风，想让风停下，可无论它怎样喊叫，风仍旧呼呼地刮着。它又使劲地抱紧松树，心想，只要松树不摇动了风就停了。虽然树干摇晃得轻了，可树冠仍旧随风摇曳，呼呼响着。云雀累得满头大汗，也没阻止得了风吹。

云雀停下来休息。它站在松树枝上，听着风穿松林的松涛声，觉得十分好听，比自己的声音更磅礴宽广，更恢宏有力，它转变了想法：风也是喜欢唱歌呀，不如和它交朋友吧！还可以合作唱歌。从此之后，云雀和风成了好朋友，常常搞合唱演唱会，云雀的声音清脆嘹亮，风声恢宏低沉，衬托得云雀的歌声更加优美动听，它们的演唱会大受欢迎。

一天，一个猎人出来打猎，看到了站在枝头引吭高歌的云雀，立刻拉满弓，想射松树上的云雀。风看见了弓已满弦的猎人正在对着云雀瞄准，千钧一发之际，风使尽浑身力气猛地一刮，惊飞了云雀。猎人虽然弓满弦张，但却是一场空。云雀知道风救了自己，很是感激，它们一直是互相帮助的好朋友。

鲤鱼修炼

鲤鱼在一条大江里生活，这条江又长又宽阔，鲤鱼在大江里追逐嬉戏，好不快活。

有一天，鲤鱼听到了一个消息：如果它们到大海里修炼，就能修炼成鲤鱼精，可以长生不老。

鲤鱼叹道："在浩瀚无际的大海里过着神仙的生活，该是多么开心啊！还能长生不老，简直太完美了！"

它们都希望去大海里修炼成精，于是就成群结队地奔向大海，历尽艰难险阻后，它们终于游进了大海的怀抱。因为众多鲤鱼的到来，此时的大海里呈现出一派热闹景象。

没过多久，大海又冷清起来。原来，鲤鱼并没有修炼成精的，大都被咸咸的海水淹死了，或被海里的鲨鱼吃掉了，它们并不适应在大海里生活。

绿肥和灰肥

某日，绿肥见到了灰肥，很瞧不起，它对灰肥说："我们绿肥的肥效大，养分全，能改良土壤，培肥地力，我们是有机肥，不污染环境，我们的功效远胜过灰肥。只要给庄稼施了绿肥，保准能高产。"灰肥很不服气，就道："你是自吹自擂，我们才是养分全，肥效大，我们能促进植物发芽，加速生根，防止落叶，抗倒伏，抑制病虫害，我们也是有机肥，保护环境。

我们的功效远胜过绿肥。"它俩争论不休，谁也说服不了谁，最后达成协议，找种地能手评评理。

它们一起来到一位公认的种地能手家里，这位种地能手说："你俩不用争了，绿肥和灰肥都是极好的肥料，我种地时都会使用，各自的肥力都很高，对庄稼各有好处，正是有你们这两个不可或缺的好帮手，我种的庄稼才会年年大丰收。合作共赢才值得赞扬。"

绿肥和灰肥听后，觉得自己觉悟太低，才会闹出这番矛盾，既然都是农人的好帮手，庄稼的好朋友，实在没必要争高下，论长短，团结协作夺丰产，才是共同的理想和目标。从此它俩团结一致，庄稼年年喜获丰收。

小猴出题

小猴来到小兔乐园，出题让小兔们回答。

小猴说："小猪爬到树上摘南瓜，一掌打下一个，10掌打下几个？"

"10个！"小兔们齐答。小猴用手比画了个"0"，说了句"得零分"就走了。答对了得零分？小兔们百思不得其解。

小猴到了鸟的天堂，出此题让鸟儿答，鸟儿们齐说："我们成天在树上，怎么没见到树上长南瓜？小猪会不会上树我们不敢确定。"小猴说了句"按照这样的思路考虑是对的，得50分。"说完就走了。

小猴来到另一处猴子王国，出此题让群猴答，群猴说："我们见到千万棵树，怎么没见到哪棵树上结南瓜？我们见到数不清的小猪来旅游，怎么没见到小猪上树玩？小猪不会上树，树上也不会结南瓜。"

小猴说："南瓜不长在树上，小猪也不会上树，你们得100分。"

小猴去小兔乐园和鸟的天堂公布了答案，小兔们和鸟儿们才恍然大悟。

小猴说："你们要好好观察，大自然中的很多现象都很有趣，都是知识，只要好好观察，就能获得很多智慧。"

俊杜鹃的丑行

有两个人走在路上，看到了一只杜鹃鸟。

其中一人仔细观察了一下杜鹃鸟，赞叹道："杜鹃鸟身体灰黑色，长长的尾巴上有白色斑点，腹部有横纹，搭配得多巧妙呀，真漂亮！"

同伴说："杜鹃鸟虽然长得漂亮，但懒得很，它们自己不孵蛋，总是把蛋下到其他鸟类的鸟巢里，让别的鸟妈妈代孵。"

那人说："这说明杜鹃鸟智商高啊。"

同伴说："等到别的鸟妈妈把小杜鹃孵出来后，小杜鹃觉得自己长得大，力气也大，便把别种小鸟拱出鸟巢，让其掉到地上摔死，鸟巢中的小杜鹃便可享受到鸟妈妈辛苦找来的食物。小杜鹃和杜鹃妈妈不仅利用了别的鸟妈妈的辛勤劳动，还让别的鸟妈妈绝了后代，多么狠毒啊！"

那人听后感慨道："没想到刚孵出来的小杜鹃竟然也是这么坏呀，这真是遗传了它们妈妈的恶行了。如此看来，杜鹃鸟老做坏事，对别种鸟伤害极大！"

同伴说："是啊，相信百鸟都会鄙视杜鹃鸟，认为它们外形美却心地丑陋，行为不美。这还只是鸟世界的事，如果世上有人的行为像杜鹃鸟一样，那就会贻害无穷。"

做人不要学杜鹃鸟。

黄金镣铐与金丝笼

孙悟空用黄金做了一副脚镣和一副手铐，这镣铐做工考究，看起来金灿灿的十分美观。悟空拿着镣铐对众猴说："小的们，你们不是没见过金子吗，过来见识见识真正的金子吧！"众猴一拥而上，有的夺脚镣，有的夺手铐，看了又看，掂了又掂，都说："金子实在太好看了，黄澄澄亮闪闪的，比天上的太阳还耀眼！"悟空说："谁喜欢就送给谁，拿去戴上吧！"众猴听罢一哄而散，没有一个想戴的。

有一个人用金丝编了很多精致美观的鸟笼，挂在树上，想吸引鸟儿飞来住下。金丝鸟看到金丝笼，赶紧避开了；燕鸰看到金丝笼，惊恐地叫着飞走了；杜鹃看到金丝笼，慌忙钻到了一个石缝里……

镣铐即使用黄金制成，也没有谁愿意戴；即使是用金丝编成的笼，也是牢笼。

没有窗户的房子

李四家新建了一幢房屋，这幢房屋是四层高的小洋楼，而且每一层都很高，宽敞明亮，整幢房子装修得十分豪华，显得气派十足。这天李四邀请张三来参观他的新房，张三走进李四家的房子，上上下下、里里外外参观得十分仔细，时不时地发出感叹声。李四问道："听你不停地感叹，我这幢房子确实很不错吧？"张三说："你这幢房子修建得高大结实，设计得合理舒适，外观美观，装修也颇为豪华，确实是一幢不可多得的好房子，不过，这么好的房子怎么没有窗户呢？"

李四听了很是诧异，说道："你可真是太幽默了，这不是睁眼说瞎话吗，要是没有窗户，这屋里岂不是一片漆黑？你看这屋里亮堂堂的，你仔细瞅瞅，四周都有窗户啊！"

张三道："不用瞅了，我看得极仔细了，偌大个房屋，连一本书都没有，犹如没有窗户啊！"

李四恍然大悟道："是啊，我建了这么豪华的房屋，给我极好的安顿和庇护，住在这屋里身体是很安逸了，可精神不能空虚啊！我要通过书籍给房子加窗户，通过读书学习给心灵加窗户！"

之后，李四家里多了很多书籍，他也常常看书，他住在这所房子里，身体安逸，精神充实，身心都得到了很大的幸福。

鞭梢上的屎壳郎

一只屎壳郎被一个少年拴到了鞭梢上，呼呼地抡着。

这只屎壳郎向它的同伴夸口说："我会腾云驾雾了，你们还只会在地上滚粪球吧？"话音刚落，鞭梢就碰到了石头，这只屎壳郎被摔得头晕目眩，被鞭梢拴住的那条腿也从身体上分离了，它少了一条腿。

同伴们笑话它："天上多好啊，你这么快就回来滚粪球了？少了条腿，恐怕连粪球也滚不好了吧？"

这只屎壳郎羞得无地自容，又疼得眼冒金星，还是嘴硬地说道："谁说掉了腿是坏事呢？要是不掉那条腿，我可就没命了，丢腿保命，这可是我的绝活！我刚才试验了一下，这个绝活我是彻底练成了！"

同伴们说："到现在了还不忘往自己脸上贴金，你那条腿是自己掉的吗？那可是碰到石头上硬生生地从你身上撕裂下来的，这是哪门子绝活，嘴硬！"

屎壳郎疼得浑身冒汗，不敢再犟嘴，赶紧灰溜溜地瘸着腿回家养伤去了。

坚持起航

有一位青年，因为家贫，成绩优异的他不得不辍学，外出打工养家糊口。一同外出的伙伴选择了赚钱多但学不到什么手艺的工作，而他选择到

修车行打杂。修车行的工资虽然少些，但不用付学费就能学到一些修车知识。平日里他尽量减少消费，一日三餐几乎全是靠咸菜馒头充饥，他攒下每一分钱，除了供给家用，还用来买关于车辆维修的书籍。下班后，其他工友聚在一起喝酒打牌，他内心坚定，不为所动，坚持去城市的图书馆里学习。

就这样，通过自学，他从一名打杂的小工，变成一名会修车的技工了。他又攒了些钱后，就报名去一所技校学习，深入地学习维修知识。由于他肯吃苦，善钻研，维修技术突飞猛进，学校选派他代表学校去参加技能大赛，他在比赛中取得了优异的成绩，最终被学校留下当了老师，不只工作稳定，工资也比以前高了不少。

当你用努力填满内心，你的前途会被注满黄金。

两个旅行者

小青和小名是好朋友，且都热爱旅行，他们决定一起出去旅行。他们到了某城市找了个宾馆住下来，打算第二天外出。出发之前，小青做了充足的准备，带了足够的干粮和水，他对小名说："出门在外，什么情况都有可能遇到，多做些准备，有备无患。"小名则说："背着水和干粮，沉甸甸的走不快，实在累赘，我带着足够的钱，走到哪里都缺不着吃喝。"

他俩出门时艳阳高照，风和日丽，于是决定趁着好天气去沙漠看一看，想着不会耽搁太久，看看便走。他们来到了沙漠。此时，晴空万里，沙粒金黄耀眼，沙丘连绵不绝，层层推开，一望无际，像大海上披着金色霞光的波浪，美不胜收。

万万没想到，不一会儿，天气突变，刮起了大风，狂风卷着黄沙，把人包围，根本睁不开眼。他们想原路返回，但沙地上的脚印已被大风抹平，能见度低，他们找不到方向，像没头的苍蝇一般，东一头西一头地四处乱撞，越走越远，慢慢地进入了沙漠深处。他们意识到迷路了之后，赶紧停下，蜷缩着等待大风过去。

不知过了多久，他们被沙粒埋到了膝盖，大风才停下。此时，他们才意识到很久没吃东西没喝水了。长时间的惊吓和对抗风沙，他们已经体力不支，近乎虚脱。幸亏小青带着干粮和水，有了小青的帮助，小名才没死在沙漠里。

小名终于意识到：欲去险地，就要未雨绸缪，提前做好充分的准备，方能在危难之时化险为夷。

飞上天的鹅毛

傍晚时分，起风了。一阵大风把地上的一堆鹅毛吹上了天，这些鹅毛在空中上下翻飞，高兴极了！它们看到本来姿态悠然、在空中翩翩起舞的蝴蝶，被狂风刮得舞姿凌乱，心里更高兴了，齐声高唱："我们鹅毛真有福，飞到天上跳美舞，舞姿美妙胜蝴蝶，永在天上翩翩舞。"

没等唱罢，大风停了，它们全落到了地上，跟断枝枯叶和尘土堆在了一起。再看看蝴蝶，依然在天上翩翩飞舞。

后轮要自由

有一辆车在路上跑着，前轮和后轮向着同一方向一起用力，车轻快地往前飞奔。车的主人禁不住夸道："这真是一辆跑得快的好车！"

前轮和后轮听了都很高兴，因为它们觉得跑得快是自己的功劳。前轮对后轮说："听到了吗？主人夸我跑得快呢！"后轮很不服气，反驳道："是夸我跑得快！"前轮和后轮谁都不服谁，大吵起来，吵到最后，后轮说："我要走了，在这辆车上太不自由，还要受你的气，被你抢去我的功劳，真是憋屈！"说罢就拼尽力气往外挣，从车上滚了下来，滚下来后就不会跑了，停在了原地。前轮还在车上，它仍想使劲往前跑，证明车跑得快是自己的功劳，与后轮无关，但无论怎么用力，还是跑不了，也停在了原地。

主人下了车，把后轮重新安装到车上，车又飞快地跑了起来。这时，前轮和后轮都意识到，只有它们齐心协力，才能让车跑起来，并不是谁单独的功劳，从此它们总是通力合作，没再闹过什么矛盾。

无腿凳与无舵船

一个板凳的四条腿有些松动，有些歪，板凳觉得影响自己的美观，就拼命摇晃身体，把四条腿晃了下来，它看了一下自己，觉得没腿确实更好看。主人试图给它装上腿，它拼命反抗，主人觉得给它装腿太难，只好作罢。主人仔细观察了一番，觉得它是当案板的料，就把它当成了一块案板，天天在上面切菜剁肉，它痛苦不堪，可它的表面已经被刀剁得粗糙不平，也已经失去了四条腿，尽管它很怀念当板凳的日子，可再也当不成板凳了。

有一艘大船，自认为身体庞大，就瞧不起小小的船舵，它认为对它如此庞大的船身而言，这么小的船舵没有丝毫用处，便要船舵离开。船舵要求留下，大船无论如何都不肯，船舵只好伤心地走了。这天，晴空万里，湛蓝的天空上白云朵朵，美丽的天空倒映在水面上，美不胜收。这艘没有舵的船想到南边去观看一个海岛的美景，可怎么也过不去，想到北边、东边、西边等处观风景，也走不了，只能在原地晃悠。它只得呼唤船舵回来，船舵回来后对它说："离了我不行吧，我虽然小，但我有大用处。"

腐肉与新肉

有一个人生了烂疮疖子，流脓淌血，变成了一个创口。创口表面有很多腐肉，因为这些腐肉，新肉迟迟不生，这人只得去医院医治。

医生说："问题不是很大，我把创口上的腐肉去掉，消消炎，就能生出新肉，慢慢就好了。"当医生去除腐肉时，这人大声喊疼，坚决不让清理，医生只好作罢。

这人回家后创口溃烂得更加严重，不得已又来找医生医治，医生说："即使再怕疼，还是得把腐肉去掉，彻底清理创口，可现在创口溃烂严重，更大更深，即使顺利把腐肉去掉了，皮肤上也得留疤了。"

腐肉不去，新肉不生。同样，如果人有缺点不改正，有恶习不去除，就难有新生。

聂君借谷

聂君家贫，在青黄不接之时，向大地主晁君家借了一石粮食。

晁君对这一石粮食打起了歪算盘，谷折钱，钱折谷，钱滚钱，利滚利，一通算计之后，没多久这一石粮食就变成十多石了。聂君家里本来就极穷苦，哪有十多石粮食还呢？可晁君天天逼，日日催，还打断了聂君的腿，不但把聂君夫妇当作了家里的长工，还要强行将聂君的女儿纳为妾。最终聂君一家不堪逼迫，偕同老父亲、老母亲，一家五口，全都上吊自杀了。

"聂家借谷死一屋"，晁君这样的地主却毫不在乎，照样过着歌舞升平、欢声笑语的日子，可相似的命运却让很多穷人心有戚戚，痛哭流涕。人们唱起了悲伤的歌谣："聂家借谷死一屋，地主欢歌穷人哭。"

后来，革命队伍来了，军民团结一心，推翻了剥削阶级，人民当家作主，大家过上了好日子。

建设新农村

有一个小山村，土地贫瘠，位置僻远，村里人皆不富裕。

后来，政府出台了好政策，大力帮助农村发展，促进乡村振兴。政府派来了带头致富的好干部，引来了资金，绿化了山，治理了水，穷山恶水变成了山水相依的青山绿水，荒僻之地变成了美丽的风景区。村子里的房屋院落、街道广场也都经过大力整治，村容村貌焕然一新。村里的旧石板路、老石头屋、盘龙展凤的古石碑、吱吱嘎嘎吟唱的老石磨与老石碾，染了风霜，历了沧桑，凝结了智慧，沉淀了岁月，又展现着历史，皆成为独特的人文景观。

村里开始发展旅游业。村民们开起了干净整洁的特色民宿，精心制作了各种土特产，村里的第一书记亲自上阵，带头宣传旅游项目和特色民俗，并直播售卖当地特产。地方文化也得到了很好的保护和发展，村民们组织了文艺团体，排练了体现当地风土人情的精彩节目，以饱满的热情给游客们表演。

大力发展旅游业的同时，大家并没放弃种田。大家干劲十足，把山坡、沟壑、坎堰等整治成一块块平平展展的梯田，兴修水利，使贫瘠的土地皆成旱涝保收的良田。从此，村里人过上了兜里钱滚滚、仓里粮冒尖的富裕生活。

不吝惜与不大方

有一位老人，他掌握着世间所有的知识，充满智慧，他的名字叫作知识老人。他看到谁不怕辛苦、肯动脑筋学习，就恨不得把自己所有的知识和智慧都给他，毫不吝惜；对那些怕辛苦、不用功学习、不肯动脑筋的人，则很小气，只给他们一星半点，从来不大方。

一个从来不肯动脑筋学习的人对知识老人说："你这样做不公平，对人应该一视同仁，给每个人更多的知识和智慧。"

知识老人说："知识和智慧是刀刃，勤奋是磨刀石，刀刃锋利是用磨刀石磨出来的，知识和智慧是靠勤奋学出来的，不经一番寒彻骨，哪来梅花扑鼻香。"之后，知识老人仍然对勤奋之人不吝惜，对懒惰之人不大方。

抹油不打牛

有一个人，养了一头老牛，他对这头老牛极好，把老牛养得膘肥体壮。这头老牛对他也极好，无论什么苦活重活全都帮他干，兢兢业业，毫无怨言。

这天，他要用牛车去拉一车粮食。他赶着牛车在路上走着，由于路途遥远，老牛已累得气喘吁吁。他知道，老牛干活从不惜力，也不用他大声吆喝，他只需轻轻地跟老牛说话般指挥着，老牛便竭尽全力。他十分心疼老牛，不想用鞭打硬逼着老牛使劲拉车，可天快黑了，又不能停在半路。他想了想，离这里不远处的村庄里有个修车铺，不如赶过去给车轮抹些油，把轮毂和轮轴好好润滑一下。他去修车铺把车轮润滑得非常好了，老牛再走时轻松多了，他们高高兴兴地往家赶，没多久就顺利到家了。

他知道，抹油是强于打牛的，只要肯动脑筋，总能想出更好的办法。

小猴烤花生

在大崮山上，有一只小猴弄来些带秧的花生，点起火来烤着吃。一丝风都没有，火很不爱着，火焰很小。小猴祷告：来阵轻风吧，帮我快快烤花生。

风儿来了，热心地说："我来帮助你。"微风徐徐吹，火烧得很旺，眼看花生就要烤好了，已散发出阵阵香味。

小猴闻到香味，急不可耐，恨不得花生马上熟透，就对风说："风儿请你再大些吧，我要马上吃到熟透的香喷喷的花生。"

一阵大风起，将火堆吹散了，整堆火熄灭了，花生也被扬得满山坡都是，满山的小动物都跑来抢着吃，小猴没吃到。小猴很懊悔，心想，要食美味，就要有耐心。

小猴买鱼缸

有只小猴非常喜欢金鱼。它觉得金鱼颜色亮丽，形体优美，在水里游来游去很是漂亮。这天，它去鱼市买了几条喜欢的金鱼，买完后便提着装着金鱼的塑料袋去买鱼缸。

鱼缸商店的店主看到小猴手里提着已经买好的金鱼，心想，看来它是真缺鱼缸非买不可呀，不然它的鱼放哪里养呢？赚钱的机会来了！

小猴在店里转了一圈，看到一个还不错的鱼缸，问店主："这个鱼缸多少钱?"店主答:"50元钱。"小猴说:"没想到这个鱼缸竟然这么贵,我以为价格没这么高呢!"店主说:"凡是有闲情逸致养鱼养鸟的,就没有嫌鱼缸和鸟笼贵的。花钱买个情致,提升雅兴啊!"

尽管小猴觉得店主说得很好听,但是觉得这个鱼缸物非所值,便让店主便宜些,店主无论如何都不肯降价,小猴无奈,只好花50元钱买了鱼缸。

其实,小猴买的鱼缸平时就只卖20元钱,店主大赚了小猴一笔。

要买鱼缸,就不要提着鱼来。

一株蜡梅

花园里有一株蜡梅。

凛冽的北风在空旷寂寥的大地上呼啸肆虐,冰雪冷酷无情地封冻了大地,可这株蜡梅,毫无畏惧地伸展着光秃秃的枝干,把心血都凝聚在这些光秃秃的枝干上,凝结成无数个小小的蓓蕾,凌寒绽放,淡黄色的小花吐出高雅的清香。暗香浮动,疏影横斜,万物凋零的严寒之中,它用雅致的美浸润温暖着人们,用饱满的生命力展现着盎然生机。这时,它孤零零的,没有别的花和它一起开放,甚至没有一片绿叶陪伴她。百花竞放的时节,它的花早已萎落成泥,化成了花肥滋润大地。

蜡梅就是这样,即使条件严酷,它也无惧风雪独自芬芳,不在乎春之圆舞曲是否为它奏响。

人不是也要这样吗?人生旅途上并没有那么多的同路人,也没有那么多的鲜花和掌声,大多数时候都是一个人顶风冒雪地孤独前行,路上有严寒有困苦有泥泞,只要自己坚持绽放,人生便有芬芳,不需要谁来赞赏。

牛羊眼中的美景

　　九仙山上有一个向阳的巨大山坡，这是九仙山上风景最美的地方，地上开满了鲜花，树上结满了果子。喜鹊看到这美景满怀欢喜，想让其他动物都来欣赏一番，于是就挑了棵最高的树站上去，大声吆喝道："快来观景啊，这里遍地都是姹紫嫣红的鲜花，树上都结满了芬芳诱人的果实，风景实在太美了！"

　　牛羊听到喜鹊的呼喊声，成群结队地来了，一齐对喜鹊说："什么美景不美景的，鲜花和果实都是我们的食物，这么多足够我们大吃一顿了！"

　　说罢，牛羊便在山坡上分散开来，风卷残云一般，各自大吃起来。不大会儿，整个山坡上的鲜花就被吃光了，低矮树枝上的果实也被啃光。

　　喜鹊心想，面对同样的东西，大家的需求不同，关注点就不同，对待事物的方式也不同。

猴子变人

　　一只猴子看到人类的本领很大，生活很幸福，于是找到佛祖，想让佛祖把它变成人。

　　佛祖说："变成人不容易。我不能一下子就把你变成人，得经受些磨难呀。这样吧，我给你一把镐头，你把南边这座荒山开垦成土地，劳动的汗水把你身上的毛冲刷光了，你就能变成人了！"

　　这只猴子说："这有何难，我力气大，不费吹灰之力就能全部开垦完！"

　　猴子说完，便扛着镐头开荒去了。到了山上，它找准一个地方，抡起镐头就开始干，可刚干了半个小时，它就大汗淋漓气喘吁吁了。它一边擦着汗一边说："看来想要变成人得经历艰苦磨炼啊！这得受多少苦才能历练成人啊，我还是当猴吧！"它把镐头一扔再也不干了，直到现在，猴子也没变成人。

成大事不在于力量多少，而在于能坚持多久。

狐狸捉老鹰

一只狐狸做了个梦，梦见自己有一个头饰是用鹰羽做的，非常漂亮。

鹰羽长在鹰身上，捉到老鹰就能弄到鹰的羽毛，可是怎样才能捉到老鹰呢？狐狸苦思冥想，想出了个好办法。

它先设计捉到了一只兔子，又骗一群老鼠帮它挖了个大坑洞，然后再骗鸟儿衔来树枝帮它把洞口盖好。狐狸把兔子绑在洞口上面的树枝上，自己藏在洞里，当老鹰飞下来捉兔子时，狐狸一把抓住了老鹰的尾巴。它心花怒放，大声喊道："捉到老鹰了！我有美丽的头饰了！"

话音刚落，老鹰猛地一蹿飞上了天空，大声对狐狸说："我的晚餐可太丰盛了，既有狐狸又有兔子！"说着就在天空中飞速地转了几个圈，把狐狸重重地从高空摔下，狐狸摔死了，它成了老鹰的晚餐。

一只毛毛虫

一只毛毛虫慢吞吞地爬过树叶。树叶上的其他小虫看到了它，大声地说："哎呀，毛毛虫好丑好恶心啊！"

这样的话毛毛虫听过很多次了，但一点都没破坏它的好心情，因为它的妈妈告诉过它，它会变成一只美丽的花蝴蝶，它记住了妈妈的话。它不理会那些嘲笑，高高扬起小小的脑袋，满怀信心地爬走了。它要变成美丽的花蝴蝶。吃树叶时，晒太阳时，亲吻美丽的小花时它都想着这件事。

终于有一天，它长出了一双美丽的翅膀，变成了一只美丽的花蝴蝶。

一粒小种子

秋天，一粒小种子落在了大地上，它满怀欣喜。心想，在这肥沃而美丽的山坡上，我要生根发芽，长成一棵枝繁叶茂的参天大树。

正高兴间，一只小鸟把它吞进了肚子里，它被迫在小鸟的肚子里进行了一次极不舒服的艰苦旅行。实在难挨时，它想：苦难终将过去，我最终能长成参天大树。过了几个时辰，这颗种子终于又被投入了大地的怀抱，这里已经不是那个肥沃而美丽的山坡了。这里的土地干旱贫瘠，没有鲜花，连小草都没几棵。泥土把它裹得很紧，它央求蚯蚓帮忙，蚯蚓可能没听到，慢慢地爬走了。它没气馁，在贫瘠的泥土中，在严寒的冬天里，它都没有忘记长成参天大树的理想，就是这种信念激励着它坚持下来，度过了艰难的日子。

春天来了，它努力地生根，发芽，成长，长成了一棵小树苗。这棵小树苗勇敢顽强，使劲地扎根，拼命地成长。很多年后，它终于长成了一棵枝繁叶茂的参天大树，每到秋天，树上总是挂满红红的、甜甜的果子。

一株向日葵

一株向日葵挺立在山坡上。

刮起了一阵大风，风吹起的沙砾打得它生疼，它想哭，可一看到头顶上的太阳公公正笑嘻嘻地照耀着它，它就没有了眼泪；一只大黄蜂狠狠地蜇了它，它疼得龇牙咧嘴，抬头望着太阳明亮的脸盘，看到太阳正向它眨眼睛鼓励它，它没哭；一只大虫子咬了它一口，它仰头迎着太阳，感受着太阳温暖的光辉，也没哭。

一只小蜜蜂问向日葵："你经历的苦难也不少啊，怎么没见你哭过啊？"

向日葵说："虽然我经历的苦难不少，可我经历的幸福也很多啊！太阳公公常常照耀着我，我感觉很温暖很明亮；雨婆婆常常润泽我，我感觉很舒展很滋润；虽有狂风吹我，可更多时候是轻风吹拂，我随风摇曳，跳着欢快的舞步；虽有大蜂蜇我，但更多的时候是像你一样好心的蜜蜂帮我传播花粉；偶尔有虫会来咬我，可更多时候是七星瓢虫和蚯蚓等益虫来保护我、帮助我，这种幸福时刻多得数不清，想想这些，我感到很幸运，经历苦难的时候就觉得没什么大不了的，也就不哭了。"

小蜜蜂说："你不愧是向日葵，心里充满阳光，面向阳光生活，大家都该向你学习。"

一座冰山

一座冰山漂浮在海面上，看起来体积不大，晶莹剔透，洁白无瑕，当金色阳光照射它的时候，反射出柔和的光芒，显得温情脉脉，恬静而安详。

可是，它的日子并不平静。有时，狂风狠命地吹向它，想把它吹碎吹散；巨浪猛烈地扑打它，想把它卷入海底；乌云拼命地翻涌，想把它完全笼罩；鹅毛大雪飘飘洒洒落在它身上，想把它压垮……可冰山不失平衡不失从容，依然岿然耸立在海面上，不动摇，不颠簸，不震荡，似乎没受任何影响。

它隐藏在海面之下的巨大身躯，是露出海面部分的千百倍啊，正是它隐藏不露的巨大实力，让它抵抗得了各种灾难和冲击。

一只青鸟

一位少年，不愿学习也不愿做事，总是坐在院子里仰望天空。院里有一棵大树，大树上住着一只青鸟，他也常常观察大树，观察青鸟。

他相信人生有无限可能，可以虚掷的青春如此漫长，有什么是不可能发生的呢？他看到天上年轻的青鸟振翅高飞，挥动翅膀时又快又有力，他相信这只青鸟飞万里路也毫无困难。

有一天，他仍是无所事事，坐在院里观天观树观鸟，阳光下青鸟翩然飞过，他蓦然发现，这只青鸟振翅不再有力，身姿不再轻盈，神态也不再悠然，而是有些吃力。

他不得不认真思考，所有的可能性都受限于时间，时间这位裁判给可能性标上了时限。青春并不漫长，甚至时限很短，虚掷了青春，就是限定了生命的更多可能性；虚掷时间，就是虚掷自己的生命。他学会了珍惜时光。

一颗铜豌豆

有一只小花狗受了些挫折，一蹶不振，它什么本领也不学，什么事情都不干，只愿躺在窝里睡大觉。

一天，小花狗的妈妈给了它一颗豌豆，对它说，自己要出远门，午餐时回不了家，让它把这颗豌豆做熟当午餐。

到了中午，小花狗很饿了，就想吃这颗豌豆。它把豌豆放到锅里蒸，豌豆没变样；它把豌豆架在火上烤，豌豆没变样；它把豌豆放进锅里煮，豌豆没变样；它又把豌豆放进锅里炒，豌豆还是没变样。小花狗气急了，拿起棍子打豌豆，想把它打碎，可豌豆仍旧没变样。

小花狗肚子饿得咕咕叫，这时它的妈妈回来了，对它说："这颗豌豆是铜豌豆，无论别人怎么对它，无论面对什么困难，它都不屈不挠，不改风貌，是颗响当当的豌豆啊！你要向铜豌豆学习，遇到困难百折不挠，坚强勇敢，好好学习本领，当只本领高强的花狗！"

小花狗听取了妈妈的教诲，决心向铜豌豆学习。

百分之一秒

一日，狐狸在树林里觅食，找了半天也没找到吃的，越走越饿，正当它垂头丧气地靠着一棵树休息时，忽然看到了一只刺猬，它想把刺猬吃掉，可刺猬满身是刺，没法下嘴。狐狸眼珠一转，计上心来，心想：我去跟它攀谈一番，打消它的戒心，找准机会咬它。于是，狐狸装出和善友好的样子，欢快地摇着尾巴迎着刺猬走过去，兴高采烈地跟刺猬打招呼："刺猬！刺猬！我儿子要娶亲了，我来跟你分享这个好消息，邀请你去我家喝喜酒，我已经邀请到很多客人了，大家都很高兴，都很想去。"

狐狸到了刺猬跟前，跟刺猬热情地攀谈起来。刺猬起初有所戒备，蜷缩着身体，心想：黄鼠狼给鸡拜年——没安好心，难道狡猾的狐狸邀请我喝喜酒，能有好心吗？可聊着聊着，刺猬觉得狐狸可能确实只是想跟它分享家有喜事的喜悦之情而已，渐渐放松了警惕，身体变得很舒展。狐狸一边聊一边观察着刺猬身体的变化，见时机到了，"唰"地一下将刺猬掀翻，张嘴就向刺猬柔软的腹部咬去。只听得"嗷"一声叫唤，狐狸的嘴巴上全是血，疼得它什么都顾不得了，屁滚尿流地逃走了。

原来，狐狸咬刺猬时，刺猬蜷缩身体的速度实在太快了，比狐狸咬它身体的速度还快了百分之一秒。这是它天长日久地朝一个目标努力，日积月累练就的特殊生存本领，这项本领在关键时刻救了它的命。

新蛙王之死

一个池塘蛙国里，有一只青蛙才华横溢，本领高强，但不受重用，在池塘蛙国里籍籍无名，空有一身本领却没有机会施展，它为此心中迷茫，郁郁寡欢。

机会终于来了，青蛙大王死了，蛙国要选新大王，这只青蛙竞选成功，当上了新一届蛙王。上任之后，它励精图治，还真把池塘蛙国治理得井然有序，蛙国里呈现出一派欣欣向荣的繁荣景象。

一日，一只负责巡逻的小青蛙前来报信："大王，来了一条大蛇，盘曲在池塘边上，似乎要伺机捉蛙，赶紧组织大家撤退躲避吧！"

蛙王挺着胸脯说："别怕！区区一条蛇，何足挂齿。我去劝说它不要来侵犯我们即可。"说完，就胸有成竹地主动找大蛇谈判去了。

这条大蛇已经饿了好几天了，没等它找到青蛙，青蛙竟然自己出现在眼前，不禁心中欢喜。等蛙王走近了，还没来得及开口，大蛇就把蛙王一口吞进了肚中。

不得志时，担心别人不认识自己；一旦得志，自己却又不认识自己。

一群甲壳虫

在大沙漠里，有一群甲壳虫。

天刚蒙蒙亮，这群甲壳虫就起床了，然后一齐从沙丘底部爬向沙丘顶端。它们爬到了顶端后，在那里列队，立起身子，把背面光滑的甲壳对着晨风吹来的方向，它们长时间地一动不动，等待着微微湿润的晨风在它们的背上悄悄凝成水珠。水珠最后流到它们的嘴边，这就是它们一天维系生命所需要的水分。

小小的甲壳虫尚能做到如此地步，当一个人拥有勤劳坚韧的品质和智慧的头脑，有什么奇迹不能创造呢？

悟空寻神掌

当年，孙悟空没能跳出如来佛祖的神掌。某一日，他又突发奇想，天地间除了如来佛祖的神掌，还有没有其他威力无边的神掌呢？这样想着，他就去寻找了。

他驾着云四处寻找，看到一条明晃晃的大道通向天涯，心想，天涯路算什么，我照样能走到头。他走过了天涯路，来到了人间。

他驾云在空中向下俯瞰，看到炎炎烈日下，有一群筑路师傅正在修路，他们蹲伏着，用一支铁凿一凿一凿地把坚硬的岩石凿成了石粉，他们逢山开山，遇水架桥，每个师傅都挥汗如雨。悟空又用火眼金睛定睛细瞧，师傅们都瘀血在掌，手背上的血管如青蛇蜿蜒，手掌上的皮肤早已结成了厚厚的老茧，这茧都坚硬似钢了。

悟空想，我找到神掌了，四通八达的道路就掌握在这些师傅的手掌之中，这才是威力无边的神掌啊！

悟空招工

孙悟空想让猴国更干净整洁，美好宜人，决定招收清洁工。

招收地下清洁工，许多动物前来报名。本领展示时，蚯蚓吃掉了地下的垃圾，很快把它们变成了肥料，供给植物生长，使植物生长得更茂盛。蚯蚓被录取了，喜滋滋地去工作了。

招收草原清洁工，很多动物进行了本领展示，悟空都不满意。这时，一个黑不溜秋名叫屎壳郎的小家伙爬来，很快就把牧场上的牛粪和马粪滚成了粪球儿，埋在了地下。悟空看了很高兴，说："你倒立滚粪球的神功很了不起，你被录取了，上工去吧！"屎壳郎喜出望外，马上召集伙伴们上工去了。

招收河流清洁工，悟空看到鲫鱼本领高强，吃河里的藻类、虫子等，吃得津津有味，吃得多，不挑食，就录取了鲫鱼。鲫鱼们一片欢腾，开心地互相追逐着清洁河流去了。

地面清洁工的招工竞争激烈，很多鸟和小动物都来应试，但悟空都觉得不满意。乌鸦来迟了一步，刚到场就精神抖擞地开始展示：把地上的昆虫、食物残渣、腐肉等一扫而光，悟空见它效率很高，能力很大，就录取了它。乌鸦欣喜若狂，高兴得呱呱叫，马上就上岗了。

招收城市卫士，树木欣欣鼓舞地来报名，悟空见这些绿色卫兵能降低噪音，吸收烟霾，阻挡风沙，净化空气，美化环境，夏天还能让城市变得清凉，对城市环境改变很大，于是就录取了树木，树木兴高采烈地摇摆着枝叶，立刻就开工了。

动植物是人类的好伙伴，好帮手，好同事。

大树的倒塌

一棵大树，志向高远，它对周围的树说："我要长成世界上最高的树，大家都离我远点，别来跟我争阳光雨露，也不要争我根部的养分，不然休怪我不客气，我会把你们全压弯、压断，让你们活不成！"

其他树木都怕它，枝叶不敢往它身边伸展，根也不敢往它的近处扎，它凭着自己的霸道蛮横争得了好的生长条件，憋足劲长啊长，长到30多米高了，树冠遮天蔽日，但它还想长，于是又奋力长高了几十厘米，再想拼着命长高几厘米时，树干已经承受不住，"咔嚓"一声巨响，折断了，庞大的树冠轰然倒地。

不是大地撑不起它，是它自己撑不住自己了。

镜　屋

有一间屋子，里面镶满了镜子。

一只小猫进来了，它蹦蹦跳跳高高兴兴地玩耍，镜子中的小猫也是如此。它高兴地说："这间屋子真好，在这里玩真愉快，我一定经常来玩！"

另一只小猫也来到这间屋子，它耷拉着脑袋，乜斜着眼，一副很不高兴的样子，镜中的小猫也是这样。它想：这间屋子很不友好，在这里玩真扫兴，我再也不来玩了！

桃树和松树

一面山坡上，有一棵桃树和一棵松树。

春天，桃树对松树说："你看，我开满了娇艳的花朵，你却只有一些绿树枝罢了！"松树说："是啊，你更美丽！"

夏天，桃树对松树说："你瞧，我挂满了鲜红香甜的果实，你还是只有些绿树枝罢了！"松树说："是啊，你更能干！"

秋天来了，秋风呼呼地刮着，桃树既没有了鲜花也没有了果实，连叶子也开始枯萎掉落，松树依然青葱美丽，翠绿的枝叶在风中欢快地摇摆。

冬天到了，寒风呼啸，大雪纷飞，桃树上已经没有了树叶，只有裸露的枝干在冷风中摇晃，显得萧瑟冷清。而松树则傲立在风雪中，依旧绿意盎然，点缀着单调的冬天，用满满的活力激发着大地的希望，它在告诉大家，隆冬总会过去，春天总会来临。

狗妈妈教子

狗妈妈生了几只小狗，这几只小狗很不团结，常常为些鸡毛蒜皮的小事打得不可开交。

有一天，它们又为了争玩具打起来了，踩脚、扯腿、挠脸、揪耳朵、拽尾巴，直到后来互相追咬，狗妈妈不胜其烦，扔过来几头大蒜，小狗们看到大蒜，觉得很新鲜很有趣，跟它们玩过的所有玩具都不同，于是就停止了混战，都过来抢着玩，每只小狗都抢到了一头大蒜。它们用爪子使劲地掰蒜瓣，可怎么都掰不开，无论大蒜瓣还是小蒜瓣，都紧紧地围着一根小柱子紧密地坐着，看起来很亲密很和谐。

狗妈妈对小狗们说："你们也要向大蒜学习，蒜瓣们多么和睦多么团结啊，它们从不互相排斥，从不打架，才能这么整齐而紧密地围坐在一起，组成一头好看的大蒜，如果不团结，它们便会分崩离析，就只是些四处散落着的蒜瓣了。"

小狗们听了妈妈的话，想想自己的行为，觉得很惭愧，以后互相谦让，再也不打架了。

空　谈

一群猫家长聚餐，它们一边吃饭一边热烈地讨论育儿话题，大家一致认为要赏识孩子、鼓励孩子，鼓励和赏识对孩子的成长至关重要。

一只小猫刚啃完一块骨头，爪子油乎乎的，它在纸上印上了一个可爱的爪印，像一朵极好看的梅花，小猫非常高兴，赶紧拿着这张纸向妈妈展示道："妈妈，快看看我这幅画，多么美呀！"

它妈妈正跟其他猫家长聊得热火朝天，看都不看，一把把它推开："去去去，别捣乱！我们正在谈正事呢！"

猫家长们仍然热烈地讨论着，没有一个家长看看这只小猫在纸上做了什么，更别说夸奖它了，徒留小猫耷拉着脑袋在角落里伤心失落。

崇　拜

观众们坐在绚丽的舞台下，翘首以盼，等着一位著名魔术师的表演。等了许久，魔术师终于上场了，人们激动不已，欢声雷动，因为都很崇拜他。

只见魔术师一只手拿着一支香烟，用另一只手不停地摸口袋，各个口袋都摸遍了，也没找到打火机，他无奈地摊了摊手。随后，他环顾四周，看到旁边有一盏台灯亮着，于是就过去将香烟的一头放在台灯上试图点燃，果然，香烟冒烟了，台灯点着了香烟，他笑嘻嘻地悠然自在地抽起了烟。

表演完之后，有人问他这是怎么回事，他说："这没什么稀奇，我在香烟上涂了白磷，白磷达到40℃就可以燃烧了。"

有时，崇拜是源于不明真相。

一辈子瞄准

有一个人坐在家里翻来覆去地想，哪种行业好，什么工作好，自己该从事哪种行业，哪种工作。他想，当个飞行员吧，驾驶着飞机飞行在广阔的蓝天上，多么威风啊，我身体素质好，定能实现这个理想；改天又想，我还是当个深海潜水员好，潜到海底看看海底的大千世界，看看海底不同于陆地的风景，地球上海洋面积那么大，我能在广阔的海洋中遨游，也是很了不起的；过了几天他又想，我还是当个医生吧，用精湛的医术帮病人摆脱痛苦，这样的工作很有意义；改天他又想，我还是当桃李满天下的教师更好，培养一批又一批的学生，让他们成为祖国的栋梁……就这样，他今天瞄准这个行业，认为在这个行业里干不错，明天又瞄准那个行业，说在那个行业干也很好，三百六十行他都想过，可每个行业他都不去干，只是坐在家里空想。

一年又一年，一辈子很快就过完了，他一辈子都在空想，错过了实践的机会，蹉跎终生，一事无成。无志之人常立志，有志之人立长志。

屎壳郎的秘密

风跟屎壳郎一起玩耍，屎壳郎说："告诉你一个秘密吧，我身上有臭味。"风很快就把这个秘密告诉了树。

屎壳郎在烈日下滚粪球热得受不了，请求树让它到树下乘凉，可没有一棵树同意它的请求。后来风又把屎壳郎的秘密散播到了四面八方，给屎壳郎的生活造成了极大的不便，屎壳郎在这里实在待不下去了，只好搬了家。

屎壳郎很生气，临走时责怪风将它的秘密泄露出去，风说："烂在肚里的才是秘密，当你把秘密告诉别人时，它就已经不是秘密了。"

群猴啃树皮

有一群猴子，住在一片树林里，它们每天爬树攀枝，自由嬉戏，好不快活。

后来它们出去旅游，看到了一片长满绿草、开满鲜花的美丽山坡，山坡上有大群的牛羊在美丽的花草中悠然地散着步，看起来生活得非常幸福。它们也想在这个山坡上生活，可是牛羊驱赶它们，不想它们也生活在这片山坡，猴子们只得回到居住的树林。回来之后，猴子们总想着怎么把这片树林毁灭掉，让这里变成开满鲜花的美丽草地。猴子们推树、拉树、晃树，对树拳打脚踢，爬到树上折树枝，都没把树毁灭掉。有一天，一只聪明的猴子想出了毁灭树林的办法：啃树皮。如果树没有了皮，就活不成了。于是它们卖力地啃，把每棵树的树皮都啃掉了一大圈，这些树终于全部枯死了。

从此，烈日炙烤时、暴雨倾盆时猴子们没有了如伞的树冠遮挡；飓风狂飙时、风沙袭来时它们也没有了安全的篱墙，失去树木保护的猴群承受了很多痛苦。这些树慢慢朽烂，一棵棵地被风吹断，树倒下时也砸死了不少猴子。后来，这些变成了干柴的树木起了野火，把整座山都烧焦了，又烧死了很多猴子，剩下的那些猴子，也彻底地失去了家园，只得痛苦地四处游荡，变成了流浪猴。

老猫戴手套

一只老猫，捉了一辈子老鼠了，它的捕鼠本领十分高强，捉的老鼠太多，数也数不清。

有一天，它在沉思："老鼠很肮脏，它们什么脏地方都去，什么洞都钻，实在脏极了！我不能再直接用爪子逮老鼠了。"于是，它买了一副手套，捉鼠时就套到爪子上，但从此之后，它再也没捉到老鼠。手套让它的爪子变得不那么灵活锋利了。

其他猫都笑它，捉鼠戴手套多此一举，纯属自废"武功"。果然，它把手套扔掉后又成了捕鼠能手。

松鼠变羊

一只松鼠每天爬树找松果吃，吃饱之后就蹦蹦跳跳地在树上玩耍，生活还算安逸舒适。

有一天，它为了采松果不断地爬树，不断地在树上上蹿下跳，累坏了，于是就选了一根视野很好的高树枝，坐在树枝上边休息边看风景。它环顾四周，看到一只羊在鲜花遍地、绿草茵茵的山坡上吃草，边吃边散步，自由自在，悠然自得。松鼠很是羡慕，觉得自己的生活并不好，在树上采松果远不如在草地上吃草舒适，树枝是那么局促，草地是那么宽广，于是，它请求神仙把它变成了一只可爱的小白羊。

变成羊后的松鼠很是开心，它再也不用爬树采松果了，它在草地上溜达着，边欣赏美丽的野花边吃草，且很快就吃饱了。可是好景不长，一天，它正在吃草，来了一只大灰狼，叼起它就跑进了山洞，把它当作了一顿美餐。

粗枝大叶

　　花果山上有一只小猴，性格争强好胜，事事争理，处处争强，为了比其他小猴强，无论干什么事情都急于求成，因而不断出错，总是干不好事情。因此它不但不比其他小猴强，反而比其他小猴弱，这让它难以承受，整日情绪低落，都快得抑郁症了。

　　悟空注意到了这只小猴。到了这年五月，悟空带着这只小猴去看了一棵千年老松，又带它去看了一棵芭蕉，告诉它要慢慢看，仔细观察。

　　小猴为了显示自己看东西快，匆匆看了几眼，就赶紧向悟空报告说自己看完了，看得很仔细了。悟空让它详细描述一下千年老松和芭蕉，并总结一下它们的区别，小猴子说："松树的树枝很粗，芭蕉的叶子很大。"悟空说："你只知道粗枝大叶怎行？难道除了粗枝大叶就没看到别的？"悟空命小猴再去仔细观察，再提问它，就这样反复了好几次，小猴终于把松树和芭蕉看得比较细致了。

　　悟空对小猴说："做事急于求成，急于表现，看东西不仔细，考虑问题不细心，做事粗枝大叶，怎能把事情做好？欲速则不达，那样不会胜利，而是会失败。"经过悟空耐心地教育，这只小猴沉稳了很多，不再一味求胜了。

找错门

　　古代也称佛教徒为道人。有一个佛教徒平日里持戒不严，学佛法也学得不精，听到有人称他为道人，便搞不清自己的身份了。这天，师傅让他出去游历一下，他很高兴。他在外信步走着，路上遇到了一座庙，便跑进去拜佛。这座庙是吕祖庙，吕洞宾一眼便看出他不是真正的道士，因为他用拜佛的礼节拜吕洞宾。

吕洞宾对他说："你找错门了吧?"这位道人才恍然大悟，自己这信佛的怎么跑进道教场所来拜佛了！不禁羞红了脸，赶紧跑了。

回到佛寺后，他认真修行，终成高僧大德。

失声铃铛

一匹枣红马在山坡上吃草，挂在脖子上的圆铃铛悠荡来悠荡去，声音清脆悦耳，非常好听。大家都夸这个铃铛是个好铃铛。

可这个铃铛的两边闹起了矛盾，矛盾的焦点是：这美妙悦耳的声音究竟是谁发出来的。一边说："铃铛响是里面的金属球碰到我发出来的!"另一边说："是金属球碰到我发出来的!"两半铃铛争得面红耳赤，马劝它们，它们也不听。争了半天仍互不相让，一个半边对另一半边说："我不屑于跟你在一起了，分开！分开就知道是我发出的声音了!"另一个半边说："我也耻于与你为伍，分开就分开!"于是它们拼命往两边挣，试图摆脱对方，"嘭"的一声，它们分崩离析，分成了两半，里边的金属球也不知蹦到哪里去了。

自此，这个铃铛成了废铜烂铁，再也没响过。

小花狗吃星星

有只小花狗蹲在门口给主人看门，主人对它很好，常常喂它一些美味的肉骨头，它生活得很惬意。

有一天晚上，小花狗遥望天空，想起一位朋友说过，吃了星星之后它就能变成星星。它心想，一闪一闪亮晶晶的星星多美呀，我夜晚守门时，星星还常常冲我调皮地眨眼睛打招呼呢！要是能变成星星挂在天空，是最美不过的事了！于是它找来一架长梯靠在一棵大树上，顺着梯子往上爬，爬到了梯子最顶端，它伸手使劲够星星，可离星星还远着呢！它又想，梯子还是太矮，不如爬到大树上吧，它使劲地用前爪钩住一根树枝，吊着身体使劲地悠荡，想把自己荡到更高的树枝上去，此时一阵大风刮来，大树一阵猛烈地摇晃，小花狗重重地摔到了地上。

小花狗摸着自己摔疼的屁股，心想，我就是帮主人看门的小花狗呀，主人对我很好，把我当家人、当朋友，我对这份工作也很满意，异想天开去当什么星星啊？虽然星星很美，人们看到它很高兴，可我聪明可爱，还能帮助主人守门，主人看到我也很高兴啊！小花狗打消了去天上当星星的念头，又高高兴兴地看门啃骨头了。

仓鼠借粮

秋天，庄稼成熟了，仓鼠不停地往家里运粮食，存了满满一洞。

快到冬天了，它往嘴边的颊囊里含了一点粮食走出洞来，可怜兮兮地对乌鸦说："我只有嘴边这一点粮食了，漫长的冬天该怎么过啊？你借给我一些吧，不然今冬我就得饿死。"

乌鸦知道仓鼠的脾性，知道它家里已经藏满了粮食，这是出来哭穷骗别人的粮食呢，就没好气地说："守着的没有，飞着的倒有啊！"

说完便"唰"地一下飞走了。

不能像仓鼠那样贪得无厌，通过欺骗别人来满足自己，必会遭人嫌恶。

蛇钻竹筒

有一个人去竹林里砍了一根竹竿，把竹竿里面的竹节打通了，竹竿成了一个细长的圆筒，这人打算把它当水管用。

一条蛇不小心钻进了竹筒里，慢慢地往前爬，竹竿越来越细，蛇感觉越来越紧，但它心存侥幸，万一再往前爬一点就宽敞了呢？退回去多麻烦啊。蛇不打算放弃前进，仍旧使劲往前钻，后来实在钻不动了。此时，它的头已被紧紧卡住无法动弹，想退也退不回去了，最终这条蛇被卡死在竹筒中了。

知难而上值得赞扬，但有时也要懂得审时度势。

老鼠逗猫

一只小老鼠突发奇想：逗着猫玩玩岂不万分有趣？于是它在洞口吱吱叫着，又跳又唱，引诱猫来捉它。猫刚过来，早有准备的它立即退回洞中。过了一会儿，见猫离洞口远些了，又出来边扭边叫，猫来了它再迅速跑回洞中，如此反复多次，猫也没捉到它。小老鼠高兴万分，在洞中手舞足蹈，嘲笑这只猫的捉鼠本领不过如此，是只没用的笨猫。

过了好大会儿，小老鼠猜想猫没耐心再捉它了，肯定已经走了，于是又到洞口张望，没发现猫，小老鼠高兴得不亦乐乎，于是就爬出洞来开始庆祝胜利，正当它撒欢之时，猫猛地蹿出来一口咬住了它。原来，猫没在洞口，而是在洞口旁边的小土堆后面藏着呢。

路边打草鞋

有一个人坐在路边打草鞋，一个矮子路过，看了看他打的草鞋，说道："你打的草鞋太长了，穿着不净摔跟头吗？不合脚怎么走路？"过了一会儿，一个彪形大汉路过，说道："你打的草鞋太短了，能穿进去吗？"又过了一会儿，一个骨瘦如柴的瘦子路过，说道："你打的草鞋这么宽，恐怕两只脚放到一只鞋里都绰绰有余，谁穿得了？"又有一个大胖子路过，说道："你打的草鞋太窄，只能放下我一个脚趾头！"

不管别人说长说短，说宽说窄，那人还是安如泰山照样打草鞋，他心中自有尺寸。

粉刷的老鸹

一只乌鸦听到人们叫它黑老鸹，心里很不痛快，于是费了老大劲找来白粉，花了一天一夜，把全身的黑羽毛全刷白了。

大家两天没见到它，忽然看到它变得全身雪白，一根黑毛也没有，都感到十分惊诧，问它是否遇到了大难事，愁白了毛。它说："难道你们就想不到别的吗？通体雪白不美吗？"大家说："洁白无瑕确实很美，只不过我们知道你原来的样子，现在看了才会吃惊，如果你天生就是白的，我们就只会觉得美而不会感到吃惊了。"乌鸦说："你们就把我过去的样子忘了吧，我强迫自己忘记过去的样子。我喜欢现在的样子，从此之后，你们都叫我白老鸹！"于是大家都叫它白老鸹。它很高兴，天天展翅飞翔，四处炫耀它的白羽毛。可好景不长，没过几天白粉就掉了一些，它身上白一块黑一块的，斑斑驳驳，大家又叫它花老鸹。又过了几天，一场大雨把它身上的白粉冲刷得干干净净了，它又成了黑老鸹。它只是白了一阵，花了一阵，便又是黑的了。

黑老鸹心想，把自己粉刷成白老鸹，费了大力气，也只是白了一阵，高兴了一阵，高兴的同时心里也不踏实，老怕这粉刷的白羽毛不持久，怕刮风，怕下雨，怕太阳底下晒出汗，真是累啊。在鸟儿们面前炫耀时又总怕露了馅，何苦这样折磨自己呢，还是好好当黑老鸹吧，满身油黑，如黑珍珠般闪亮，也是极美呢！

如此完美

有一个人养了一头骡子，这头骡子自打出生时就是豁唇，虽然豁唇，但这是头极好的骡子，膘肥体壮，十分能干。这天，这人想卖掉骡子买匹马，为了能把骡子卖个好价钱，他在骡子的豁唇处粘上了一撮毛遮盖着。

他牵着骡子到了集市上，大家都对这头健壮乖顺、皮毛光滑、身姿挺拔的骡子很感兴趣，围着骡子转来转去地仔细瞧。有一个人看出了问题，说道："骡子是好骡子，只是嘴上长着这么长的毛是为啥呢？"边说边用手拽了一下这撮毛，这下露了馅，原来是头豁嘴骡子。这人把粘在骡唇上的毛撕去道："只能给你个驴价钱了，你吃亏就吃亏在嘴上！"

卖骡人听了这话很生气，但想到自己平素喜欢说些不得体的话，常常因此跟人闹矛盾，也为此吃了不少亏，也是吃亏在嘴上，这次他的骡子被人这么说，他没反驳。但心想，这么好的骡子，只因唇上多了条缝，就只给个驴的价钱，这价钱实在是"侮辱"我家这骡子了。我有这么好的骡子，还惦记什么马呢！要是真卖了，即使卖了好价钱，也会心疼！

他没卖骡子，把骡子牵回了家，给骡子起了个名字叫"完美"，他和骡子一直相依相伴生活着，直到骡子寿终正寝。

暴脾气鸡蛋

一只老母鸡生了个蛋，这个蛋生来脾气极大，动不动就大发雷霆。

有一天，它出门玩耍，横冲直撞地滚啊滚。它在路上碰到了一只小蚂蚁，愤愤地说："小蚂蚁，快滚开，不然我就压死你！"小蚂蚁被吓得不轻，赶紧躲开了。它又碰到一只小螳螂，大声说："小螳螂，快滚开，不然我就压断你的脖子！"小螳螂吓得赶紧跑了。它继续滚啊滚，遇到了一只小乌龟，它大喊道："小乌龟，快滚开，不然我就压碎你的龟壳！"小乌龟也吓坏了，但它知道自己跑得慢，只好赶紧把头缩进了壳里，仍然趴在路上。这下鸡蛋火大了，气得七窍生烟，开足马力猛地向小乌龟撞去，只听"啪"的一声，鸡蛋破了。

小麻雀本来在地上一跳一跳地找食吃，看到鸡蛋气冲冲地滚过来，毫无来由地对小动物们发火，吓得赶紧飞到了树杈上，站在树杈上看热闹。看到鸡蛋碎了，便大声喊道："鸡蛋碰乌龟，自找难看！自找难看！"

坏 仁

一只臭虫爬呀爬，爬到了一堆瓜子里，找了个空壳钻了进去。一个人抓起一把瓜子就嗑，嗑着嗑着，把那只臭虫嗑出来了，他对旁边的人说："怎么还有臭虫呢，真是什么仁都有！遇到了个坏仁呀！"

旁边的人说："是啊，瓜子仁有好有坏，世上的人，不也有好有坏吗？我种了一亩谷子，谷穗长得又大又好，成熟时金黄一片看着喜人。我傍晚时去地里看，看到沉甸甸黄澄澄的谷穗垂着，心里那个喜悦劲儿就甭提了，想着第二天一早去收回家，但我却没收到一粒米，谷穗当天晚上全被小偷给偷走了！你说，这个小偷是不是比这臭虫更可恶？"

这个嗑瓜子的人恰巧就是那个盗谷贼，听这人如此说，以为他已经知道自己是盗谷贼了，借臭虫影射自己，吓得赶紧溜走了。

老鼠骑牛背

一只小老鼠好不容易爬到了水牛背上，便在水牛背上逞能，又是唱歌又是跳舞，引得一大群老鼠前来围观，都指指点点地说："大的没有小的能呢！"

小老鼠听了更加得意，在牛背上竭尽所能地折腾，一会儿揪揪水牛耳朵，一会儿拽拽水牛尾巴，一会儿又在水牛背上嘿嘿哈哈地练武功。水牛被惹恼了，梗着脖子，狠劲地尥蹶子奔跑，即使这样，也没把小老鼠摔下来。围观的老鼠啪啪鼓掌，小老鼠更加觉得自己了不起，折腾得更欢了。

围观的老鼠也都跃跃欲试，都想到水牛背上嬉耍一番，有些就爬上了水牛背。水牛想：我虽然力大无穷，但用蛮力对付小老鼠效果并不好，我是不怕水的水牛，何不把老鼠淹到河里呢？

于是，水牛对背上的老鼠说："我堂堂大水牛，却是你们的手下败将，你们真了不起！"水牛边奉承着老鼠，边往河边走，背上的老鼠高兴得忘乎所以，仍不停地向追随而来的老鼠炫耀才艺。

到了河边，水牛快步走向河里，使劲抖擞身体，把老鼠全都甩到了河中央，河水湍急，把老鼠冲得晕头转向，大多都被淹死了，逃出来的几只幸运老鼠再也不敢戏弄大水牛了。

谁最高贵

一个建筑工地上，工人们拉来了一大车砖头，他们把砖头从车上卸下来，堆在地上。最上面的几块砖头总觉得比下面的砖头更高贵、更厉害，就得意地大喊："我们几个在最上头，在最高处，是最高贵、最厉害的胜利者！下面的砖头乖乖听好了，我们是你们的领导，大家凡事都得听我们几个的安排！谁要是不听，小命不保！"

话音刚落，一群建筑工人来了，随手就把这几块砖头扔到了新挖的地基边，工人们开始砌墙，把这几块砖头垒在了最底下，原先被压在最下面的砖头后来被砌在了最上面。

这几块自诩"最高贵"的砖头，被上面的砖头压得喘不过气来，为了求上面的砖头轻点压自己，让自己略略好过一点，不得不夸上面的砖头最高贵。

脱　险

一天，一只小芦花鸡正在路上走着，忽然听到后面有脚步声，回头一看，一只黄鼠狼跟过来了。小芦花鸡心里十分害怕，可它知道必须镇定，这样才能好好想办法脱险。这时，黄鼠狼问："你这是去哪里啊？"小芦花鸡随机应变地说："狗哥哥在前面的花园里种花，中午了，我叫它回家吃午饭。"接着就冲着前方大声喊："狗哥哥，中午啦……"后半句还没喊出来，黄鼠狼就被吓得一溜烟地逃跑了。

一天，一头小鹿正在玩耍，忽然看到一只老虎把路挡住了，再往前就是悬崖，没办法逃跑了。它马上装成害怕的样子，不停地颤抖着，老虎走过来，想把小鹿当美餐，流着口水问："小鹿，你怎么了？"小鹿说："我刚刚吃了好多没见过的野草，现在肚子开始疼了，一定是那些野草有毒，我吃了这么多毒草，肯定活不成了！"接着就倒在了地上，还悄悄咬破舌头，血顺着嘴角流了出来。老虎见状，害怕自己吃了小鹿也被毒死，便扫兴地嘟囔道："我还想多活些年，享受更多的美味佳肴呢！"边说边走了。等老虎走远了，小鹿飞快地跑回了家。小鹿凭借自己的智慧保住了性命。

遇到危险要镇定，随机应变，凭自己的聪明才智摆脱危险。

两种水饺

饺子煮好了，被盛在几个大盘里。

这是两种饺子，一种是暗黑色的荞麦面的，一种是白白的小麦面的。白面饺子看到荞麦面饺子，心里窃笑，于是笑话它们道："你们乌漆麻黑的，谁都不愿要你们！"

荞麦面饺子听了很伤心，但确实觉得跟白面饺子相比自己挺丑陋，不禁自惭形秽，很不自信地说："我们知道自己不好看，外表不讨人喜欢，但我们味道很好，也有人喜欢我们呢。"

白面饺子自信地说："我们可是人人喜欢！"

开饭时，人们很快把荞麦面饺子吃光了，只剩些白面饺子静静地躺在盘子里无人问津。

勇敢的小乌龟

山林里生活着山猪和其他一些小动物，山猪嘴里长着两颗大獠牙，极其锋利，它就仗着这獠牙不断地祸害小动物，小动物们见了它就躲得远远的。

为了获得好名声，山猪便用纸把獠牙包了起来。小动物们正在河边玩耍，见到包着獠牙的山猪走来，仍然吓得四处逃窜。只有小乌龟跑得慢，躲避不及，小乌龟眼睛骨碌骨碌地转，想出了对付山猪的办法，它镇定地对山猪说："你凶狠、恶毒，爱杀戮，獠牙包得再好，也改变不了你凶恶的本性！"小乌龟边说边往水边退。山猪听了大怒道："你这么小，都不够我塞牙缝的，我才没吃掉你，不然此时还有你说话的机会吗？"小乌龟说："我不怕你，你已经祸害了那么多小动物，难道就没有能治你的吗？"山猪冷笑着说："哼哼，在这个山林里，我就是王，谁能拿我怎么样？"小乌龟说："我就能打败你！"

山猪早就对小乌龟不耐烦了，此时更加恼怒，恶狠狠地扑向小乌龟，小乌龟已经退到了水边，猛地钻进水里沉到了水底，山猪还想着捉小乌龟撒气，在水边一直等着小乌龟露头。忽然，河里蹿出一只大鳄鱼，狠狠地咬住山猪的脖子把它拖下了水，山猪很快就一命呜呼了。原来，小乌龟知道河里有鳄鱼，它是故意激怒山猪，引诱山猪靠近水边的。

山林里的动物们得知山猪被鳄鱼咬死的消息，欢呼雀跃，了解了事情的经过后，都夸小乌龟机智勇敢，是大英雄。从此，小动物们过上了平静安宁的生活。

浪荡子哭父

有一位青年，平时不爱劳动，很少帮父亲干农活，就爱四处玩乐，挥霍钱财，父亲批评他，他也不听，依旧我行我素。

后来，他的父亲去世了，他在床前呆呆地看着父亲的遗体。父亲劳累一生，早早地就白了头。父亲生前，家里生活困顿，日子过得紧紧巴巴，捉襟见肘，父亲一天宽裕日子都没过上。而自己从不体谅父亲的辛苦和艰难，全靠父亲一人辛苦干活维持一家人的生计，自己不但不帮忙，还给父亲增加了很大的经济负担和精神压力，以致父亲太过劳累辛苦而过早辞世。想到此，他不禁悲从中来，号啕大哭，发誓今后好好做人，好好劳动。

安葬完父亲后，他把发的誓言抛之脑后，心想，父亲是太过劳累操心才这么早就白了头，过早辞世，那我就更不能让自己累着，这样就能老得慢，迟生白发。他反而觉得父亲死后，没人管束他，更加自由自在，他仍吊儿郎当，好逸恶劳，他家里比父亲在世时更穷困，已经揭不开锅了。尽管他用懒惰抵抗岁月，岁月也没饶过他这个游手好闲的人，过了几年，他贫病交加，凄惨去世。

霹雳将军发怒

王青年长得强壮结实，又学过一些武功，横行乡里，打东家骂西家，偷鸡摸狗，牵驴盗马，还不断地在大街上寻衅滋事，甚至伤人性命。人们远远地看到他便十分害怕，赶紧躲避，生怕被他讹诈打骂。

老天爷知道了他的恶行，气愤地说："这等恶霸，留他何用！"于是就派霹雳将军去惩治他。霹雳将军找到王青年时，他正凶神恶煞一般欺凌一位白发老翁，揪住老翁又打又骂，霹雳将军看到他的恶行后不禁心中震怒，"咔嚓"一声把他劈死了。他死后，人们看到他的背上有四个大字：罪有应得。

打猎选君主

一位老皇帝打算传位给自己的儿子，两个儿子各方面条件旗鼓相当，老皇帝犹豫不决，迟迟没定下继承皇位的最佳人选。

这一天，他心情烦闷，于是带着两个儿子去打猎，两个儿子各猎到了一只珍贵的鸟献给他。

大儿子对他说："父王，现在是春天，百鸟正繁殖，这只鸟我是用网逮到它的，没伤到它，现在把它献给您。孩儿想请求父王以后不要在春天打猎了。"话音刚落，二儿子也拿着一只鸟来见他，二儿子说："父王，孩儿用猎枪打死了这只雏鸟，把它献给您。本来我又找到了另一只雏鸟，差点就打死它了，只是它命大，被它母亲叼住飞走了，我怕回来晚了父王担心，就没去深林里追。"

通过这次狩猎，老皇帝觉得大儿子有怜悯心，会比二儿子更关心民间疾苦，善待黎民百姓，就让大儿子做了皇帝。

连环脚踢螃蟹

雨后的傍晚，一个农人去地里查看庄稼有没有倒伏，路过一个小池塘，沿着池塘边向前走时，突然听到一阵哈哈的笑声，把他吓了一跳。他环视四周，定睛一看，原来是一群在路边横行的螃蟹笑话他向前走。这群螃蟹高声道："奇怪奇怪真奇怪，初见两腿向前迈！"

农人生气了，说道："你们这些横行惯了的东西，见不得别人走正道！不让人走正道的东西，就要一脚踢开！"说罢，来了个连环脚，把这些螃蟹踢到路边水沟里去了。

一只聪明鸟

一只猫头鹰栖息在一棵橡树上，它"咕咕哇、咕咕哇"地叫了几声，便停止了，因为它意识到：叫得越少，就听得越多，如果图爽快一个劲儿地叫，田鼠都吓得躲藏了，怎能捉到它们？于是它只是静心地听田鼠在地上窸窸窣窣的声音，很快便捉到了几只田鼠。

花狗装瘸

一天，一只花狗来到一个栅栏边，看到栅栏的另一边景色非常美丽，它很想到栅栏另一边去玩耍，可栅栏太高，它跳不过去。正发愁时，有一只山羊要去山上吃草，路过此处，花狗灵机一动，对山羊说："你的胡子真漂亮，简直就像白色的瀑布一样美！"山羊听了很高兴，就问道："你在这里晒太阳吗？"花狗说："我帮主人看门时，来了头野熊，我跟野熊战斗伤了腿，只能一瘸一拐地走路了，医生说，栅栏另一边风景美丽，利于养伤，我得翻过这个栅栏。可是我翻不过去，你能帮帮我吗？"

山羊刚刚受了花狗的恭维，心里高兴，又觉得这只花狗为了给主人守好门敢跟野熊搏斗，真勇敢！简直就是大英雄！于是想都没想就答应了。

山羊前腿跪下，让花狗爬到它的背上，把花狗托到了栅栏另一边。

花狗到了栅栏另一边，在草地上撒欢奔跑，腿并不瘸。山羊看到这情景，心想，看来这只花狗跟野熊搏斗的事纯属子虚乌有，即使它不说谎，不是英雄，我也会帮它的，为什么撒谎呢？山羊想罢，摇了摇头走了。

尽管谎言能迷惑别人，但自己该是什么还是什么。谎言迷惑一时，不能迷惑永久。

老虎驮猴

箕山猴国的国王死了，猴国里的一只猴子为了追求权力，雇来了一只老虎骑着，它与老虎的交易条件是：老虎驮着它在王宫里转一圈，以后每日三餐都会有新鲜的猴子肉吃。当然，它想用来喂老虎的新鲜猴子肉，是追随死去的老国王而反对它当新国王的那些猴子的肉。

这只猴子骑在老虎背上耀武扬威，边在王宫里转边对众猴宣布道："从现在起我就是你们的新国王了！你们要好好拥护我！"众猴听了都战战兢兢，有一只老猴流着眼泪悲伤地说："残暴的暴君来了，拥护它干坏事吗？不帮它干坏事会被喂老虎的！箕山猴国再也不会有老国王在世时那种热闹欢快的场景了！"

老虎来到猴国里，看到这么多猴子近在眼前，早就馋得直流口水了，而骑着自己的猴子又在背上大耍威风，喋喋不休，它已是极不耐烦，猛一抖，把这只猴子摔到地上，叼起来就跑了。

众猴欢呼雀跃，选出了善良有威望的新猴王，新猴王不负众望，把箕山猴国治理得极好，国富民强，繁荣兴旺，众猴又过上了欢声笑语的日子。

毛驴与书

有一本书立在那里，毛驴听说一本书就是一面明亮的镜子，能照出圣人的样子来，心想，那我就用这面镜子照照自己，说不定我就是一副圣人的脸孔了。于是它不停地对着这本书照啊照，可怎么也没照出圣人的样子来。

它又听说书是一扇通往大千世界的窗，透过这扇窗就能看到丰富多彩的世界，了解世界的纷繁。于是它又对着眼前这本书看啊看，可除了眼前的书页、纸张以及墨黑的文字，还是没看到不一样的世界。

它还听说把书吃进肚里，就能变聪明，成为一头智慧的驴，它心想，这正合我心意，我最喜欢聪明智慧了。于是吭哧吭哧把书嚼碎咽下了肚，除了闹肚子之外，它并没有变得更聪明更智慧。

这头驴百思不得其解，忽然想起来，镇上有一位非常智慧的老人，应该去问问他，怎样对待书才能让书发挥作用。

这位老人说："要把书装进脑袋里。"驴很害怕，说道："如果说装进肚里还好办，我把书吃了就行，可要装进脑袋里，我的脑袋这么小，怎么能塞得下呢？又该怎样塞进去呢？恐怕我得一命呜呼了吧？"

老人笑道："要学到书中的知识和智慧，不是死盯着书的外观，不是吃它的纸张，这是误入歧途，而是要翻开它，学习里面的文字，并用心思考参透它，然后实践它，去伪存真，剔除其糟粕，吸收其精华。"

驴领悟了，按照老人的话做，终于成了一头智慧的驴。

主角之争

葡萄山上，到处都是大石头，每块石头都是椭圆形的，真像一些大葡萄。

山上的土壤说："我们能长庄稼，是这座山的主角，你们四处散落，碍手碍脚的，纯粹就是废物！"

听了土壤的话，葡萄石说："我们看似很普通，像废物，其实我们自有用处，我们都是一尊美丽的雕像，我们也能成为主角！"

土壤嘲笑石头说瞎话。有一天，来了很多雕刻家，把每一块葡萄石都雕成了一尊精美的雕像。这些雕像形态各异，栩栩如生，来参观雕像的人络绎不绝，这座山成了有名的雕像公园，不再用来种庄稼了，这些葡萄石成了主角，曾经用来种庄稼的土地，修成了便于观看雕像的一条条小路，变成了安放雕像并烘托雕像之美的草地。

跛鳖立志

一只鳖小时候腿受了伤，爬起来歪呀歪的，很不得劲。但它有一个远大的理想，那就是爬到洞庭湖去。

它的伙伴们都说："洞庭湖那么远，我们这腿脚好的都很难爬了去，何况你这个瘸腿鳖，简直异想天开！"

伙伴们的话动摇不了它的决心。它开始行动，慢慢向洞庭湖爬去，一路上风餐露宿吃尽苦头，也受尽了冷眼嘲笑，它都不怕，坚持往前爬，虽然它爬不快，可它一直爬呀爬，终于爬到了洞庭湖。

望着洞庭湖的浩渺烟波，它意气风发，神采飞扬，又立下了一个宏愿，它要去看看大海，它相信这个目标终能实现。

两把铁勺

一位厨师买来了两把铁勺。

晚上，一把铁勺对另一把铁勺说："趁着天黑，咱赶紧逃跑吧，省得热汤热水的让我们受苦。"

另一把铁勺说："你想逃你就逃吧，我既然是铁勺，就要干铁勺的活，为人民服务。"

三年过去了，逃到阴暗潮湿角落里的那把铁勺虽然清闲了三年，却锈迹斑斑，勺子头上还烂出了窟窿，而被主人用了三年的那把铁勺依然油光锃亮。

又过了几年，那把逃走的铁勺烂成了一堆铁渣，虽然这把炒菜勺也磨薄了，磨坏了，可为人民服务了这些年，它心里很高兴。主人对它说："你出了不少力，我把你珍藏起来做个纪念吧。"于是把它仔细地清洁干净，用绸缎包好，放在精美坚固的盒子里珍藏着。

与其闲坏，不如用坏。

红宝石镶边

一块红宝石，异常精美，晶莹剔透，熠熠生辉，璀璨夺目。黄金说："你的模样真好看，简直天下第一！"红宝石说："哪里哪里，你金光闪闪，比我美呀！还有，蓝宝石也比我美得多呢！"白银说："我敢说，红宝石放射出的光芒是世上最美的光!"红宝石说:"哪里哪里,你银光灼灼,比我更炫目耀眼!再说,彩虹的光比我强一万倍呢!"尽管红宝石总是夸其他东西比自己更美更优秀,但大家一致认为红宝石最璀璨耀眼,最美最珍贵。

智慧就像宝石,如果用谦虚镶边,就会更加灿烂夺目。

猴王国的覆灭

有一个猴王国,这里的生活很幸福,简直就是大乐园。

一天,猴王国里来了一位不速之客——一头雄狮。面对威猛的入侵者,猴子们团结起来,齐心协力地保护自己幸福的家园。它们一齐上阵,有的戳狮子的眼睛,有的揪狮子的耳朵,有的扯狮子的胡子,有的薅狮子的鬃毛……更多的是拿起棍棒击打狮子,在大家的勇敢抵抗下,狮子受不住攻击,只好仓皇逃跑了。

这次战斗之后,猴王要论功行赏。这时,有一只觊觎猴子肉好久的大灰狼,贿赂了一只贪财的小猴,让这只小猴破坏群猴的团结。猴王论功行赏时,这只小猴四处挑拨,群猴开始争功,互不相让,以至于大打出手。大灰狼见时机已到,就率领群狼冲出来,凶狠地猎杀群猴。由于群猴早已变成一盘散沙,很快就全被咬死了,连那只贪财的小猴也没逃过。

至此,猴国彻底覆灭。

燕鸰鸟

有一种鸟叫作燕鸰。

它见到燕子,便说:"你看你,尾巴像剪刀,但不能剪东西,难看至极，赶紧剪去吧！"燕子气得一句话都说不出来，气呼呼地飞走了。

见到麻雀，它说："你成天叽叽喳喳瞎嚷嚷，但你会唱吗？既然不会唱，就闭上你的臭嘴吧，省得吵得我睡不着觉！"麻雀被燕鸻如此羞辱，气得"哼"了一声就飞走了。

见到黄鹂鸟，它说："你成天唱，显示你的嗓子好吗？我听着你的歌声还不如老鸹叫！"黄鹂鸟也被气得不轻，"唰"地飞走了。

就这样，燕鸻还羞辱过啄木鸟、猫头鹰等各种各样的鸟。

有一天，百鸟选举鸟王，因为觉得燕鸻不够格，就没邀请燕鸻参加，可是燕鸻觉得自己很了不起，大摇大摆地来参选，结果不但得了零票，还被众鸟一边高声唱着"燕鸻的嘴，害人的鬼"，一边把它轰了出去。这些鸟都觉得燕鸻很不高尚，它们要选出品德高尚的鸟王。

经常羞辱别人的人，自身也不会高尚。

徒长枝

小明家的果园里有一棵大苹果树，在这棵苹果树上，有一根粗壮的大树枝，它的长势最旺，粗枝大叶，葱翠欲滴。它天天吹嘘自己深谙生长之道，是木神句芒的化身，掌管着树木的发芽生长，有着非凡神功。不仅如此，它还强令其他树枝服从它的管理，听从它的指挥，并威胁其他树枝，如果不服从就让其枯死。

转眼又到了修剪果树枝的时候了，经验丰富的果农认定这根树枝是徒长枝，来年还是空耗养分，很难结出丰硕的果实，不但不结果，还影响其他树枝生长，对其他树枝不利，于是就毫不犹豫地把它锯掉了，它成了一根用来烧火的枯树枝。

鸭蓝鸟趴草窝

夜莺鸟用金子在树上造了个窝，它邀请鸭蓝鸟跟它一起住在这个金窝里。这个金窝金灿灿亮闪闪，把整棵树都照得明晃晃的，煞是好看。但鸭蓝鸟觉得这个金窝虽然很大很舒适，但把树枝都压弯了，而且太显眼，不安全，于是便飞走了。

黄鹂鸟造了个银窝，它也邀请鸭蓝鸟和自己一起住在银窝里，这个银窝非常漂亮，银光闪闪，十分耀眼，里面铺着羽绒，既软和又温暖，可鸭蓝鸟还是想念自己的家，觉得住在这里不舒坦，又飞走了。

鸭蓝鸟飞回了自己的草窝，趴在自己的草窝里它感觉心里很踏实，心想，我在自己的草窝里赏美景，品甘露，尝美食，想睡就睡，想玩就玩，想吃就吃，自由又快活，金窝银窝，不如自己的草窝，还是自己的草窝最好！

上帝造人的秘密

上帝造人，最初造的人是一只眼睛，一个耳朵，两张嘴巴。

这样造出来的人，互相之间经常发生矛盾，人们的生活极不平静，社会极不和谐。上帝仔细观察，发现主要是嘴巴惹的祸，嘴巴几乎从不闲着，不但说很多没用的废话，还说很多不利于团结的瞎话、害人的坏话和骗人的鬼话。

上帝怒了，再造人时造了两只耳朵，两只眼睛，一张嘴巴，让人们多听，多看，少说。之后，人们团结多了，社会也和谐多了。

理想不倒

小宝家里很贫困，迫不得已，小宝不得不到社会上闯荡。他来到了一座大城市，在一家大酒店的餐厅里当了一个洗碗工，每天不停地洗那些堆积如山的碗碟，一干就是十几个小时，夜深了才回到遥远的住所休息。他的住所拥挤不堪，光线昏暗，老鼠横行，一走进去就让人感到压抑烦闷。小宝心想，以后我也要有自己的大酒店。

其他员工知道了小宝的想法后嘲笑他："简直异想天开！你有钱还是你父母有钱？能填饱肚子就该谢天谢地了，穷成这个鳖样了还想开大酒店？"

小宝听后不气不恼，打着哈哈调侃道："鳖样是什么样？是我现在这个穷苦样吗？我还不如一只鳖过得好呢，鳖自由自在很快乐！"

小宝不在乎别人的讥笑，也不怕工作的苦累，心想，凡是肉体和精神上遭受的苦难，灵魂都可以从中受益，灵魂所受的益，都将成为我前进的云梯。

他坚持每天认真洗碗，攒下每一分辛苦洗碗挣来的钱。后来，小宝用洗碗攒下的钱进货摆摊，又用摆摊赚来的钱开了家小饭店，然后用开小饭店赚来的钱开了一家大一些的酒店，再后来，在小宝的而立之年，他真的创立了公司，建起了自己的大酒店。

磨扇分家

一户人家有兄弟六人，这兄弟六人很不团结，时常因为鸡毛蒜皮的琐事闹得鸡飞狗跳。

六兄弟的父亲感到很伤心，就领着六兄弟来到了家里的一处老宅院，这里保存着一盘老石磨。这盘石磨是祖辈传下来的，当初祖辈费了不少力气找来上好的石料，又打听遍了方圆百里的石匠，选出了手艺最好的能工巧匠，这手艺超群的石匠用錾子精工细作，最终制成了这盘石磨。祖辈之所以如此重视这盘石磨，就是想着要传给后代。祖辈认为，石磨很能代表团结协作精神，想用这盘石磨把团结和谐的家风传承下去。

父亲命令六兄弟把这盘石磨的上下两扇磨扇分开，上扇与下扇被分开了。父亲又让六兄弟在上扇上放一些粮食，没磨出面来；又让他们在下扇上放一些粮食，也没磨出面来。他教导六兄弟道："把两扇磨扇分开，任何一扇磨扇都无法磨出面来。一个道理，一家人只有团结协作才能家业兴旺，祖辈之所以传下这盘磨，就是教育我们要团结，用心良苦，我们都不能辜负祖辈的期望，你们六兄弟也不能辜负血浓于水的手足亲情。"

六兄弟很受触动，从此之后互相谦让，再也不闹矛盾了。

登　山

几个朋友相约登山，到了山脚下起了争执。

有人想坐登山缆车直接到山顶，他的目的是到山顶拍美美的照片，徒步上山会出汗会劳累，导致他拍照不美；有人想选一条到山顶距离最短的路，既能享受徒步登山的乐趣，又不会花太多时间，也不那么劳累。他的目标是在山顶俯瞰，他认为山顶的风景应该最美；还有人觉得既然是登山，那就应该走曲折蜿蜒的山道，看遍山中风景，充分体会山的美丽。最终他们按照各自的方式登上了山顶。

那个坐缆车的人最先到了山顶，拍照打卡完毕，发了朋友圈，证明自己到过这座山的山顶，也便完成了任务；那个走直线上山的朋友也到了山顶，他站在山顶往下看时，觉得山势并不巍峨，树木并不葱茏，似乎都很单薄，环顾四周，觉得四周的山峦风景寻常，没什么好看的，不禁心中有些失望；那个走蜿蜒山道的人，一路上晃晃悠悠十分惬意，他环抱了千年苍松，看到了蹦蹦跳跳的松鼠，喝到了山涧清凉的泉水，站在山石脚下体会了山石的高耸，看到了各种各样夹道的野花，穿行在林中时又听到了阵阵松涛，等到登上山顶，他的心中已经被各种美好的感受占满，充满了对这座山的喜爱之情，站在山顶环顾，四周层峦叠嶂，他知道只要用心去感受，每座山都是美的。

人生如登山，选择了不同的路，就会有不同的体会，看到不同的风景。

贵　人

张生是个普普通通的孩子，但他觉得非常幸运，因为在他的成长过程中，遇到了很多贵人。

当他站在人生的十字路口感到迷茫时，有人给他指引方向，把他引向正确的路；当他遭遇艰难困苦，感到茫然无助时，有人伸出热情之手，陪他越过泥泞崎岖；当他因小小的胜利而陶醉时，有人提醒他成绩属于过去，未来仍需努力……他就是在这一个个的帮助中保持良好的心态，冷静地面对生活中的各种挑战和机遇。

他对这些贵人心存感激，人海茫茫，犹如星空浩瀚，能够相遇已是难得的缘分，得到帮助更应铭记在心。他从这些人身上学到：每个人都有艰难的时候，都有徘徊不定的迷茫时刻，在别人需要理解与帮助时，热情地去帮助他们吧！

他也成了别人成长路上的贵人。

超　限

有一位少年，由于前一段时间对学习放松了一些，导致这次的考试成绩不尽如人意。他很懊悔，决心好好努力，争取下次考试取得好成绩。

他回到家里，坐到餐桌旁准备吃饭，他妈妈问了他的成绩后，开始教育他。开始时他感到很内疚，很耐心地听着，并对妈妈说："我知道我这次没做好，接下来我会努力做好。"他妈妈还是不住地数落他，他有些不耐烦了，感觉没胃口吃饭，就把勺子放下。又过了 20 分钟，他妈妈仍旧喋喋不休，他气得轻轻地踢了一下桌腿，这下他妈妈更有理由教训他了，开始大声地训斥责骂他，而且站起来要打他。他气得跑到书桌前，把妈妈给他准备的一摞试题扔进了垃圾桶里，说道："我本来是想把这些试题全部认真做完的，现在我一套都不想做了！"

教育孩子要有限度，他是人，不是物，他会反思，会自我纠正，给孩子多些理解与信任。

一个暴富的人

有一个人买彩票中了大奖，一夜之间由穷汉变成了富翁，他买了豪华别墅和豪华汽车，他的朋友也忽然多了起来，他与这些朋友常常呼五喝六地聚会，常一起到各种场所消遣，过着纸醉金迷、醉生梦死的日子。找他借钱的人也很多，让他不胜其扰。他已经迷失在混乱中，迷失在虚情假意的奉承和真枪实弹的掠夺中，不知道怎样回归正常的生活。等钱挥霍完了，那些如蚁附膻般聚集起来的朋友一哄而散，终于有一天他神经错乱了，成了四处游荡的流浪汉，别墅也被一些拾荒者占去居住了。

成功没有那么简单，成功的过程是对人的一种锤炼，锻炼心性，培植心态，增加智慧，让人配得上成功，支配得了增加的财富。

如果忽然获得财富，智慧没有跟上，恐怕是财富吞噬你，而不是你享用财富。

费时扫墓

一位名叫"费时"的青年已到而立之年。这年的清明节，他去给祖先扫墓，他仔细观看墓碑，有了新发现，其中一座墓碑上除了刻有祖先的姓名等大字之外，墓碑的角上还刻有 10 个小字：死于三十岁，葬于六十岁。

原来，费时的这位祖先在世时蹉跎岁月，从 30 岁到 60 岁这 30 年间让岁月白白流走了，什么都没好好干。60 岁临终时心中懊悔不已，于是就留下遗言，在他去世后把这 10 个字刻在墓碑上，警示后人要珍惜时光。

费时站在墓碑前，领悟了这 10 个字的含义，他心情沉重，同时感到很惭愧。因为他跟这位祖先一样，虚掷光阴，蹉跎岁月，他与这位祖先不同的是，他是前 30 年什么都没好好干。他感慨万千：现在我已 30 岁了，既然人生的前 30 年已荒废了，那就从现在起加倍努力，把余生过好，要活得有成就有意义。他给自己改名为"惜时"，从此珍惜光阴，做了很多有益于社会的事情，取得了很大的成就。

坐前排的观众

老张曾是某剧院的一位演员，在舞台上活跃了大半生，人生的酸甜苦辣几乎全挥洒在了舞台上，这是他人生旅途中以挥洒、展示为主的阶段，仿似春夏，蓬勃、火热、激情、昂扬、奋发……他现在上了年纪，渐渐地退出了舞台。他退休了。

离开了舞台的老张去了哪里呢？他成了一名观众。他虽然不再站在舞台上，但可以舒适地坐在剧院前排座位，可以心无旁骛地体会别人的酸甜苦辣，领会别人悲欢离合的人生故事，他的人生阶段自然而然地过渡到了珍藏与了悟的阶段，仿似秋冬，蕴藉、沉静、从容、深刻、豁达……他愉快地想：我何尝不是找到了另一个人生舞台呢？

他感叹：其实，人生的每个阶段有每个阶段的精彩，人上了年纪是一件极好的乐事，有些人生大剧，其精彩只有上了年纪才能开启。

才高的新衣

有一位少年，名叫才高，过年时他母亲给他做了一件非常好看的新衣，他很喜欢、很爱惜，为了让这件衣服保持常新和常美，他平时舍不得穿，只在逢年过节时才穿一下。

他想，青春如此珍贵，如此明媚美好，也如这件新衣吧，我要尽量少地"耗费"青春，才能让青春永驻。日复一日，他总是不舍得"耗费"青春，结果青春很快就过去了，而他蹉跎岁月，以至于一事无成。

青春是用来奋斗的，不是用来闲置的。

爷俩编绳子

志远的儿子很懒惰。志远为了让儿子养成勤劳的好习惯，改掉懒惰的坏习惯，于是在每天的空闲时间里，他就编绳子，也要求儿子编绳子。就这样，每天编入一丝，几个月过去了，他俩各编成了一条很结实的绳子，用很大力气也拽不断。

志远对儿子说："习惯犹如绳索，不管好习惯还是坏习惯，都是慢慢养成的，一旦养成了，就不易改变了。今后你要养成好习惯，不要养成坏习惯，若有坏习惯也要逐步改掉，养成坏习惯与改掉坏习惯的过程，都很浪费时间，所以开始就远离坏习惯才好！"

给悔恨设限

有一个人，青少年时期与一些不良社会青年做朋友，跟着他们偷窃、打架斗殴、霸凌同学等，做了不少坏事，没好好珍惜时间，浑浑噩噩地度过了青春时光。后来，他长大后屡受挫折，求职不顺，婚事不顺，就这样坎坎坷坷地过着，转眼就人到中年了。此时，他的家人又怀着对他的无尽担忧而意外去世。面对这一切，他倍感痛苦，心中充满了悔恨，由于思虑过多以至食不甘味，寝不成寐，患上了严重的抑郁症。本来他打算出去学门手艺，可因为患病而耽搁下来，他不得不放下一切去接受治疗。他心灰意冷，了无生趣，几度自杀。

其实，最好的态度是给悔恨设限，用最少的悔恨面对过去，用最少的浪费面对现在，用最多的梦想面对未来。毕竟，过去的已经过去，再多的悔恨也于事无补，反而在无尽的悔恨中又蹉跎了当下光阴。而梦想，不只属于少年与青年，中年与老年同样可以拥有梦想，追梦什么时候都不晚。

无用与有用

在一个村子里，农民小文在翻看一本美术作品集，他的朋友走过来看了一下说："看这些无用的东西干啥？不如出去逛逛呢！"小文说："是没多大用，可我爱看。"一天，小文在画一些农民日常生活场景，这位朋友又说："画这些干啥，真的就在眼前，不比你画的更真实更好看？谁爱看这些虚头巴脑的东西？"小文说："画这些是没什么用，可我愿意画。"又有一天，小文在练习书法，这位朋友又过来说："咱们就是放下锄头摸起镢头的农民，花这些时间干啥？写写画画能当饭吃？"小文说："确实用处不大，可我愿意为此花点时间。"

在小文的坚持下，他成了当地有名的农民书画家。后来，当地大力发展旅游业，他在旅游区开了个画室，专门卖地方特色的农民画，顾客盈门。他的画室还得到了地方政府的大力扶持，成了当地培养农民画家的主要场所之一，培养了不少农民画家。

读一些看似无用的书，做一些看似无用的事，花一些看似无用的时间，都是为了在已知之外，保留一个超越自己的机会。人生中一些了不起的变化，就是来自这种点滴努力的时刻。

一个乞丐的愿望

一个乞丐在路上走着，他想找座庙进去拜拜神，让神仙帮他实现愿望。

他找到一座庙，进去拜道："大慈大悲的神仙，显显灵吧，我实在太穷了，没有饭吃，没有衣穿，今天我想捡到块金砖，求您帮我实现这个愿望吧！"从庙里出来后，他满怀希望地走街串巷，期望捡到金砖，马不停蹄地走了一整天，直到这一天过去了，他什么金砖也没捡到。

第二天，他又去了这座庙，进去拜道："大慈大悲的神仙，显显灵吧，我没有饭吃，没有衣穿，既然我捡不到金砖，今天捡块银锭也行啊，求您帮我实现这个愿望吧！"出了庙后他又走街串巷一整天，也没捡到银锭。

到了第三天，他又来到庙里，这次他拜道："大慈大悲的神仙，显显灵吧，我没有饭吃，没有衣穿，我不想捡金砖银锭了，我想找个活干，求您帮我实现这个愿望吧！"说完，他就往庙外走，经历了前两次的求神失败，他对神仙显灵已经不抱什么希望了，但他刚走出庙门，就遇到了一位牧人，这位牧人对他说："看你好像风餐露宿、四处漂泊之人，如果你愿意的话，不如帮我放牛吧？保证让你吃饱穿暖。"

他大喜过望，高兴地跟着牧人回了家。他尽心尽力地帮牧人放牛，转眼几年过去了，牧人家的孩子长大了，可以放牛了，牧人就不再请他帮忙了。牧人为了感谢他这几年来的辛勤付出，送给他几头很强壮的牛作为答谢，他获得了超出预期的回报。他精心照顾这几头牛，这几头牛很快就繁殖了更多的牛，他也成了拥有很多头牛的牧人。

只要愿望切合实际，是能够实现的。只要勤劳诚恳，可能会得到意想不到的回报。

王小三钻李核

王小三的果园里有棵品种优良的李子树，这棵李子树结的李子又大又甜，远近闻名，他家的李子在集市上总能卖个好价钱。

王小三心里嘀咕：我家李子这么走俏，一是因为我家李子品种好，二是因为此地只有我家有这个品种的李子，物以稀为贵呀！卖出去的每一个李子都是一颗种子啊，要是大家吃完李子后留下果核当种子，种出了李子树来，那此地优良品种的李子树多了，我家的李子就卖不上好价钱了！

于是，每次卖李子前，王小三都用锥子把李子核钻破，这样李子核就不能发芽了，他深为自己的聪明感到高兴。被他钻过的李子，容易腐烂，人们也渐渐地明白了缘由，觉得他心地不好，就都不买他家的李子了。

画圆画方

王小学习很不专心，不好好听课，做作业也极不认真，哪门功课都没学好，在学校里还调皮捣蛋，常常扰乱课堂秩序，打扰老师讲课，影响同学们听课。

老师想帮他改正，就让他左手画圆形，右手同时画方形，他费了九牛二虎之力也没画好，歪歪扭扭，圆不成圆，方不成方。老师说："不以规矩，不能成方圆。做事要有规矩，不守规矩做不好事；学习要专心，不专心学习不好。"

王小体会到了老师的良苦用心。从此，改正缺点，专心学习，成为一名品学兼优的好学生。

甘瓜抱苦蒂

几个人在吃甜瓜，都夸甜瓜甜得不得了，又香又脆。吃着吃着，有一个人不小心咬到了瓜蒂，苦得他直吐舌头。这人感慨道："这么香甜的瓜，却生着这么苦的蒂！记得有话说'甘瓜抱苦蒂，天下物无全美也'，这话说得对，世上十全十美的东西不多啊！"

其他人则说："即使不十全十美，也是好东西。比如这甜瓜，避开小小的苦蒂，不就完美了吗?"

幸运云

少年小京双目失明了，医生说康复的概率只有30%，且还要治疗两三年。小京沮丧极了，不愿配合医生治疗。小京的好朋友小波来了，说小京头顶上出现了一朵美丽至极的彩云，有七种颜色，就像彩虹，说这是幸运云，出现在谁的头顶上谁就会交好运，小京的眼睛很快就会看到东西的。小京的母亲也直夸这朵彩云好看，并"咔嚓""咔嚓"地用手机拍下了不少彩云的照片，说等小京的眼睛好了时给小京看。

之后，小京积极配合医生治疗，一年后，他的眼睛复明了。他看到了母亲拍的照片，根本就没有彩云，他知道这是小波和母亲善意的谎言。

可他相信有彩云，有幸运云，这幸运云是小波，是他的母亲。

小文养鸟

小文和一位朋友去逛公园，在湖边小路上惬意地走着，转过一片小树林，到了一个小广场，听见叽叽喳喳的鸟鸣，看到很多人提着鸟笼在广场上晒太阳。小文说："我很爱鸟，也喜欢养鸟，养了千千万万只鸟。"朋友说："我不信，从没看见你家里有鸟笼，你养的鸟在哪呢?"小文说："我养的千千万万只鸟统统在天空里。"

原来，小文是鸟类保护的志愿者，常常给野外那些饥饿的鸟投食，也常常义务照顾那些受伤的鸟，那些鸟养好伤后会被放归大自然，任其在天空中自由地飞翔。

真正爱鸟，就让鸟在天空中自由飞翔。

圆水与方水

有一位国王，从来不对人民进行团结教育，因此人们之间不团结的事情经常发生，国王就老怪人们素质不行，打算用严苛的刑罚来治理。

一位大臣了解到国王的想法后，就端上来一个盛满水的方盒与一个盛满水的圆盒，并对国王说："国王您看，盛水的器皿是方形的，所盛的水也是方形；盛水的器皿是圆形的，里面的水也是圆形。水的形状能随容器形状而改变，人民的思想观念也能随您的教导而改变。如果您教导人民要团结，也就不会有这么多不团结的事情发生了。"

国王听从了大臣的建议，对人民进行了引导和教育，果然，社会安定和谐了很多。

陈年之艾

赵六家的园子里有几株艾草，他把艾草采下来晒干了保存好。

有位邻居说："你存放这些干什么？我看没什么用处。"

赵六说："不是有话说'七年之病，求三年之艾'吗？有备无患，现在不存，以后用时找不到。"

几年之后，邻村有一位生了重病的人，要用艾草来治，找了多处地方都没找到，打听到赵六存了艾草，前来询问，赵六果真找出了保存完好的艾草，那人的病被治好了。

牧人和山贼

深秋，阳光黯淡，田野披霜。一个牧人在山上放牧，遇到了一个衣衫褴褛、灰头土脸的人，这人是个四处游荡的山贼。牧人以为他是出远门迷了路的旅人，就问他道："你是不是迷路了？"

山贼说："是啊，迷路了。"牧人给了他一些牛肉等食物，他毫不客气地大快朵颐，临走时还把牧人的腰包偷走了。牧人自言自语道："我这次是遇到真正的盗贼了，我这么对他，他还是偷了我的东西。"

牧人继续赶着牛羊放牧，在一座山的背面又遇到了这个山贼，这次这个山贼是真迷路了，牧人并没向山盗讨要自己的腰包，而是为他指了路，告诉他如何走出这座大山，然后说："迷路不可怕，要迷途知返啊。"说完就赶着牛羊回家了。

牧人回到村庄，喝酒吃饭之后，跟全家人一起围着火炉谈笑唱歌，之后便香甜地入睡了。

那个山贼呢，除了白天偷了牧人那个没什么财物的腰包之外，晚上并没偷到什么东西，垂头丧气地来到了山上一个小树林中，在枯枝败叶中躺下，一个劲儿地诅咒寒气袭人的秋夜。他想起牧人"迷途知返"的话，决定改邪归正，好好做人。

山谷、高山和春天

山谷羡慕高山，因为高山直指苍穹，是天上群星的邻居，它可以望到无边无际的世界，云朵萦绕着它，第一缕阳光和最后一缕阳光照耀着它，它有崇高的地位。而自己呢，在幽暗中度过一生，与同伴之间隔着高山，同伴看不见我，我也看不见同伴。

而高山呢，它跟山谷的看法不同，虽然朝阳的第一缕阳光和夕阳最后的余晖照耀着它，可是高处不胜寒，山巅常年被冰雪覆盖，暴雪肆虐，狂风怒吼，白茫茫的冰雪迷蒙一片，没有蝴蝶、露珠、夜莺、鲜花……什么地位不地位，荣耀的背后却是永恒的寒冷，还不如隐藏在山间的山谷好，谷底有温和的微风吹拂，有各种生物繁衍。

高山渴望着春天，春天来了，万物开始复苏，它愿拿荣耀交换春天中复苏的万物，交换春天那满满的活力。

自由的限度

小猴、小鹿和小兔住在同一个宿舍。

到了午休时间，小猴和小兔想睡午觉了，可小鹿却在大声唱歌，吵得小猴和小兔睡不着觉。小猴和小兔批评了一句小鹿，小鹿很不满地说："唱歌是我的自由！"

小猴和小兔只得起床，对小鹿说："反正被你吵得睡不着，不如咱们一起打扫一下宿舍吧。"

小鹿则说："我要睡觉了，这是我的自由，你们不能干涉我！"

小猴和小兔气愤地说："自由必须有限度，这样才能拥有它！

狐狸怨陷阱

一只狐狸出洞觅食，先是来鸡舍偷鸡，鸡舍前的陷阱没能挡住它，它把鸡吃光了。过了几天，它又来鸭舍偷鸭，鸭舍前的陷阱也没挡住它，它把鸭也吃光了。又过了几天，它来到鹅舍偷鹅吃，掉进鹅舍前的陷阱里出不来了，一个劲儿地抱怨说："这该死的陷阱，简直害死我了！"

正在陷阱边上玩耍的小老鼠听见了狐狸的话，往陷阱里探着头对狐狸说："你只怪陷阱，怎么不怪你自己呢？你老做坏事，总有反受其害的时候！"

最终，这只曾吃掉无数动物的狐狸，饿死在了陷阱中。

羊披虎皮

一只羊老是埋怨自己胆小，连只狐狸都不敢见，于是找了张虎皮披在身上壮壮胆。这天，它披着虎皮在街上走，碰到了大灰狼，虽然披着虎皮，它仍然被吓得拔腿就跑。羊跑回家后心想，今天好险啊，好在我逃脱了，明天我再披着虎皮出去看看，大灰狼估计被我这假老虎吓得不敢再来了。

大灰狼很纳闷，出来觅食碰到了老虎，本来觉得自己倒霉，要成为老虎的口中餐了，正要逃离虎口，老虎怎么先逃跑了？事出反常必有妖，我要观察观察。

第二天，大灰狼又来了，找了个地方隐蔽着，想看看昨天那只逃跑的老虎究竟是怎么回事。那只羊披着虎皮也来了，它想看看大灰狼是否被披着虎皮的自己吓得不敢来了。就这样，它俩又相遇了，大灰狼发现这不是老虎，是披着虎皮的羊，就跳出来要吃羊，羊也发现了狼，见了狼仍是吓破了胆，不自觉地拔腿就跑，还是被大灰狼追上吃掉了。

秋蝉争鸣

秋天来了，秋风送来阵阵凉意，几只蝉在树上扯着嗓子"知了，知了"地高声鸣叫，叫声尖锐响亮。一只小老鼠在树下大声对它们说："你们小点声叫吧，省下点力气活得长久些，等到冬天好看冰雪呢！六角形的雪花洁白如玉，冰块晶莹剔透，好看极了！"

蝉叹了口气说："即使我们从此一声也不叫，也绝对看不到冰雪美景的，倒不如抓紧时间多唱几支歌给大家听，让世界热闹些，我们更高兴呀！"

逃出网的云雀

一只云雀觉得很不快乐，觅食时遇到雷雨，飞翔时遇到大风，筑巢时找不到树枝，唱歌时口干舌燥，看风景时被云彩挡住了视线……它觉得一切东西都对它很不友好，有意让它不快乐。

有一天它外出觅食，被网住了。它奋力挣扎，终于逃出了猎户之网，于是想到：我本来以为自己必死无疑了，好不容易才挣脱了那该死的网，我要珍惜这来之不易的自由和活着的机会啊！再者，既然我能凭着智慧和力量挣脱猎户之网，就说明我有智慧有力量生活得更好啊！

这样想着，它做任何事情都觉得更加快活了：更快活地觅食，更快活地飞翔，更快活地筑巢，更快活地唱歌，更快活地看风景……它觉得这个世界上的一切都是那么美好可爱！

鲁东做梦

鲁东做了一个梦，他梦见农民让他自己耕种、灌溉、收割，工人让他自己做衣服、建房屋。他感觉自己被这个世界抛弃了，大家不爱他，都来支使他劳动，他渴望上天可怜他，想到天上去呼号，但上不去。

鲁东梦醒了，睁开眼，看见农民仍在辛勤地耕种，工人仍在努力地工作，想想自己吃的粮食，不就是农民种出来的吗？看看自己穿的衣服，不就是工人做出来的吗？

他想，活在世上真幸福，无论是谁都应该热爱劳动，世人是相互成就的，谁也别夸口说不用别人，应该热爱每一个勤劳的好人。

鹊虎相斗

一只老虎占据着一片山林，这只老虎很自恋，觉得自己的虎啸声堪比优美的歌声，于是就不断地发出震动山林的吼声。吼声猛烈持久，震耳欲聋，惹怒了山林里的一大群喜鹊。喜鹊一齐飞到老虎跟前，轮番上阵啄老虎的眼睛，老虎寡不敌众，眼睛受了伤，最终失明了。失明的老虎很难再捕到猎物，慢慢地饿死了，山林归于平静。

群居的喜鹊，比独行的老虎有力量。

水洼里的鱼

一条鱼很霸道，常常在池塘里横冲直撞，只要它能战胜的鱼或比它小的鱼，它都想吃进肚子里，其他的鱼都很讨厌它，也都不跟它一起嬉戏玩耍。渐渐地，它在池塘里待腻了，觉得池塘里太拥挤，也厌倦了池塘里的群鱼，它想到一个更广阔的地方去。

一天，下了一场大雨，池塘里的鱼都高兴得蹦来蹦去，撒欢一般地追逐打闹着玩耍，只有它孤零零地游来游去，它感到百无聊赖，就想，趁着池塘里的水多容易往外蹦，赶紧蹦出去吧，于是它猛地一蹦，蹦出了池塘，三蹦两跳地蹦进了一个小水洼里，小水洼里没有可吃的东西，它饿晕了。又过了几天，小水洼里的水被太阳晒干了，这条鱼也干死了。

霸道蛮横，随意伤害别人的人，终会被自己的恶习反噬。

老杨树

山庄的中间，有一棵大杨树，它是一棵古老的树，又高又粗壮，十个人手牵手都环抱不了它的树干。在它漫长的生命里，时常经历风霜雪雨，炙热严寒，它的根深深地扎在大地中，那么牢固坚韧。它不但历经漫长岁月依然活着，而且枝繁叶茂，人们深受它的鼓舞，怀着深深的爱环抱它，丈量它，帮它除虫、培土、修枝，自然，它对脚下的土地也充满深情，对养护它的一代代村民充满感激。

据说，土匪与盗贼从不敢光顾这个村庄，他们认为，这个村庄能有如此古树，定是神灵护佑的地方，在此村做坏事，会触怒神灵引来灾祸。在村民心中，老杨树是神力无边的威武巨人，是伟岸的英雄，它用无边的神力护佑着村庄，给村民带来平安吉祥，是村庄的保护神。

山庄里的老前辈，高龄，庄重，坚韧，活得神采奕奕，为村民排忧解难化解矛盾，为村庄发展建真言献良策，用智慧保护着村庄，极像这棵老杨树，也是村庄的保护神。善待老杨树，善待老前辈。

生命的奇迹

夜里，一只小燕子在房梁上的窝里看到了奇妙的一幕。

在静谧温柔的夜晚，在温润的清风里，院中有一只小飞蛾被奇迹般地创造出来，这只小飞蛾又在创造着奇迹。一支蜡烛在静静地放光明，小飞蛾被光明和温暖吸引，围着烛火翩翩起舞，如醉如痴，最后被火焰吞下。至此，小飞蛾生命中生与死的奇迹戛然而止，转瞬之间，它便完成了生与死。这个忧伤的过客，它极其短暂的生命就这样在刹那之间消失了，它至死还不明白生与死的哲理。在它短暂生活过的这个黑暗之中夹杂着点点光明的世界里，已无它的任何踪迹。

燕子想，小飞蛾为渴望光明而死，死得其所。它从大地里生，又回归了大地，理应如此。生命无论长短，不都是如此吗，实在没什么好悲伤的。

像野花一样活着

在一片葱绿的草地上，各种野花竞相开放，在和煦的春风中，尽情地吐着芬芳，引来了很多蜂蝶，在花丛中翩翩飞舞，赞叹着野花的美丽。

一只小羊进入了草地，将高出青草的野花全部吃掉了。小羊吃饱后离开了草地，草地上没有了姹紫嫣红的野花，只剩下一片绿色。那只小羊多日没再光顾那里，草地上很快又百花盛开。千娇百媚的鲜花随风摇曳，有着更胜以往的神采风姿，很快又是蜂飞蝶舞的热闹景象了。

迟到的蔷薇花

山谷中，大片蔷薇花竞相绽放，花团锦簇，繁花压枝，热烈浓郁。风喜欢看蔷薇花随风摇曳的姿态，喜欢看花瓣纷纷飘落的情景，便常常使劲地吹它，花瓣被吹得满天飞舞，香香的花瓣雨落在鸟儿身上，也让鸟儿满心欢喜，这花瓣雨可比雨水更温柔呢！鸟儿也喜欢在花丛中捉迷藏，常常穿梭其中，东碰西撞，踏枝踩花，饿了便啄食花朵。这无尽的繁花是多么寻常啊，寻常到谁都不会对它产生一丝怜惜之情。

过了些日子，蔷薇花开放的时节过去，大批的花已经凋谢，枝头只剩迟花一朵，填补这无花时节的遗憾。独剩这一朵了，风和鸟才知道珍爱蔷薇之蓓蕾，鸟没啄这朵蓓蕾，风也没摧残这朵蓓蕾，这朵迟到的蔷薇才得以迎着明媚的阳光绽放。

风和鸟围着这朵蔷薇赞叹，原来蔷薇花这么艳丽这么芬芳呀！即使仅存一朵，也能点缀整个山谷。

挖坑截路

某人家的大门外是条路，他嫌人们走这条路打扰他的清净，而且，他新买了辆车，家里的院子很拥挤，停不下。要是把路截断了，他就能把车停在门外了。

他本想砌堵墙把路直接堵住，可又觉得这样做太直接，会引起民愤，实现不了截路的目的，于是就想先在路上挖个坑，大家嫌路上有坑不好走，渐渐地走这条路的人就少了，他就能以这条路几乎没人走为由，再砌墙截路了。

于是，他就趁晚上在路面上挖了个坑。挖坑后没几天，亲戚家办喜事请他去喝酒，他喝得晕晕忽忽地回家，跌进这个坑里，磕伤了腿，碰破了头。养伤期间，邻居和其他村民带着礼物来看他，问他怎么跌伤的，他不好意思说，只能说上山砍柴时摔下悬崖了。

这件事情教训了他。他想：为别人掘坑，掉下去的却是自己，如果赠别人玫瑰，则会手留余香。我不该做给别人掘坑的人，而要做赠人玫瑰的人。他感到很惭愧，就又把路面上的坑填平了。

说大话

一个人好说大话，他的一个朋友为了教育他，带他去看一块庄稼地，这块地里的庄稼都被杂草包围了，杂草争水分、争阳光、争肥料，庄稼长得枯黄细小，弱不禁风。朋友问他："你看到这块地有什么感觉？"这人道："看来这块地白费了，打不了什么粮食了！"

朋友又买了些鞭炮送给他，让他放。放完之后朋友问他："放鞭炮有啥感觉？"他答道："没啥感觉，就是听了些声响。"

朋友对他说："杂草多的地方，打的粮食就少。一样的道理，虚头巴脑的大话说得多，增长的智慧就少。说大话就像放鞭炮一样，响一声就完了，能有多大用处呢？"

过嘴瘾

山坡上青草遍地，一头老黄牛在那里吃草，山坡下是一条小河，河里有很多青蛙。青蛙看到老黄牛在吃草，便"呱呱呱"地逞能，一齐鼓噪起来。有的说："呱呱呱，这里是我家，山坡是我堆，青草是我种，小河是我挖！"有的说："河里水，真正多，就是不准老牛喝！"还有的大声喧嚷："老牛要是不听话，它吃青草咱就打！"

老黄牛不理青蛙的聒噪，吃了半天青草后口渴了，就迈着大步来到小河边，大口大口地喝水，青蛙见老黄牛来了，都吓得大气不敢出，赶紧钻到了水底。

枯树逢春

一棵榆树被雷劈裂了，无情的雨水，强烈的阳光，使它枯烂了多半。被虫蛀的树干变成了白色的木渣，苔藓污染了它，蚂蚁来践踏它，蜘蛛也在它的腔洞中结网。

春天来了，奇迹出现了。树干上长出了几片嫩叶，嫩黄而柔弱；夏天里，虽然树叶还是不多，但已变得油黑闪亮，看得到希望。一年又一年，树干仍然只有半边活着，但它已是葱茏茂盛、枝繁叶茂。

这棵榆树的心是朝着光明、朝着生命的，在艰难困苦中朝向光明和希望努力，生命终将绽放。

一池静水

一池静静的沉睡的水，是成不了欢腾奔涌的江河了，成不了波浪滔天的大海了，也成不了飞流直下的瀑布了。夜晚月辉洒向它的时候，它变成静谧而洁白的世界；白天温暖的阳光照射它的时候，它变成璀璨金黄的世界。它平静，随遇而安，却能随着自然条件的变换而变化，能静美，也能绚烂。它美丽、沉静、安宁、洁净而沉默。它平缓安详的岸边，生长着最葱茏茂盛的野草，盛开着最美丽娇艳的野花。

人也应该像这池静水一样，即使平凡，也要活得丰富多彩，活得有力量。

黑夜中的游泳者

几个黑夜中的游泳者，按照一定的节拍，强壮的胳膊划着水，一直朝前冲。他们拨开黑暗的世界，抵抗黑暗的吞噬，不怕惊涛骇浪的撞击，前进是他们永恒的信念。跨过海，跨过夜，跨过屈服，到达黑暗世界另一边的光明世界，到达黎明初现的白天的海岸，即使死在黎明之中也在所不惜。黎明到来了，太阳升起的时刻还会远吗？把阳光普照的光明世界留给那些受苦的人，照亮他们的生命和未来吧。

永远朝着黑暗冲击，向着希望前进，为自由和光明而斗争的人都是这样。

以爱之名

国王、贵妇等很多人在看猛兽的竞技表演。一位小姐的一只手套，从看台上落到了竞技场上的老虎和狮子中间，这位小姐带着讥讽的口吻，回身对一个骑士说："骑士先生，若你的爱果真那样真挚，像你每次对我起誓那样，就请你给我捡回那只手套。"

于是，骑士飞快地下到可怖的竞技场，不声不响地从猛兽中间把手套捡起。小姐含情脉脉地迎接了他，骑士却把手套掷到她面前，面色平静却又不屑地说道："女士，我不贪图您的感谢！"转身离开。

以爱之名，把人推入最危险的绝境，这种爱还是爱吗？

土地的选择

一个人有两块土地，他把这两块地分给了两个儿子耕种。

老大很懒惰，父亲让他去地里干活，他总是找各种借口不去干。父亲让他去锄地，他把锄头藏起来，说找不到锄头没法锄。有时不得不到了地里，也是在地里瞎溜达，像个大老爷在散步。他的地里杂草丛生，几乎看不见庄稼。

老二非常勤劳，以前他还没有土地，父亲只是给了他些亚麻种子，他就努力垦荒，把一个长满杂草、布满乱石的小山冈开垦成了田地，种上亚麻种子又好好照顾，亚麻喜获丰收。他用收获的亚麻织成了很多件衣服。这次父亲分给他土地，他十分高兴，在土地上辛勤耕耘，种的庄稼年年大丰收。

有一天，老大又在自己的荒地里溜达，土地实在忍无可忍，对他大声咆哮："滚出去！我不要你这样的懒汉主人！你是在荒废我，是在消耗我的价值，我本来是生产粮食的，你却让我长满杂草！老二那块地年年收获很多粮食，有那么勤劳的主人是多么幸福！我要选他当我的主人！"

这块荒地选择了老二做他的新主人，成了一块生产很多粮食的土地。

勤劳的翅膀

一位农人非常勤劳。有一年大旱，土地都旱得裂了大缝，他到处找水源浇庄稼，近处找不到就去远处找，没法引水灌溉就手提肩挑，在太阳的暴晒下，他的皮肤都被晒伤了，一层层地脱皮。其他农民对他说："咱们农民靠天吃饭，老天让咱饿死咱也没办法，听天由命吧！"他说："不是靠天吃饭，是靠双手动弹。"他仍然到处寻找水源。最终，别人家的庄稼都绝产了，他家的庄稼获得了丰收，在荒年里，他也衣食无忧。

这位农人家有一片荒坡，这片荒坡不仅土地贫瘠，还四处布满了石头，连草都没长几棵。他把能掀出来的石头都掀出来搬走，不能掀出来的就用大铁锤把石头顶部砸成石粉，并在这片修整过的荒坡上撒上了草籽。第二年，这片荒坡上长满了青草，成了一片牧场。农人在上面养牛羊，很快就牛羊满圈了。又过了几年，牛羊的粪便让这片牧场变得越来越肥沃，最终这片几乎寸草不生的荒坡变成了良田，他辛勤耕耘，靠种地也发家致富了，过上了富足的生活。

他常对人说："只有勤劳的翅膀，才能让人并不远离天堂。"

勤劳与懒惰

小明很懒惰，不爱学习，不爱劳动。他上课不认真听讲，老师布置的作业也常常完不成，即使完成了，也极不认真，浮皮潦草；他也不仔细收拾书包，经常丢三落四；自己的卧室和书房也是一团糟，全靠别人帮他整理。家人、老师、同学引导他、教育他，他都不听，依然如故。

有一天，小明的爷爷来看他，给他讲小动物的故事："有两只勤劳的小鸟，比赛垒窝。一只小鸟到河边衔泥，衔一点儿立刻就飞到树上垒在窝里，不住地衔不住地垒，没多久就垒了一个结实的泥窝。另一只勤劳的小鸟衔枯草垒窝，衔了一根横着放，又衔一根竖着放，再衔一根斜着放，没多久就垒成了一个温暖的草窝。最终，两只小鸟都赢了，都受到了表扬。"小明听了很不以为意，就说："这两只小鸟也够累的，不垒窝也挺好，住在树枝上就行了。"

爷爷没理小明，接着讲道："有一只蜘蛛不愿结网，只在地上爬呀爬，逮小虫吃，有时它连爬都不爱爬，只等小虫靠近它，因此常常饿肚子。"小明依旧不以为意，说道："饿肚子怕什么，吃饱了也不一定好，说不定还撑死了呢！"

爷爷仍然没理小明，接着讲下去："有一只虾，很懒惰，在水里只知沉睡。来激流了，别的虾赶紧沉入水底或向旁边躲避，这只虾却懒得动，激流把它卷走了，它再也找不到它的家人和伙伴了。"小明说："与家人在一起有啥好的，他们老想让小孩干这干那，与朋友在一起也不好，他们会笑话别人懒。"

爷爷说："既然你觉得小鸟不垒窝、蜘蛛不结网、小虾与家人朋友分离都挺好，那让你没地方住、没饭吃、远离家人朋友在外流浪，你肯定觉得也挺好，那你去试试这种生活吧！"

小明赌气，果真离家出走了，没过几个小时，他就又冷又饿又害怕，赶紧跑回了家。

从此小明变勤劳了。

吕希与威灵

吕希和威灵胜利会师了。他们由于各自的赫赫战功，已经慕名对方很久了。吕希对威灵说："你这位少年英雄，深思熟虑很老练，像我这白发老人一样！"威灵说："你这位德高望重的老英雄，头发虽已斑白，心却像青年一样年轻，一样勇武！"

这位青年和这位老者互相祝贺，握手问候。英雄的胸襟是宽广的，英雄相惜，互相敬重，互相爱护。

爱的温度

儿女们到首都求学去了，他们的母亲每天都关注首都的天气预报，看首都天气预报是这位母亲一天中最重要的事情。她总是惦念着：首都来了寒流了，儿女们冻着没有；首都高温，儿女们热着没有；首都下暴雨了，儿女们淋着没有……这位母亲居然像把脉一样把出首都的体温。

关于爱，没有比这更好的定义了。

贪心猴

猴爸爸拿来了十个剥好的煮鸡蛋，平均分给自己的两个孩子。两只小猴先是各自抓起一个自己的鸡蛋吃，一边吃一边紧盯着对方的鸡蛋。吃完后，两只小猴几乎同时伸手去抢对方的鸡蛋，抢鸡蛋"大战"就此爆发。混战到最后，还是各自四个鸡蛋，这一场战争白打了。又一次，猴爸爸拿来一大包枣分给两只小猴，每只小猴面前都放着一大堆了，可这两只小猴子仍是死死地盯着对方那堆，拼命去抢，抢得昏天黑地。抢到最后，每只小猴面前还是跟以前差不多数量的一堆枣，这场大战也白打了。

实际上，以它们的食量，仅能吃两三个鸡蛋或十来个枣而已，它们所拥有的已经远超它们所需。无论抢鸡蛋还是抢枣，都是在抢它们并不需要的东西，两只贪心不足的小猴，却因此大战了两场。

吃着碗里的看着锅里的，贪得无厌的贪心猴，抢其他猴的东西时，往往自己的东西也看不牢。

不进圈的猪

一头猪晚上怎么都不进圈，它认为进了圈就失去自由了，猪圈里场地小，不能痛快地跑，也不能痛快地跳，只能拱地、拱墙或拱其他同伴，如果不小心碰到了脾气不好或者爱寻衅滋事的猪，还得打一场架，而且多半自己会输，待在圈里多憋屈啊！

其他猪都进圈后，这头猪在圈外找了个草窝趴下了，它悠然地看着星星，看着萤火虫在草丛中飞来飞去，觉得很自由很惬意。到了深夜，正当它呼呼大睡时，恶狼来了，对圈里的猪无可奈何，寻到了圈外的这头猪，便把它吃掉了。

自由要有限度，没有限度的自由就是灾难。

青山的抗议

一个人在长江岸边的山上游览，群山青青，阳光明媚，风景宜人。他忽然听到一个声音说道："有的人真是丑陋无比，把那么多垃圾都扔进长江里去了，不只扔进长江里，也扔到我们身上，让我们变得既肮脏又难看！我恨死这样的人了！"这人仔细辨别，发现说话的是一座青山。接着，另一座青山道："是啊，他们污染了长江，他们还会有清洁的水用吗？他们污染了青山，他们还能呼吸清新的空气吗？还会有美丽的风景看吗？"又有一座青山说："他们伤害了我们，同时也伤害了他们自己，真不明白他们为什么这样做！"

这人听后，抱歉地看着青山，青山也满怀期待地看着他。

幸福树

在一个贫瘠的小山坡上，两棵树紧挨着生长。

这两棵树并不参天，并不伟岸，但它们枝枝连理，叶叶相贴，连根系也连在一起。

头顶上有烈日炙烤，它们共同忍受着；大风刮来，它们共同抵挡着；暴雨袭来，它们共同支撑着；严寒逼来，它们又互相温暖着……它们互相鼓励，互相扶持，互相慰藉，它们都生长得葱茏茂盛，可以想见，它们以后定能共同长成参天大树。

村民深受感动，给这两棵树起名为"幸福树"，并做了树名牌挂在树上。每当村子里有人闹了矛盾或产生了纠纷，大家就建议他们到树下坐一坐，聊一聊，往往会把矛盾和纠纷解决于须臾之间，这两棵树确实就是大家的幸福树。

一群深海鱼

一群深海鱼，一直小心翼翼地生活在大海深处，它们只知道这是祖祖辈辈生活的地方，却并不知为何祖祖辈辈一直生活在这里。一日，它们中的一员说："我们一起到海面上去看看景色吧！听说海面上航行着比山还高的大轮船，奔涌着美丽的海浪，岸边还有戏水的人群。"大家都对海面的景色充满好奇，于是都同意了，就一起浮向海面，刚浮出水面就都死了。它们惯于生存在高气压的深海里，是无法适应突然的低气压环境的。

决定以身涉险前，要对自身有充足的了解才行。

同舟共济

张三和李四乘船远行，岸上有一个名叫王五的人遇到了凶狠的盗贼，逃到这里，想上他们的船。张三怕惹祸上身，不想让王五上船，李四说："船内很宽敞，让他上来吧！"便让王五上了船。

过了一会儿，贼人追了上来，张三很是害怕，怕被贼人伤害，于是想把王五舍弃。李四说："既然我们已经让他上船了，在危急时刻就更不能把他抛弃了，直接把他推给贼人，他活不活得成都很难说。"于是，王五留在了船上，他们三人飞快地划船，终于躲开了盗贼。

又过了些时候，船出了故障，航行不稳，眼看就要触礁沉没了，恰巧王五很会修船，很快就把故障排除了，他们三人同舟共济渡过了难关，都平平安安地去往了安全的地方。

蚁兄蚁弟

几个小朋友在做游戏。

他们找来几张桌子，把桌子排起来，然后在桌子外面围上一些小木板、小箱子、头巾之类的东西当围墙，这样，桌子底下的空间权作是他们的"蚁穴"。这些小家伙把自己当作蚂蚁，钻进去，你挤着我，我挨着你，在一片漆黑中谈天说地，这些"蚁兄蚁弟"在这样的"蚁穴"里建立起了牢固的友谊。

后来他们渐渐长大了，各自到不同的地方谋生活，他们之间依然保持着小时候建立起来的友谊，每当谁遇到困难，都会聚在一起想办法，互相帮助去解决。他们当了一辈子的"蚁兄蚁弟"，也因为这份"蚁兄蚁弟"的情谊而生活得更加温暖幸福。

一棵爬墙草

一棵爬墙草从墙壁的墙根处钻出来了，黄黄的叶，细细的茎，是那样弱不禁风。它对自己说："我要努力吸收养分，勇敢地面对炽烈的阳光，坚强地抵御狂风暴雨，更要躲避害虫的攻击，我只有一个目标，那就是安全地长大，把墙壁变成一片绿茵，变成美丽的风景墙。"

　　它努力地长啊长，终于爬上了墙，然后一步一个脚印地爬着。它稳扎稳打，每爬一步，都会伸出脚，紧紧地扒住墙壁的缝隙。几个月过去，它爬满了那整道墙，人们路过墙边，总会情不自禁地驻足观望，并赞叹道："满墙的绿叶随风摇曳，多美的景致啊！这是我见过的最美丽的风景墙了！"

　　上天是不会辜负踏实努力者的。

坐火车过秦岭

　　一个人坐火车过秦岭，火车刚从一个隧道出来，又进入另一个隧道，隧道一个接着一个，数也数不清。他想，隧道外的清晰真切，隧道里的昏暗迷蒙，交替轮换，这不就是人生之路吗？

　　人生路上，有光明大道，也有幽暗小道；有风光明媚，也有满眼昏黑，只要明确人生的方向，勇往直前，那就如这辆穿越隧道的火车一样，终会到达正确的终点。

花盆中的橡树

　　一个人将一颗橡树种子种到花盆里，橡树种子发芽了。慢慢地，它长成了一棵极好的小橡树，树干茁壮，枝叶茂密，树叶青翠碧绿，油光闪闪。这时，小橡树还有足够的养料吸收。它长啊长，渐渐地，花盆里的养料不够了，它饥饿了，憔悴了，树叶枯黄干瘦，濒临死亡。橡树主人把它移植到一块空地上，没多久，它就冒出了满树的翠绿新芽，绿油油的晶莹闪亮，像挂满枝头的绿珍珠，看起来生机勃发，充满希望。没过多少年，它就长成一棵枝繁叶茂、橡果累累的大橡树了。

花盆里养不出大树，想要橡树参天，就得给它足够的生长空间。对人而言，何尝不是如此呢，禁锢从来就不是一个人成才的条件。

远离天堂

世上有些人，干事情不努力，缺乏耐心，得过且过，学业搞不好，技术也学不会，浑浑噩噩度过半生，一事无成，幸福美好的环境——天堂，看他们不顺眼，便把他们驱逐了出去。

被天堂驱逐后，他们不思悔改，却哭天号地，抱怨上天的不公，怨恨命运的捉弄。其实，他们若改正以往的错误，辛勤努力，耐心学习，不再懒散混日子，还可以回到"天堂"去，可这些人急躁了，厌烦了，一边哀叹着"少壮不努力，老大徒伤悲"，一边继续浑浑噩噩地混日子。觉得自己年龄越来越大了，既然年轻时都没努力，现在为时已晚，努力还管什么用呢？更没耐心了，也更加懒散消沉了，到头来终究回不去天堂了。

缺乏耐心，放弃努力，就是远离天堂。

乌鸦毁天

乌鸦很有野心，觉得自己天下无敌，想做百鸟之王。欲做百鸟之王，就得让百鸟臣服，于是，它们想展示一下自己的威力，以慑服百鸟。它们叽叽喳喳地宣称，它们不用全体出动，只派出一只乌鸦就足以摧毁天空。

这话百鸟都听到了，只是百鸟从未打算摧毁天空，更未实施过摧毁天空的行动，并不知道乌鸦所说的是对是错，既然乌鸦对自己摧毁天空的能力如此自信，那就毋庸置疑了吧。

乌鸦为了确立百鸟之王的地位，果真派出了一只最有力量的乌鸦勇士去摧毁天空，又成立了规模宏大的啦啦队，给这只乌鸦勇士加油鼓劲。这只乌鸦勇士冲着天空大喊一声："你的末日到了！看我怎么毁灭你！"喊罢，便使出浑身解数，在天空中上下翻飞，一会儿急速往天上猛冲，一会儿又急速俯冲而下，一会儿向左突击，一会儿向右撞去，啦啦队更是喊得声嘶力竭，震耳欲聋，天空只是静静地听它们呐喊，看它们行动，悠然地看着乌鸦的疯狂表演，像看一场幽默喜剧。

很长时间过去了，天空还是那个天空，试图摧毁天空的乌鸦换了一批又一批，却仍然只能在天空飞翔。

饮鸩止渴

一座高原上有不少树木，为了缓解当地的燃料紧张，某官员命令人们全体出动去砍伐树木，以解燃眉之急。大家都觉得砍树没什么危害，而且找到了解决燃料问题的办法，于是便都热情高涨地去伐树，经过一段时间的乱砍滥伐，高原上的树木被砍伐殆尽。

由于没有了树木，高原上水土流失严重，还算平坦的高原变成了千沟万壑，人们不得不长期承受没有树木的灾难：失去了种庄稼的田地，没有了平坦的道路，人畜常被风沙侵袭，大地变得荒凉，天空变得昏暗，天气变得干旱……官员这才意识到，是自己的浅见寡识导致了这种饮鸩止渴的短视行为，导致环境恶化已如脱缰的野马般不受控制，不禁懊悔不迭。

只有热情而无知识，好比骏马没有缰和鞍。

进步的阶梯

张三向李四请教一个问题，显现出了自己的无知，李四在回答他的问题时表现出了不耐烦和轻视他的神情，这让他觉得既难堪又难过。李四走后，张三嘟哝道："是因为我向他请教问题，让他觉得他比我厉害，认为我才疏学浅，浅薄无知。是我给了他蔑视我的机会呀。"

从此，张三吸取了教训，极力掩饰自己的无知，不再向任何人请教问题，尽管自己确实不懂，也从来不问，如果别人向他请教一些问题，他明明不懂，也胡乱回答一气。一次，两次，若干次……他不仅多次地表现出无知，由于疏于学习，变得越来越无知。

承认自己的无知，只表现出一次无知；掩饰自己的无知，会持续不断地表现出无知。承认无知，正视无知，是进步的阶梯。

一个美人

一个人学富五车，满腹经纶，和蔼可亲，附近的人们遇到问题都会向他请教，寻求解决之道，遇到困难也总是会来寻求他的帮助，他也总能对大家进行有益的指导，帮大家做出好的打算，解决他们的疑难问题。

虽然他的长相不是很美，可人们认为他很美，是此地最美的人。

鸟美在羽毛，人美在知识。

莽撞人

一位少年，骑在扁担上让小伙伴们抬着他玩，结果不小心从扁担上摔下来，把胳膊摔断了；有一次，吃饱饭后与人摔跤，把肠子挣断了；还有一次，在野外游泳，猛地跳进水库里，被水中的石缝夹住了脚，还被水草缠住了腿，差点丧命；又有一次，为了逞能，跟力气很大的人掰手腕，把手臂上的骨头掰断了……尽管遇到了这么多危险，还好，他没丢掉性命。

后来他长大了，回想一下这些年自己身上发生的事，觉得自己的行为太过鲁莽，人生已经风风雨雨困难重重了，如果自己再不停地给自己制造麻烦，时常把自己置于危险之中，未免太不尊重自己的生命了。

从此，他遇事三思而后行，没再发生过危险。

老马失蹄

一匹老马在一条熟悉的路上走着，还是一不小心踏在了一块被雨水打湿的光滑石头上，重重地跌了一跤，疼得迟迟没爬起来。跌倒后它觉得很意外，自言自语地说："这条路我走了千百回了，这次也没粗心大意，走得小心谨慎，而且我长着四条腿，该是多么稳当啊，竟然摔了跤，真是不可思议！"

即使再熟悉的路，情况也不是一成不变的，一不小心，就有可能会跌倒。

一盏明灯

一位青年因为失业，成天窝在家里，不是上网打游戏就是看电视，以打发无聊的时间。这样的生活让他越来越迷茫，越来越空虚，也越来越懒惰。他的朋友每天工作忙碌，即使这样，仍然坚持在晚上的闲暇时间读书学习，他感觉书中的知识或人物活了起来，他不仅从中学到了知识，还学到了譬如勤劳、节俭、忠诚、惜时、善良等诸多做人的道理。

好的书籍就像一盏明灯，照亮人们的生活道路。

母鸡孵蛋

一只母鸡孵蛋时非常敬业，总是匆匆吃了一点食之后赶紧回到鸡蛋上趴好，尽量不让鸡蛋变凉，使热气相接，二十多天后成功地孵出了小鸡，没有一个坏蛋。另一只母鸡孵蛋时总是贪吃贪玩，慢悠悠地享受完美食，悠然地踱着步边走边玩，赶回来后鸡蛋已经变凉，未能使热气相接，鸡蛋总是冷一阵热一阵，最终没孵出来几只小鸡，大多数的鸡蛋都臭了。

努力不是三天打鱼两天晒网，而是要绵绵密密，坚持不懈，这样才能取得成功。

老鼠水手

　　有一只老鼠，平时就爱夸口，爱自吹自擂。有一天，它在海边的松林里玩，看到海面上有许多水鸟贴着水面飞翔，有的还从海里捞鱼吃，它十分羡慕，心想：要是我也能从海里逮条鱼吃，那该多好啊，如果逮到条大鱼，那可就一战成名，在鼠界就有响当当的名声了，试想有哪只老鼠在海里逮到过鱼？何况还是逮到条大鱼？

　　想罢，它抑制不住内心的激动，脑袋一热，飞速地向海里冲去，冲到海里后，四只爪子在水里使劲扑腾，见到海鸥还大声说："我是水手，水手来了，你们还不快快闪开！"海鸥没见过在海里游泳的老鼠，觉得很是稀奇，就没听老鼠的话，反而呼唤更多同伴前来围观。老鼠见围观者众，更想捉到鱼显示一下自己的神通广大，于是拼命地划水，其实那根本算不上游泳，是在挣扎着不让自己淹死，同时还想拼命捉鱼，想赶紧捉到鱼回到岸上。可它再也没有回到岸上的机会了——一个浪头打来，把它卷到了水底，过了一会儿，海鸥就看到这个"水手"被淹死了，浮到了海面上。老鼠连条鱼的影子都没看见，就一命呜呼了。

　　尽管老鼠在海里也能扑腾着挣扎，但称不上水手。

秃尾巴猴

　　一只猴子的理想是变成人，因为它很羡慕人的生活：会制造工具，会劳动，会做饭，七盘八碗盛着很多美食，令它垂涎三尺。于是它想了很多办法，刻苦训练自己的言行举止，想尽快变成人。

有一天，它觉得自己无论形体还是举止都接近人了，就找来了绫罗绸缎披在身上，来到人们中间，想装个人，尽管它尽力拿出人的架势，人们还是一眼就看穿了它，指着它说："你这只猴子装什么洋相，打！"它只好赶紧跑了。

这天，它又想出了一个办法，如果把自己的尾巴割掉，再穿上人的衣服，尽量坐着，在人面前别四条腿走路，或许就能以假乱真，被当作人了。

它果真割掉了自己的尾巴，包扎好伤口后穿上衣服遮盖着，忍着疼痛来到了大街上。人们看到它，仍旧说："猴子来了，一只割掉了尾巴的猴子来了！"孩子们则大喊："秃尾巴猴子来了！"

猴子割掉尾巴，仍然是猴子。

问 路

有一个人步行到一个偏僻的地方，要去拜访另一个人。他是第一次来这里，人生地不熟，被拜访的人问他需不需要来接，他说："鼻子下面是嘴，只要不是哑巴，就会问路啊，当然用不着来接。"

路上有很多岔路口，每到一个岔路口，他就向人问路，几十个岔路口，他都通过问路正确地通过了，顺利地找到了他要拜访的人。

常问路的人，就不会迷失方向。

乌鸦截江

一群乌鸦叽叽喳喳地议论江河。有的说："把大山移来就能挡住江河。"有的说："我们千千万万只乌鸦一齐跳进江河里，就能把江河拦腰截断，从此下游就干涸了。"还有的说："我们把江河的底部挖个无底洞，水流进洞里就出不来了，看它还能流到哪里去！"江河不在乎乌鸦的议论，它绕过大山，没过洞穴，一路奔向大海去了。

无论乌鸦怎样喋喋不休，江河终究要流入大海。

懒人杀鸡

有一个人，家里养了几只公鸡，公鸡很勤劳，每天都报晓。这天公鸡争吵起来，这只说："是我的叫声唤醒了朝霞，天才亮起来的！"那只说："是我的叫声赶走了黑暗，天才亮起来的！"另一只又说："是我把太阳公公叫起了床，天才亮的！"

养鸡的人是个懒汉，虽然他养了这几只公鸡，可公鸡报晓常常吵了他的美梦，他早已不胜其烦，这次他听了公鸡的话后，心想："既然是公鸡报晓才让天亮起来，那我杀了公鸡不就好了，不但美梦不受打扰，而且天亮得晚我就不用早起了！"这人把公鸡全部杀了，可天还是每天按时亮。

天亮不是雄鸡啼出来的，朝霞不是雄鸡呼唤来的，杀了公鸡，阻止不了天亮。

长颈鹿的愿望

长颈鹿在大草原上边吃草边游逛，有一天它想，我见过那么多的动物，怎么都是脑袋高过脖子，就没有一只动物的脖子高过脑袋呢？它突发奇想：我现在的脖子也不是很长，要是我的脖子长得长了，岂不是就高过脑袋了吗？那多好啊！"于是乎，它让脖子使劲地长啊长，脖子长得比自己的身体还长了，脑袋仍在脖子上。

脖子再长，高不过脑袋。

自食其果

一个人出去游玩，走到一口井边，看到井里有些枯枝败叶，还有一些烂了的野果，井水很脏，他便往井里吐唾沫、擤鼻涕，还幸灾乐祸地说道："既然你已经脏了，脏就脏到底吧！"

这天赤日炎炎，天气很热，他游玩了大半天口渴了，到处都没找到水源，实在口渴难耐，只得回到这口井边，用手捧着井水喝起来。

不要把脏东西弄到井里去，也许你自己也要喝到它。

树枝的懊悔

一棵树的每根树枝上都开满了鲜花，引来很多蜜蜂采蜜，也引来一些蝴蝶在花间翩翩飞舞。

一根树枝嫌蜜蜂采蜜弄得它怪痒痒的，又嫌蝴蝶扇动翅膀扇得它怪难受的，决意离开树干。它使劲挣扎，此时正好来了一阵大风刮它，"咔嚓"一声，它从树干上断裂下来，掉到了地上。

离开树干后，它觉得又渴又饿，看到自己身上的叶子蔫了，花也落了，一副枯败之相，又想到在树上时繁花压枝头的热闹风光，不禁懊悔之极，潸然泪下。它想重新回到树上，仍旧开出美丽缤纷的繁花，引来勤劳的蜜蜂和美丽的蝴蝶，可这一切都只能是妄想了，它成了一根枯树枝，最后朽烂在了泥土中。

枪栓与枪

有一支枪，他的主人很喜欢它，把它珍藏得很好，还时常把它拿出来欣赏把玩一番，然后再把它仔细地擦拭干净，包在柔软美观的绒布里，然后装进华丽的盒子里收好。

这支枪仰仗着主人对它的喜爱，恃宠而骄，养成了爱挑剔爱抱怨的毛病。这天，它又嫌枪栓在它身上影响它的美观，粗鲁地赶枪栓走，要枪栓离开它的躯体。枪栓一再哀求留下来，枪不为所动，坚持让枪栓滚开，枪栓只好离开了。

没有了枪栓，子弹便射不出去，这支枪终于意识到，枪没有了枪栓，只不过是一根棍子罢了。它的主人见它丢了枪栓，认为它是没用的东西了，就把它丢弃了，又买来一把新枪装进它曾住过的华丽枪盒里。

看林人与猫头鹰

一只猫头鹰飞进了一个村庄，在村中的大树上鸣叫。村里人认为，猫头鹰不是什么好鸟，它的叫声那么凄厉，长得也很凶恶，是会给人带来厄运的。于是大家都拿着扫把、竹竿等吓唬它，扔石头驱赶它，不让它在村庄里逗留。

猫头鹰很伤心地离开了村庄，飞进了森林，在一棵树上悲伤地鸣叫。看林人听到它的叫声，招呼它道："你好，猫头鹰，到我的屋顶上来玩吧，欢迎你来陪伴我，你唱歌真好听，长得真漂亮！"猫头鹰听后不再悲伤，抖擞精神唱歌给看林人听，成了看林人的好朋友。

去对地方很重要，森林里的人不怕猫头鹰。

骄傲的萤火虫

秋夜，成百上千只萤火虫飞来飞去，它们会发光，这让它们倍感骄傲，它们一边飞一边唱："我是一盏大明灯，赛过天上的星星；我的光芒很耀眼，月光比我差得远！"

一只藏在草丛里的小虫很不服气，它是一只见过世面的小虫。它见过人们提着照明的灯笼照亮街道，也见过挂在房檐上的大红灯笼照亮夜空，还见过人们屋里的电灯把房间照得如同白昼。它对萤火虫说："你们会发光确实了不起，因为很多昆虫都不会发光，我也不会。不过，你们太骄傲了，你们再多也比不上一盏明灯！不信我领你们去看看！"

萤火虫跟着小虫隐藏在路边的树后，等到一个人提着灯笼走来，在明亮的灯笼光的映照下，众萤火虫发的光黯然失色。之后，萤火虫不再骄傲，也不再那样唱歌了。

强行赶路

一个人出门在外，好几年没回家了。这天终于到了回家的日子，他归心似箭，急于回家见到家人，在路上飞快地走着，一刻也不停，一天走了一百多里路。走到家后，累得大病一场，休养了十多天才好。

他的父亲对他说："你一路飞奔，三天的路强作一天走，走完至少躺十天。再强壮的人也经不起这么折腾啊！"

猴子跳河沟

一群小猴聚集在河沟的一侧，比赛跳跃本领，看谁能跳过小河沟。

有几只小猴身体站定，直接往上拔着跳，尽管跳得很高，却落进了河沟里，它们狼狈地爬上岸，十分沮丧。

另几只小猴站在旁边观看，吸取了教训，它们先往后退一段距离，离河沟远一些，紧接着快速地向沟边跑了几步，猛地一跳就越过了河沟。那几只落水的小猴也学着样，成功地跳过了河沟。它们又一起快乐地玩耍了。

有时，必须后退几步，才能跳得远。人生之路也是如此，有时先要后退几步，才能更好地前进。

老马的感悟

一匹老马朝着一个村庄走去，那个村庄是它的家。它走得极慢极慢，因为它太老了，没有了力气。一个同一村庄的青年，在路边的草地上来回踱步，徘徊不定，似乎是在犹豫回不回家或什么时候回家。老马看到了这位青年，昂首嘶鸣，想唤青年一起回村，也希望青年在路上能牵它一下，青年冲老马摆了摆手拒绝了，老马只得自己慢慢地一步一步地向前挪步，它不知道自己还能不能走回村里。不知过了多久，老马回到了村庄，停在村头老树下休息，才看到这位青年朝村庄走来的身影。老马心想，我是如此之慢，原来哪怕走得最慢的老马，也能比这位犹豫不决的青年先回到村庄呀。

人生只要不丧失目标，即使走得再慢，也比无目标而徘徊的人走得快。

笛子罢工

一个人听到别人吹笛子，笛声悠扬，非常悦耳，他也买来一支笛子，别人建议他认真地学习一下吹笛子的技巧，他说："笛子这么简单的东西，不就是对着孔吹吗？用力就行了！我有把子力气，还用学？"

他不跟会吹笛子的人学着吹，也不买关于吹笛子的书照着学，只是对准笛子孔乱吹气，而且仗着自己有把子力气，每次吹笛子都吹得很大声，笛子只能发出又直又响的噪音，尖锐刺耳。就这样过了大半年，他力气倒是花了不少，还是连一支曲儿都不会吹。

这支笛子觉得很是丢脸，别的笛子发出的是优美动听的声音，自己发出的全是"吱吱"声，气得罢工不干了，找个地方藏起来不出来了，这人丢了笛子，只好不吹了。

吹笛子单靠吹气是不行的，还得用手指，更得用脑。

一棵小草

一棵小草生长在非常贫瘠的土地上，旱魔王想干死它，它的根就使劲地往地里扎，直到够到水分为止；水魔王想淹死它，它就狠命地往外吐水分；火魔王想烧死它，它被烧得只剩下地下的根，它又从被烈火炙烤过的根上冒出新芽；虫魔王想吃掉它，把它咬得伤痕累累，它依然用残破的枝叶尽力吸收着阳光雨露，奋力生长……不管条件多么艰苦，它从不抱怨，看似渺小，实则强大。

当我们面对困难时，也应该如小草般顽强不屈。

碎玉与假山石

一个人有一块名贵的美玉，质地好，雕得美，这人非常喜爱。有一天，他拿出这块玉把玩，一不小心掉到院里的石头上摔碎了。旁边假山上的石头笑话玉道："你看你，碎成这样，一副破烂相，远不如我了，至少我比你完整，也比你大得多呀，而且还能当个景看！"碎玉看了一眼幸灾乐祸的假山石，神态淡然，不以为意。

这人并没有把碎玉扫进垃圾桶，而是小心地把它们捡起来，送到玉器店重新加工，这些碎玉又变成了形态精美、价格昂贵的耳坠、戒指等首饰，这人把它们带回家，又好好地收藏了起来。

玉石碎了还是宝石，石头完好仍是石头。

狐狸讲故事

有一只狐狸，特别爱讲故事。开始时，很多小动物都来听它讲故事，听得聚精会神。慢慢地，小动物们开始交头接耳，后来都打起了瞌睡，再后来，陆续地走了。最后只剩下小猪还没走。

狐狸问小猪："我讲的故事这么精彩，而且我情绪饱满，讲得绘声绘色，滔滔不绝从未卡壳，为什么大家都走了？"小猪答道："虽然你讲得很起劲，但你讲的所有故事全是关于偷鸡的，你就没别的故事可讲吗？"

狐狸道："既然觉得我讲的故事不新鲜，那你为什么还不走？"

小猪答道："没看到我在织毛衣吗？这里灯光明亮，又有暖气，适合我干活。天越来越冷了，不赶紧织完我会挨冻的。还有，正好你的声音有些声响，我喜欢热闹啊！你以为我爱听你老生常谈？"

狐狸讲故事，没什么新鲜事儿。

徒劳之举

在一个动物园里，鹈鹕和秃鹫生活在露天的饲养场里，它们都张开翅膀，摆动着，极力显示它们的绚丽。但它们没有飞走。

雪鸮仍生活在笼子里，人们给它准备了露天饲养场，但它拒绝了，它说："我宁愿生活在笼子里。"

原来，露天饲养场虽然不像鸟笼般四周全是围栏，但生活在这里的鸟儿翅膀要被剪短，鹈鹕和秃鹫的翎毛被剪短了，虽然能摇摆和转动翅膀显示它们的华美，依然无法飞走。住在笼子里，虽然四周都有围栏，但翅膀不用剪短。当然，作为笼中鸟，也没法飞走。

鸟儿的选择是天空，不是关在笼里或剪掉翅膀。有时看似有选择，实际上却没有选择，因为每种选择的结局都一样。

一艘客船

一艘客船在海上航行，遇到大风浪，各个船舱都进水了，船舱里的人都不约而同地紧急行动起来，一齐把船舱里的水泼出去，一齐找东西修补船舱，经过齐心协力的行动之后，所有船舱的漏洞都被堵得严严实实了，这艘船安全地驶进了港口，船上的人全都平平安安。

过了一段时间，这艘客船又一次行驶在海上，又遇到了风浪，船舱都进水了，所有船舱的人不约而同地想，这一星半点的水不算什么，船沉不了。结果漏洞越来越大，等大家想堵时为时已晚，无能为力了，最终船沉了。

关键时刻的不同选择，会有不同结局。

生活的焦距

有一个人，上学的时候盼望毕业，孩子小的时候盼望他们长大，工作的时候盼望退休，在乡野时憧憬都市，在都市落下了脚又怀念乡野，总之，真正的生活永远在远处，在另一个地方，在另一边，而眼下的生活，只不过是匆匆掠过的影子，从没认真看清它的真面目，仅是为了通向远处，匆匆忙忙留下的一个个模糊的脚印而已。

但现在，此时，他后悔错过了来时路上的风景，后悔错过了曾经生活中的美好，因为生命里所遇到的每一条河、每一座峰、每一片草地、每一座沙丘、发生的每一件事甚至遇到的每一个人，很可能都是此生只此一次的相遇，错过了就是错过了。

可是，很多人在人生的日历已撕掉了大半后，才惊觉错过了好多生活之美，才学会了调整焦距，才学会把焦距对准眼前，珍惜当下。

为母圆梦

小张的父亲已经去世了，小张和母亲共同生活。一天，小张的母亲梦到自己吃到了一种味道极其鲜美的海鲜，听人说名叫海参，小张马上买来海参，做得很鲜美给母亲吃；又一次，母亲说自己梦到了大海，于是小张带着母亲去看了大海；还有一次，母亲说想去北京，去毛主席纪念堂瞻仰毛主席遗容，再去看看皇帝曾住过的金銮殿，并说这个心愿已经珍藏了很多年了，小张马上就带着母亲去了。之后，小张又帮母亲完成了不少心愿。

他想：父亲在去世前，从没告诉过我他有什么心愿，而我忙于生计，奔波劳碌，也未曾问起父亲有什么梦想，在看似无比寻常的一天，父亲突然就去世了，而我根本就没想到父亲会离开，这真是极大的遗憾。现在，在母亲想圆某个梦而我又有能力的时候，那就尽力帮她圆了，因为梦也会凋谢，而我，也需要这样传递对母亲的爱。

简单生活

一个人已经到了知天命之年，他会把一件衣服穿好几年，把一部手机用到无法再用，他想在老房子里一直住到老。越来越多的同事开车上下班了，他却连车都不想坐，改成跑步或走路上下班。由此，他获得了一种自由和力量。原来，自己依赖的东西真的很少，而生活是如此简单。

生活就是这样，当你退到了潮流的边缘，潮流反而成了不相干的背景；当你不再被一些东西所左右，它们便淡出了你的生活，而你的生活虽然变得简单，却无比美好。

青年与中年

有一个人，在青年时，生活硌疼他时他发怒，工作不顺了他跳槽，孩子不听话了他生气，家人生病了他焦虑，赚钱少了他发愁……焦躁、迷茫、愤怒、忧伤与他如影随形，就像不知什么时候会侵入他肌体的病毒，他提防不了，也不知怎样阻止。

现在他人到中年，学会了提防"病毒"，尽量不给它们提供潜伏、发酵、生长的机会了，他学会了与自己和平相处。他知道，很多事情就如一块布的正反两面，既有细致明艳的正面，也有粗糙黯淡的背面。工作嘛，即使满足不了兴趣也没什么，它能提供养家糊口的薪金啊；遇到困难也没啥怕的，想办法解决就是了；花儿谢了不必唏嘘，还会有果实呢……

他由衷地觉得，生命就像一条大河，生命之河流过了青春湍急的峡谷，来到了相对开阔平缓之地，水流变得从容清澈起来，这就是经过岁月的历练与沉淀的中年啊。

一人掌舵

一条船上坐着十几个人，他们要渡过河去。这载着千斤之重的船，由一个经验丰富的舵手掌舵。

有几个人觉得掌舵很酷，就对舵手说："掌舵是很有趣的事情，咱几个人一起掌舵吧。"

舵手说："这条河水流湍急，河中暗礁也多，由一个有经验的舵手掌舵才稳当。"

这几个人不听，觉得舵手夸大其词，吹嘘自己厉害。他们大吵大嚷，逼着舵手离开了船舵，他们几个人争到了掌舵的机会。

他们真正开始掌舵时，每个人的判断都不一样，有人说要快速行进，有人说要慢速求稳，有人想向左避开浪头，有人想向右迎头而上……结果船在波浪中打旋颠簸，最终翻了船。

夜里想的千条路

东正君是卖豆腐的。这天，他走街串巷卖了一天豆腐，很是劳累。晚上他在灯下沉思，卖豆腐风里雨里很辛苦，不如干点别的吧。开个养鸡场就很好，只给鸡撒些食，待它们长大后卖掉就赚不少了；养蜂也不错啊，蜜蜂采来花粉酿成蜜，我卖蜂蜜就能赚大钱了；办个工厂制造炊具，利润也很可观……他几乎整夜未眠，想了无数条路。可到第二天，什么项目也开始不了，还得推着小车去卖豆腐。

夜里想的千条路，明朝还得卖豆腐。

生命的浪花

孙公去观海，在大海边，他看到轻风便能吹起大海的浪花，浪花奔涌翻腾，波澜壮阔，充满活力，不禁心有感触：人生就像大海，生活便是汪洋，人生的风帆、生活的浪花靠什么鼓起呢？要靠理想，如果没有理想，人生便没有方向，死气沉沉，很有可能浑浑噩噩便度过了一生。

人的一生既短暂又宝贵，要树立远大理想，扬起生命的风帆，鼓起生活的浪花，让生命以奔涌的姿态滚滚向前，使今生今世活得充实而有意义，努力争取为人民、为祖国乃至为全人类作出贡献。

初见与重逢

"你真是我的好朋友。"小阳的屋内并没有别人,他在跟谁说话呢?小阳的母亲很纳闷,过去一看,儿子是在跟一本书说话。

过了些天,小阳屋内又传出说话声:"老朋友,又见面了!"母亲发现仍是儿子在对那本书说话。

第一次读到一本好书,就像找到了一个好朋友;再次读这本好书,就像和老朋友重逢。

驯　马

在驯马场,一个人正在训练一匹小马驹,左转、右转、前进、后退……小马驹大些了,主人又骑在它身上,直着跑、转圈跑、跨越障碍跑……天长日久,小马驹被训练成了一匹人见人爱的良驹。

智慧要从幼年时积累,骏马要从马驹时训练。

一个青年的涵养

一个青年到大城市找工作,钱包被偷,只好去捡废品度日。他捡废品时与众不同,将有用的拣出后,将那些无用的再放回垃圾箱,把垃圾箱周围收拾得干干净净。一位总经理看到他的表现后破格录用了他,他后来在公司做出了辉煌的业绩。总经理又带着他去新的城市开拓市场，并在这座城市开了新公司，让他当了新公司的经理。

一个人落魄时的样子，更能体现他的本质。

感　恩

又到了收获季节，一个人准备收割庄稼与采摘瓜果了，他感谢植物的付出和恩赐。人们应该对植物怀有感恩之心，感恩它们对我们的生存和发展所提供的帮助，所作出的贡献。对动物亦应如此。人类如果只知对大自然无止境地索取而不知感恩，是很危险的。表达感恩的同时，要学会爱惜，爱惜动植物，爱惜一餐一饭；表达感恩的同时，更要学会施爱，保护、帮助动植物。只有学会爱惜与施爱，才算真正懂得了感恩。

我们就置身大自然之中，爱惜大自然就是爱惜我们自己。

人与清水

一个人去菜园拔了些萝卜，萝卜上有很多泥。他正打算把萝卜装进筐里带回家，忽然听到说话声，原来一小汪清水邀请他过去洗萝卜。他对清水说："你会变浑的。"清水说："不要紧，我还会慢慢变清的，我本来就愿意为人们服务。我洗过很多萝卜，也洗过很多其他东西，最终我又都变得清澈无比了。"

水能驱除污垢，涤荡万物；水能降沙除尘，洁净世界。净是水的境界，时间是澄净的利器。

生而为人，应像水一样，努力驱除污秽。

水的钻劲

小明收集了一些大鹅卵石，放进一个玻璃缸中，又在石缝里填满了沙子，看起来玻璃缸满满当当了，之后，小明又拿来一瓶水，灌进了玻璃缸。

玻璃缸里看似早已无地可容，可水还是能灌进去。

人生之理亦然，以为没时间读书，挤一挤，时间总是有的；总觉得诸事缠身，毫无闲暇，那就仔细梳理，合理安排，提高效率，仍能于忙碌之中偷得片刻安闲。

人就应该像水一样，柔韧能钻不服输。

百年老屋

有一个人居住在城市，他假期时回老家看望老人。他家的祖屋是用大青石建造的高大结实的石屋，空间开阔，石巨墙厚。他在祖屋前东摸摸西瞅瞅，感慨良多。

老屋历经百年仍完好无损，虽然日晒雨淋饱经沧桑，可连外观都如同新的一样，完全无惧岁月的洗礼。

祖屋不仅让他体会到祖先朴素的居室之美，更让他领略并继承祖先的眼光、耐性、严谨和踏实的生活态度。

理想的力量

一所大学对当年即将毕业的学生进行调查，参与调查的人中，百分之二十七的人没有理想，百分之六十的人理想模糊，百分之十的人有清晰但比较小的理想，百分之三的人有清晰而远大的理想。

二十五年后，这所大学再次对这群学生进行了跟踪调查。有的人经过几十年的打磨成为行业领域的精英，有的人一事无成不说，生活还很艰难。由此我们看到，最初的差别仅仅是有人有理想，有人没理想，有人理想很小，有人理想远大，但此时，大家还站在同一起跑线上。二十五年后，很小的差别形成了巨大的鸿沟。

可见，理想这个看不见摸不着的车轮会把我们的人生带向不同的领域、方向、阶层中去，并极大地影响着个人成就的大小，贡献的多少。理想既是自己的引路人，又是人生的指挥棒。

小名的理想

小名这个农村孩子，看到他的父母进城打工能挣钱回来，给自己买没吃过的食物，买新衣服新玩具，能满足自己的生活愿望，他只看到了挣来的钱和买来的物品，看不到父母背后的辗转与辛劳，在他眼里，进城打工是极好的事情，于是他的理想也是进城打工。

他不知道进城打工意味着什么，不要笑孩子幼稚，更不要笑他没出息、不成器，他的生活环境导致他生出这样"伟大"的想法，树立这样"远大"的人生理想，这不是孩子目光短浅，更不是他天资愚钝，而是缺少成才环境的影响。如果有人加以引导，孩子就会明白，进城打工不是理想，不是目标，而是迫不得已选择的生存手段，他的理想完全可以更高远。

对受限的理想不应嘲笑，而是帮助与引导。

不惧死亡的人

一个人热爱登山，他的理想是尽可能去攀登世上更多的高山，为此他常常满世界跑，其间遇到了很多危险：有时在荒无人烟的地方摔断腿骨，有时被迫露宿于猛兽出没的野外，有时饥寒交迫却没有水和食物，有时身体透支没有了丝毫力气，还有一次严重中暑差点丢了性命，遇到山洪、泥石流、雪崩等灾害是家常便饭，遇到恶劣天气的情况更是数不胜数。

有人问他："你一个人四处奔波，且常常只身涉险，遇到突发情况和危难情况时会想什么？"

他说："每当那种时候，我内心很安宁，甚至比平常时候都更平静。平时还会有各种情绪的困扰，当危险真正来临觉得自己快要死了时，我觉得在这个世界我尽力活了，没有遗憾，去另一个世界我依然会努力生活，仅此而已。"

人们虽然左右不了生活中的突发事件，但可以调整自己的心态，只要坦然面对，就能自主掌控自己的精神世界。

角度与心态

有一个人开车带家人出去旅行，先后经过五个十字路口都遇到红灯，在一个路口，他抱怨道："真晦气，又差一步！今天刚出门就不顺利！"

他的妻子说："每次咱都正赶在起跑线上，变绿灯咱都第一个先行，这不是一路绿灯一路顺嘛！谁能有这等好彩头！"

同样的事情，换个角度来看，看问题的角度不同心态就不同，对生活的感受也就不同了。

茶与咖啡

有一个人，去一位新结识的朋友家做客，见这位朋友家的茶桌上既摆着茶也摆着咖啡。心想，这位朋友曾经在欧洲求学多年，而自己从没出过国，相比之下自己算是别人眼里的"土鳖"吧？绝不能让别人觉得自己土，觉得自己没见识。

这样想罢，当朋友问他想喝茶还是想喝咖啡时，他说："来杯咖啡吧，咖啡滴滴香浓，很诱人的！"朋友给他煮了咖啡，他端起来，如喝药一般地皱着眉喝下，然后道："口感醇香，不错不错！"

朋友说："我实在不爱喝咖啡，苦滋滋的，在欧洲多年也习惯不了。即使在国外时，我也是喝咱们中国的茶，茶比咖啡更清香。桌上之所以摆着咖啡，是觉得在国外求学时受尽辛苦，偶尔喝上一杯，咖啡的苦味能警示自己好好珍惜眼下的生活，忆苦思甜。"

咖啡有咖啡的浓烈，茶有茶的清雅，无论喝哪一种，仅是个人的不同口味而已，或者仅是个人的生活习惯而已，完全没必要贴上其他标签，更没必要赋予其他意义。

无　忌

有一只名叫无忌的猴子，坏心眼很多，常做坏事，经常欺负其他小猴子和小动物。

小猴子光光幼儿时期长过黄癣，头顶上一根头发也没有，是名副其实的癞痢头，它觉得不好看，因此总是戴着帽子。光光的秘密，青年猴子无忌是知道的。有一次，在一个戏场上，无忌走到光光身边，趁光光不注意，"唰"地一下摘掉了光光的帽子，并扔出好远，同时大声嚷道："这么热的天，戴什么帽子！"还有一次，无忌看到一只鹅在山坡上吃草，起了坏心思，把鹅逮住，用小棍把鹅嘴撑了起来，让鹅吃不了草，它则在一边哈哈大笑。

大家都对无忌很不满，议论说："你们瞧瞧无忌这糟糕的德行，坏事做多了，早晚会祸及自身的！"

尘土、松鼠和黄雀

大山脚下有一条迂回蜿蜒的河流，河岸很宽阔。有一天下午，小松鼠和小黄雀在树林里玩，忽然刮起了一阵大风，卷起一些尘土，这些尘土落在树林边的河岸上。

小松鼠望着这些尘土，没好气地跟小黄雀说："呸，脏死了！干净的河岸，怎么来了些脏兮兮的尘土！"小黄雀皱了皱眉头，闭了闭眼睛，随声附和道："是啊，咱们不欢迎它，快闭上眼睛，不屑看它一眼！"尘土受到如此损辱，只是装作没听见，一声也不吭。

来年春天，在尘土覆盖的河岸上，开出了五颜六色的鲜艳花朵，花香飘向林间，毫无保留地送给小松鼠和小黄雀。小松鼠和小黄雀很高兴，对鲜花说："谢谢你们，送给我们沁人心脾的清香。"鲜花说："该谢谢让我们生根发芽的土壤，要是它们不来到河岸上，河岸只是一片沙砾，我们就长不好，开不了花。"

小松鼠和小黄雀觉得很惭愧，不再嫌弃尘土，并向尘土道了歉。

不一样的旅行

黑暗老在暗处，闷得很，它对自己极为不满，心想，光明那么明亮美好，能给世界带来很多好处，人人都喜欢光明，赞扬光明，我为什么要当黑暗呢？我要奔向光明，成为光明！于是，它收拾好行囊，开始了奔向光明的旅行。

有一位残暴凶狠的盲者——法盲，他内心愚昧黑暗，常常作奸犯科，恶事做了一箩筐，人见人恨。有一次他跟妻子因一件小事起了争执，害死了自己的妻子，结果被处以极刑，去向了黑暗的深渊，向死亡旅行去了。

黑暗尚且向往光明，奔向光明，人为什么愿意奔向黑暗呢？

牛兔赛跑

动物们举办春季运动会，其中一个比赛项目是水牛跟兔子赛跑，因为以前龟兔赛跑时，兔子输了，这次大家都不相信兔子能赢，上次连乌龟都跑不过，这次怎么可能跑得赢比乌龟大得多、跑步快得多的大水牛呢？

看到动物们都大喊着给水牛加油，兔子想，上次输给了乌龟，留下了千古笑柄，这次我得争口气，要一雪前耻。

比赛开始了，裁判员一声令下，兔子便一跃而起，飞速地冲向终点，它只有一个目标，凭实力赢。水牛也不甘示弱，梗着脖子尥开蹄子使劲跑，可最终还是没跑过兔子。兔子以绝对的奔跑实力赢得了胜利，兔子善跑的形象又深入人心了。

黄蜂和蜜蜂

一群黄蜂出来旅行，路过一个悬崖时，看到悬崖上悬挂着一个巨大的蜂巢，蜜蜂们忙忙碌碌地在蜂巢上酿蜜，蜂巢里储满了金黄的蜂蜜。这群黄蜂特别羡慕蜜蜂的大储蜜巢，心想，我们没有蜜，是因为我们的储蜜巢太小，于是黄蜂便对蜜蜂说："我们是不是得建一个大大的储蜜巢？"

蜜蜂说："你们现在的储蜜巢还是太大了，我们建议你们建一个更小的，或者干脆就不要蜂巢吧。"

蜜蜂知道，黄蜂从来不酿蜜，只会掠夺蜜蜂辛辛苦苦酿出来的蜜，何须建大大的储蜜巢？建了大储蜜巢恐怕会抢劫更多的蜜，做更多的坏事。

表彰大会

秋天到了，一棵苹果树要开表彰大会，表扬今年表现最出色、贡献最大者。它找来小蜜蜂当裁判。

树根、树干、树枝、树叶、花、果实全部到场，大家刚入场，还没等落座就开始争吵起来。

果实说："我们果实最优秀，贡献最大，人们都是拿着苹果吃的时候最高兴，果农也是在收获苹果时笑得最开心，我没见谁看到树根、树干、树枝、树叶就乐开了花，即使看到花朵也会笑，但还是看到我们果实时笑得更发自肺腑。"

花说："我们的贡献最大，如果不开花，怎么结果？没有我们花，哪有你们果！况且我们开花时很多人都来参观，全都称赞我们美！"

叶说："我们功劳最大，没有我们吸收阳光雨露，花就开不了，果也结不了，我们还能洒下绿荫，人们在树下乘凉时，都是有说有笑的，很是开心。我们的绿荫还让树干、树枝和树根免受太阳暴晒。"

树干和树枝说："要是没有我们，你们挂在天上吗？还不是都挂在我们身上！再者，要是没有我们传输营养，叶、花和果早就全饿死了！果农看见我们不爱笑，那是为了配合我们不事张扬的个性——含蓄！其实心里相当喜悦！"

树根沉默寡言，苹果树让它发言，它说："我好好扎根吸收营养就行了，还是你们贡献大。"

最后，苹果树说："大家说的都有道理，让小蜜蜂评判一下吧。"

小蜜蜂说："大家都有很大的功劳，你们是一个整体，离了谁都不行，都该得到贡献奖。不过我觉得应该多给树根颁发一项优秀品德奖，表彰树根低调谦虚、默默奉献的精神，它贡献最大，却不炫耀不争功，值得大家好好学习。"然后小蜜蜂对苹果树说："你就不该搞这种评比，是它们大家撑起了你，对你来说，它们都很重要。"

乌 云

天空中飘着一大片乌云，百兽呀百鸟呀百花呀都说它丑陋无比。

野兽说："当我在地上跑着捕食时，乌云淅淅沥沥地落下眼泪，真晦气！还让我脚下打滑，又把猎物淋走，我看到它恨不得把它扔到天外！"

鸟儿说："当我在天空中飞翔时，它影响我的视线，看到它我就立刻飞得远远的，谁愿意跟这黑乎乎的一团东西交朋友呢？"

花儿说："当我在阳光下向世界展示我的明艳动人时，它在我身上洒下阴影，让我的美艳变得黯淡，它是嫉妒我，所以来害我，我最恨它了！"

小草听了它们的对话，为乌云辩解道："如果不是乌云蕴藏的雨水落到地上，地上能生长植物吗？百花又怎么活呢？动物有水喝吗？有食吃吗？鸟兽也不会存在了。对自己的恩人不但不感恩，还恩将仇报，太没良心，我才不跟你们做朋友呢！"

骄傲的刀锋

有一把威风凛凛的大刀，刀刃薄薄的，明晃晃的，锋利得很。刀锋觉得自己非常厉害，对自己很满意。它看到自己的长柄黑乎乎、圆滚滚的，没有丝毫锐利锋芒，于是絮絮叨叨地嘲笑刀柄蠢笨丑陋。

挂在刀柄上的缨穗听了后很不高兴，对刀锋说："如果刀柄像你那样薄薄的，那就会一砍就折，你还有威力吗？正是它粗厚才更结实，正是它的圆钝才能更方便给你力量，是它传递的力量让你有威力，是它支撑了你！"

刀锋很不服气，坚持要把刀柄卸下来试试，等卸掉了刀柄，刀锋已没有了往日的风光和威力。

骄傲的爆竹

大年夜，一串爆竹被点燃了，火光四射，噼噼啪啪的声音震天响，这时它们有点不知天高地厚了，开始笑话天上的星星，说天上的群星也不如自己高，更不比自己亮，甚至连个萤火虫都不如，还叫什么星星呢，趁早从天空中撤出算了。最可笑的是竟然有人唱"天上星，亮晶晶"，实在是没见识！

正说话间，爆竹燃尽了自己，只剩下爆竹皮灰头土脸地落到地上来了，好不狼狈。抬头看看天空，星星依旧亮晶晶地挂在天上，调皮地向人们眨着眼睛。

可能与不可能

天刚蒙蒙亮，小伟就起床了。起床后他就开始忙碌起来。他立下了远大理想：要当伟大的科学家，要发明探测海洋的利器，拥有了海洋利器，祖国就能更好地保护海洋开发海洋，就能拥有更多用于发展的资源，从而让国家更强大，让人民的生活更幸福。他把时间表排满，按部就班地学习、做事，过得很充实，心里很踏实。小伟觉得世上无难事，只要努力进取，什么事都是有可能做到的，人们给他取外号叫"可能"。

到了日上三竿，名叫小强的青年起床了，他的父母都出去工作了，他骗父母说他肚子疼，需要在家休息。他起床后先找了点吃的，慢吞吞地吃完后，转了几圈也不知干点啥，于是就搬了个板凳坐在院子里发呆。他觉得他对一切都无能为力，世上的一切都不受他的控制，包括他自己。他的家人朋友都劝他先去学个手艺，再找个工作，先解决温饱问题，然后慢慢建立个家庭，学着养育后代……就是这些自自然然的事情，他固执地认为他完全做不到。由于他天天把"不可能"三个字挂在嘴上，人们给他取了个外号叫"不可能"。

有一天，可能和不可能见面了，见面后，不可能问可能："你家住在哪里？"可能幽默地说道："我住在积极进取者的心里，你家呢？"不可能若有所思，垂着眉眼道："我住在无能为力者的梦境里。"可能说："其实转变没那么难，能做到和做不到只在一念之间，转变了想法，一点一滴做起来就好了。"最后，在可能锲而不舍的帮助下，不可能振奋积极起来，他的美好前途也成为可能了。

怨天之人

有一个地方的人不爱惜环境。他们对森林乱砍滥伐，导致土地沙化，水土流失；他们向大气中排放含有硫酸、硝酸、盐酸等成分的有毒气体，导致大气污染，产生雾霾；他们向江河湖海里排放生活污水和工业废水，导致水质污染，水中生物大幅减少，生态失衡，饮用水也越来越少……当沙尘暴袭来时，当天空下起酸雨、酸雪、酸雹、酸雾腐蚀建筑物、损害植物、污染水源时，当他们呼吸着雾霾、吃不到干净食物、喝不到干净水时，他们开始抱怨，抱怨上天不公，为什么让这些灾难发生在这里。

上天没有抱怨他们自杀式的破坏行为，没有抱怨他们的愚蠢，他们却抱怨上天的不公。反思自己，从自己做起，保护人们赖以生存的家园。

面　具

以前，有一个人死要面子，明明家中不富裕，不能吃到各种肉类，可他偏要装出每顿饭都吃到肉的样子。办法是每逢外出，必在嘴唇上涂些油脂。他每天出门无数次，每次出门都要在嘴唇上抹油，天长日久，连他自己都觉得烦不胜烦，可又揭不下虚荣这张面具，因为戴了太长时间后，虚荣这张面具已经长在他的脸上，揭掉面具会让他皮开肉绽，更是感觉无地自容，这种伤痛他已经承受不了，只好继续死要面子活受罪，伪装到底。

还有一个人，在读书方面不那么聪明，好歹上到初中毕业，学历不高，学问不深，却又特别爱卖弄，爱显示自己有学问，尤其在那些上学比他还少、学历比他还低的人面前，更是常常放烟幕弹，故弄玄虚。但在真正有学问的人面前，他一张嘴人家就知道他什么水平，他装不下去，不过他仍是很卖力地装，也没人愿意揭穿他，他就这样活在一个虚妄的壳中，心里惶惶然不踏实。

　　世上最累人的事，莫过于给自己戴上面具，虚伪地过日子。其实没有那么多观众，也没有人会嘲笑一个真诚的人，人们嘲笑的，往往是那些打肿脸充胖子、虚荣粉饰的虚伪之人。

望　远

　　阳春三月，张三与好友李四去三山风景区游玩。他俩站在三山山脉的最高峰远眺，看到远处的杏山上开着好多花。杏山是因山的形状像杏子而得名，其实山上既种了杏树，也种了桃树。张三对李四说："你看看杏山上正开着的花是杏花还是桃花？我有些看不清。"李四说："我也看不清，虽然杏山上最初先种了杏树，听说后来也种了不少桃树。根据'桃花开杏花落'这句谚语和现在所处的时节来推断，那满树开着的花应该是桃花。"

　　他俩决定去确认一下自己的推断，于是就翻山越岭，蹚河过涧，跋涉到了杏山，看到杏山上正盛放的果然是桃花。

　　看得远，就不能看得太细致，步步靠近，就会越来越清晰。人生目标也是如此，初步定下大目标，有些遥远模糊，锲而不舍地向前推进，目标会越来越近，越来越清晰。

老张的智慧

老张夫妇努力供儿女读书，一对儿女都学有所成，一个当了医生，一个成了教师。儿子结婚后，邀请老张夫妇一同居住，老张夫妇既能帮忙照顾孙子孙女，又能享受天伦之乐。他们家庭和美，人人艳羡。可天有不测风云，人有旦夕祸福，老张的儿子不幸遇到了一件重大事情，因受刺激而得了抑郁症，并因此丢了工作。儿媳很不满意，闹着要离婚。

老张想，既然遭遇这等事了，绝对不能慌乱，兵来将挡，水来土掩，想办法尽力减少家庭损失吧，自己可不能犹豫、抑郁。

于是，他一方面努力给儿子治病、找工作，另一方面把自己和老伴的工资卡交给儿媳，让她掌管家庭财务，全面打理家庭事务。儿媳很受感动，本来已到离婚边缘的儿媳又回来了，把家庭料理得很好。后来儿子的病治好了，仍旧当了医生。老张成功地化解了家庭危机，一家人又其乐融融地生活在一起，更加珍惜这来之不易的平静幸福的生活。

人生总归不是一帆风顺的，当不幸选择了你时，面对它，接受它，处理它，放下它。

没意思

用布条把扫帚把缠一缠，包一包，有人会说没意思。可是有一个卖扫帚的，总是用布条缠扫帚把。每把扫帚的把都用布条缠得瓷瓷实实，用手握着扫地时不扎手。扫帚很多，每把扫帚把上所缠的布料，颜色和质地各不相同，看得出是用积攒的旧布料缠的，不美观，甚至把新扎的扫帚显得有些旧，可不少学校都对这"没意思"的扫帚感兴趣，一次就买几百把。缠扫帚把的事情虽小，确实也不算有意思的事情，但就是这"没意思"的小举动，却换来了大生意。

生活中很多看似没意思的小事情，只要坚持做，就会给人带来意想不到的收获。有人觉得出去跑步没意思，不如打会儿游戏有趣；有人觉得看书没意思，不如在网上刷几个搞笑小视频开心；有人觉得自己做饭吃没意思，常年点外卖果腹……但当你坚持跑步、看书、吃自己做的健康饭菜时，生活却变得更好了。

很多人在很多时候都败给了"没意思"，很多"没意思"，其实都非常有意思。

生　活

小丁加入了一个朋友圈，圈友们喜欢发一些生活动态。

小甲的照片里常会出现各种首饰，一款又一款时尚而昂贵，珠光宝气的小甲自然是光鲜亮丽惹人羡慕，在朋友圈里，小甲把白富美的宝座坐得稳稳的了；小乙经常去旅游，照片里都是名号响当当的名胜古迹与名山大川，小乙站在奇峰的山顶上，坐在名湖的游船里，迎着阳光撩着秀发，悠闲自在，好不惬意，小乙把旅游达人的位置坐得稳稳的了；小丙爱美食，厨艺好，色香味俱全的各色菜品让人垂涎三尺，只是这厨房里的人间烟火气，就体现出他的日子过得活色生香，在朋友圈里，小丙把美食家的位置算坐稳当了……小丁看到这些圈友们的生活，心里充满了羡慕，自己仅是一个开着一家小服装店的小店主，所有事情全是自己打理，收入不多，吃苦不少，想想不禁有些心酸。

有一天，小甲跟小丁聊天，小甲说："看你的照片赏心悦目，你的衣品好，衣服也多，真羡慕你！"

小丁自嘲地说："我开着个小服装店勉强维生，唯一的好处就是能多试穿几件衣服了，要是哪天衣服没卖出去，就得饿肚子。你的生活才让人羡慕呢，我什么时候能像你那么有钱就好了！"

小甲说："我是售货员啊，专门卖首饰！卖不出去就没有提成，要是只靠那点基本工资，恐怕都不够付房租，简直穷困潦倒啊。"

后来小丁又了解到，小乙是导游，小丙是厨师。

谁的生活都不容易，不用羡慕别人，说不定别人也正羡慕着你。

腊月里卖农具

刘小三这位青年，已经是两个孩子的爹了，还是没学会怎么过日子，日子过得一团糟，破屋露天，家徒四壁。每到逢集这天，他就打扮得像要开屏的孔雀，在集市上逛游着吃喝玩乐，就是不爱干活。

腊月里的一天，他缺钱花了，就把自家的农具归拢起来，带到集市上卖，他想卖完农具后好好在集市上消费一番。他的老父亲来赶集，看到了儿子寒冬卖农具这一景，怒火中烧，训斥他道："这些农具除了冬天几乎不用，春、夏、秋三季是一刻都离不了的，你真会钻空子，在腊月隆冬全拿出来卖掉！开春种地你用手刨吗？严冬里卖农具卖价极低，春季里买农具价格极高，你做事只顾眼前，不顾长远，趁着现在还没卖掉，还不赶紧收拾起来滚回家！知冬不知夏的败家子！"刘小三只得收拾起农具，也顾不得赶集逛荡了，赶紧溜回了家。

腊月里卖农具，无异于竭泽焚薮，这种短视行为不可取。

求人与求土

眚君对庄稼很上心，即使在大热天里，他也舍不得休息，在田间侍弄庄稼。他本来脸色很白，却被太阳晒得黝黑了。由于他的勤劳，即使在歉收的年头，他家的粮食也会略有盈余。

而游君，在歉收的年头里则会说："庄稼汉，庄稼汉，看老天的脸色，靠天吃饭！"如果遇到春旱，他便闲在家里打扑克，嫌地硬，不春耕，或嫌地干，不播种。如果碰到夏涝，他也不去田里排水、拔草。春不忙，秋无粮，夏不管，秋空碗，庄稼就是需要尽心打理的。但他觉得歉收的年头是天时不合，自己再怎么干也不会有好收成，便吊儿郎当，不怎么去管理庄稼，当然也就打不着粮食。秋后他到眚君家去借粮，笑脸求人，眚君虽然借给他一些粮食，但由于盈余不多，他还得去别家再借，不知要借多少家才能安然度过严寒的冬天。

眚君心里想：早知道今天跑东家奔西家，走南家告北家，赔着笑脸借粮度日，为什么当初不肯黑脸求土？蹲在家里，脸倒是捂白了，肚子却饿瘪了，向土地求粮总比向别人求粮更好啊。

笑脸求人，不如黑脸求土。

激流里下柱子

周家村这个小村子三面环山，一面临水，交通十分不便。村民们商量着在村南的河上建一座桥，这样不用挖山就能顺利出村了。这天，支撑桥面的柱子准备好了，大家要在激流里下柱子，孙老头来来回回地在水里试探，以便找准立柱子的最佳位置，每立一根柱子他都反复确认十几遍。大家看他很劳累，就说："我们自己摸索着干就行了，你不用这么辛苦了。"孙老头说："不行，在激流里下柱子，必须找准位置，要有准头，要不然稍有疏忽柱子就会被冲走，即使没被冲走，柱子立不稳、立不直也不行，桥容易垮塌，修桥是为了方便大家出行，不是为了要人命的，必须确保万无一失。我经验多，辛苦点没什么！"

激流里下柱子，要有准头。

小区的园丁

这是一个居民小区，小区院墙外宽阔的隔离带内，种了一大片迎春花。这片迎春花长得很旺，非常美丽。有一次，隔离带的花栏被一辆误入的车撞坏了，有几株迎春花也被车辆冲撞、碾压，枝叶破碎。小区的园丁没有及时置换花栏，也没对被撞坏的迎春花进行保护处理，任其拖着破败的枝叶在死亡线上挣扎。

小区内一片相对贫瘠的地块上，也种了一片迎春花，这些迎春花由于缺水少肥，枝叶稀疏，叶片发黄，园丁没有特别照顾它们，因此这些花常常蔫蔫巴巴，可怜兮兮的，让人看了心生怜惜，心情不佳。

小区里另一个地方，这里地势开阔，土壤肥沃，旁边还有一条小溪潺潺流过，这里也种了一大片迎春花。在这土肥水美的地方，园丁仍旧施肥浇水，由于水肥过于充足，这些花长得粗枝大叶，葳蕤葱茏，枝桠四处伸展，看起来像厚而杂乱的一蓬蓬野生灌木，园丁也不修剪。

小区里一位爱花的老人好心提醒园丁，并帮他想了各种办法，还教他一些改善土壤等等的养花知识，希望他好好照看这些花。园丁不但不感激，还很愤怒地指责老人多管闲事，找他麻烦。之后，他依旧我行我素，这些花也依旧如此。

后来，小区里的业主联名反映，要求撤换园丁，这名不称职的园丁被解雇。新园丁到来后，小区里的花草树木都得到了很好的养护，自然，每处迎春花都长势喜人，开得非常美丽。整个小区的环境和风景都更加宜人。

当不胜任工作时，要努力学习知识让自己胜任，而不是对善意的提醒置之不理，甚至无理地指责别人刁难自己。

格　局

有一家鞋厂，老板办企业的终极目标是为自己赚钱，并留下更多钱财给子女。他追求利润最大化，想用最小的成本赚最多的钱，因此在生产中偷工减料，生产出来的产品质量低劣。既然质量不佳，那就在销售环节大做文章，在销售上虚假宣传，什么海口都夸，什么烟幕弹都放，还真骗了一些人，他还是赚了不少钱，但骗得了一时骗不了永久，他的劣质商品常被投诉，渐渐没了市场。另外，他对员工也不好，员工的工资低，劳动强度大，他还时常找各种理由罚款、克扣工资，员工跳槽者众。尽管他很想挣大钱，可没过多久，他的企业就倒闭了。

另一家鞋厂，老板办企业的目的是为社会提供更加优质的产品和服务，为更多人提供就业。他们工厂生产的产品物美价廉，质量过硬，虽然单件产品利润不高，但口碑好，销量大，还是赚了不少钱。老板对员工也很照顾，工资不低且按时发放，还时常奖励那些优秀员工，大家齐心协力，力争上游，企业越办越好。

唯利是图，不一定图得着；服务社会，社会也会服务你。

尝　试

小亮打算用电灯泡制作一个放大镜。

其他小朋友都笑话他异想天开，电灯泡的哪个零件有放大功能?

小亮夸下口后也有些心虚，有畏难情绪，因为他只是随口说说而已，事实上他根本不知道用电灯泡能不能制作、怎样制作放大镜，可小伙伴们的嘲笑激起了他的斗志。他把电灯泡的后尾拆掉，用玻璃罩反复尝试，最后，他把玻璃罩里装上清水，用蜡烛把口封住，果然做成了具有放大功能的放大镜。

大胆尝试是成功的一半。

交友之道

有一个人，在选择朋友时非常谨慎，他会仔细观察，认真打听，那些虚骄恃气之人不交，懒散怠惰之人不交，心地不好之人不交，劣迹斑斑之人也不交……但当他选定了朋友，如果朋友染上恶习，他会尽力帮其改正；朋友生活上遇到了困难，他会尽力帮助；如果朋友误入歧途，他还是不离不弃，直到把朋友引上正途为止……

也有一个人，交友很轻易，机缘巧合一起喝了顿酒，就能成为他的朋友；一些目的不纯之人给了他点小恩小惠，也能成为他的朋友；有些人背景复杂且为人狠毒，只要恭维了他几句或给了他一点蝇头小利，还是能成为他的朋友……当他遇到困难时，这些人会远离他，而他想远离这些人，已经不那么容易，这些人往往会因为付出过小利，而对他的离开产生怨恨，进而会报复他，毁灭他。

择交宜慎，弃之宜更慎。

一棵沙蓬草

秋后，一棵沙蓬草被风刮断了根，随风四处飞滚，没有定向。北风来了，它被刮到了向阳坡，南风来了，它又被刮到了北坡，今天还在一片肥沃的土地上，明天又挪到一片贫瘠的土地上，它的足迹遍布大地。

其他植物都笑话它道："你就是个流浪汉，滚来滚去没个准地方！你应该记恨风，风是你四处流浪的罪魁祸首，没有风，你就能在一个地方住下来，不用漂泊无定了！"

沙蓬草道："我才不管你们怎么嘲笑我呢，我滚过的地方多，证明我见多识广，而且，我滚过的地方都留下了我的种子，我的后代会在许许多多的地方生根、发芽、成长，这是多大的幸运啊！风帮助我实现了周游世界的梦想，帮我播撒种子，是我的亲密朋友，我感激还来不及，怎么会怪它呢！你们有你们的安乐窝，我有任我纵横驰骋的广阔原野！"

野马撞獐子

草原上生活着一匹野马，这匹野马生性调皮活泼，经常对其他动物搞恶作剧。

这天，它正在草地上游玩，看到一群鹿和一群獐子。它想，鹿长着角，被顶到怪疼的，不好惹，我就惹惹没长角的獐子吧！想罢，它抖擞精神，铆足力气，昂首嘶鸣着冲进了獐子群，在獐子群里横冲直撞，獐子们哪见过这种情形，吓得四散逃窜，一家人找不到一家人了。野马看到獐子没命地逃跑的样子，笑得站都站不稳了。

草原上的花草都笑野马道："你天天戏弄这个捉弄那个，专挑没角的整！有本事你去惹犀牛啊！"

过于繁盛的花

玫瑰园里，有一棵争强好胜的玫瑰花，它对自己说：我要努力地多长枝叶、多开花，这样我就能压过其他玫瑰，让主人喜欢。它时时这样想着，果然叶子和花比其他玫瑰多出了好多倍，花园里它独领风骚，它也因此变得骄横无比，一会儿笑话这棵的花丑，一会儿笑话那棵的枝细，一会儿又笑话另一棵长得弯……

可是好景不长，因为花叶过于繁盛，伤了枝干，过了没多久，它慢慢枯萎了。

一根筷子吃莲藕

有一个人崇尚简约的生活方式，是极简生活的忠实拥趸，他家里的东西能少就少，平时做饭等家务则是能省事就省事。

有一天，他欲吃盘子里的莲藕，可他只拿着一根筷子。别人问他："你只拿一根筷子，怎么吃莲藕呢？"他答："我专挑莲藕的眼戳，不就能吃到了吗？多用一根筷子就得多洗一根，怪麻烦的，也不环保。你看，极简生活，也是很有趣呢。"那人听后，接口道："是很有趣，像你这种极简主义者，确实极简有极简的乐趣！"

小猴子失友

有一天，小猴子和小兔子这一对好朋友正在树林里玩，忽然看到一头大狗熊向这边走来。小兔子吓得腿都麻了，跑也跑不动，于是用颤抖的声音央求小猴子道："咱俩是好朋友，我看到狗熊吓麻了腿，跑不了了，让我爬到你的背上，你爬上树咱们躲避一下吧。"小猴子说："你在我背上我不容易爬树啊！"于是小猴子就"噌噌噌"地独自爬到树上去了。小兔子很伤心，但也没办法，只好屏住呼吸，伸直身体，直挺挺地躺在地上装死。狗熊走过来，绕着小兔子转了几圈，自言自语地说："这么只死兔子，我才不爱吃呢。"说完，环视了一周，没看到其他动物，很扫兴，慢吞吞地走了。

从此，小兔子和小猴子断绝了往来，小猴子失去了小兔子这个好朋友。由于大家也都知道了小猴子在危急时刻不肯救朋友的事情，也都疏远它，不肯跟它做朋友，直到年老了，它都没再交到一个朋友，只好孤独终老了。

失友容易，交友难。

小猪和小鸡

一头小白猪见到了一只小芦花鸡，想显摆一下妈妈刚教它的觅食本领，就对小芦花鸡说："你有什么觅食本领吗？我会向前拱，露一手让你瞧瞧！"

说罢就使劲地往前拱地，累得呼哧呼哧大喘气。

小芦花鸡说："会往前拱有啥了不起！我会往后刨啊，看我的！"说罢就开始用爪子使劲往后刨。小白猪也不甘落后，又开始卖力地往前拱。

这时猪妈妈和鸡妈妈来了，看到小白猪和小芦花鸡比赛正酣，谁都不服输，就对它们说："孩子们，你们都学会了谋生本领，各有各的本事，都很棒！"

小白猪和小芦花鸡听后很高兴，停止了比赛，握手言欢，一起觅食一起玩耍去了。

鸭子飞天

老师傅叫小徒弟煮鸭子，鸭子熟了，老师傅说："我先小睡一会儿，让鸭子在锅里捂一捂，等鸭子凉些了，咱们就吃。"说罢就去休息了。小徒弟趁老师傅睡着的空当把鸭子全吃光了。老师傅醒来后问鸭子哪里去了，小徒弟说："鸭子飞到天上去了。"

老师傅猜到是小徒弟吃了鸭子，但没责怪他，而是找来了一只麻雀，让小徒弟去掉毛收拾干净后开始煮，煮熟后，老师傅对小徒弟说："你能让这只麻雀飞上天吗？既然煮熟了的鸭子能飞上天，那么这只麻雀就能更容易地飞到天上去，它可比鸭子更会飞啊。"

小徒弟为自己撒谎的行为感到惭愧，诚恳地跟老师傅道了歉。

如此花钱

有一个人好好干工，一年收入了 7 万元钱，可在这一年里，他花掉了 8 万元，多花了 1 万元，临过年时人家催他还钱，他无处借钱，感到这一年入不敷出很不幸，这个年过得很压抑很悲伤。

第二年他仍然好好干工，又收入了 7 万元钱，他想，抽烟有害健康，我把烟戒了，每年买烟所花的 3000 元钱就省下来了，不打游戏不买游戏装备能省下 2000 元……这一年他精打细算，不但把去年借的钱还上了，年底还剩余了 3000 元钱，虽然仅余下了 3000 元，可他觉得他能掌控自己的生活，生活中的难题他都能解决，感觉很自信很幸福呢，这个年过得轻松愉快。

节制比放纵对生活更有利，节约比挥霍更幸福。

马与蝇

一只苍蝇竭尽全力地在叮一匹高头大马，这匹马心中很不安，心想，能让我感到如此痛苦的动物，一定比我高大有力，不然它敢惹我吗？可是我为什么没看见它呢？这样想着，它觉得苍蝇不但力大无穷，还有会隐身的超能力，不禁有些怕苍蝇了，对苍蝇产生了恐惧心理。

过了一会儿，苍蝇飞到了马厩上，马定睛一看，原来苍蝇是这么小的一只小飞虫，看来也没什么超能力，实在没什么可怕的，而自己是高头大马呀，怕它做甚！

恐惧来源于未知。

巨人肩上的侏儒

一大群人一起出来旅游，这群人里有巨人，有侏儒，还有正常身高的平常人。这天他们来到了一个美丽的风景区，走累了，大家站在凉亭里边歇息边望远，谈论各自所看到的最远处的景物。

最高的那位巨人描述了一番他看到的最远处的景物，别人都说没看到。一个侏儒看得很近，他看到的景物就在眼前，大家都能看到，侏儒请求巨人道："跑这么远来旅游，我看到的风景却很有限，真是悲哀啊，让我站到你肩膀上远眺一下吧，我也想知道远处是什么风景呀。"巨人很同情侏儒，就让他站到了自己肩膀上。站到巨人肩膀上之后，侏儒描述了一番他看到的最远处的景物，大家都对侏儒说没看到，这位巨人也说："你所看到的，我也没看到。"

站在巨人肩上的侏儒，比巨人看得更远。

小偷藏宝

一个小偷偷了别人的珠宝，跑进一个树林里准备把珠宝掩藏起来。

他到了一棵树下，刚想把珠宝掩藏起来，忽然觉得这棵树的周围有警察，他又慌忙跑到很远的另一棵树下准备掩藏，又觉得这棵树的周围也有警察。他在树林里兜兜转转，觉得每棵树周围都有要抓他的警察，他胆战心惊，双腿发软，只好把珠宝随便一扔，跌跌撞撞地跑出了树林。

心中有鬼，草木皆兵。

观己消气

有一个人有两个儿子，他的两个儿子都是勤勤恳恳地工作、踏踏实实地做人。不过他对两个儿子的期望值很高，总觉得他们辜负了自己的期望，为此常常生闷气。

有一天，他又在生闷气，埋怨大儿子没成为一块金子发出灿烂的金光，痛恨二儿子没成为一块银子发出耀眼的银光。他唉声叹气，食欲不振，心情不佳，感觉浑身乏力，连脚步都变得拖沓。

正当他拖拖沓沓地在路上走时，忽然有个石块硌到了他的脚，他想，我曾希望自己是块钢，可现在马上就到老年了，却连块铁也不是，甚至连这硌人脚的石块也不是，我就是一踢就碎的土块子，蹉跎了几十年，一事无成，现在更是松松垮垮，心里全是懊悔与抱怨，没有一点上进心，做事也没有一点积极态度，我自己都不能严格要求自己上进，只在这里长吁短叹，有什么资格对儿子们失望？他们已经比我有出息多了！

这样想着，他再也不生儿子的闷气了。

老二爬树

老二正站在山坡上欣赏田园美景，忽然跑来了一头狮子，他赶紧爬上了一棵大树。他骑在树上，狮子蹲在树下。

在树上，他仍旧观赏着农田、草地、树林、溪流……他感到更愉快了，心想，我应该感谢狮子，要不是它跑出来，我还没想到要爬上大树呢！被狮子吓得爬上了树，在大树上视野更开阔，看到的风景更美也更多！

遭遇厄运时不妨换个想法看待问题，想法改变了会看到另一番意想不到的风景。

寻路赶集

两个人相约去一个大集镇上赶集。这个地方他们以前从未去过，不熟悉怎么走。两个人都想按照自己的方法和路线走，争执不下，最终决定分开走，到集市的入口处会合。

一个人找准了方向，盯着远处，设定目标，找到了正确的道路，很快就赶到了集市上；另一个人只盯着脚下的地面，看着眼前的景物，在穿过一个小树林时兜兜转转迷了路，最终也没能赶到大集上。

长远的眼光、正确的方向和踏实的实践，能把人导向成功。只盯着近处，容易迷失方向。

坚强的苹果树

一棵苹果树，蓓蕾初生，寒风便猛烈地吹它，它坚强地忍耐着；过了些天，蓓蕾初绽，冷雨又来敲打它，它忍耐着；又过了些天，树上结了小苹果，烈日又来炙烤它，干旱也来威胁它，它仍然忍耐着……

秋天到了，果实成熟了，它的果实最最香甜。

我一定要

小猴子明明和小猴子亮亮在一起玩耍，明明说："如果我能上天的话，我就是航天员了。"亮亮说："如果我能下深海的话，我就是深海潜水员了。"

它们的妈妈听到了，走过来笑着说："你们光说'如果我能'这算什么呀？你们说'我一定要'才好。"

于是，明明说："我一定要成为航天员。"亮亮说："我一定要成为深海潜水员。"

它们的妈妈眉开眼笑，鼓励它们道："既然有了远大理想，就要好好努力，只要锲而不舍地朝着理想拼搏，理想一定会实现的。"

现在就做

有一天，小空对妈妈说："我看到我爸的书房里有一本书，里面的毛笔字写得极好，我也要写一手好毛笔字。"他妈妈说："那是字帖，里面的字都是大书法家写的，印出来让大家练习书法用的。如果你想练，现在就练，反正笔墨纸砚也都是现成的，拖延不是好习惯。"

然后，妈妈立即从书房里找齐了练书法的所有用品，指导着小空开始练习。

小空非常高兴，说道："我以后也要当大书法家。"他妈妈说："只要刻苦练习，你肯定能实现愿望。"经过多年持之不懈地练习，小空果然成了一名大书法家。

现在就做，有时候"晚点再做"会变成"永远也不做"。

心魔难医

有一个人头疼，去医院检查。医生说是小病，给他开了点药，嘱咐他回家好好吃药，好好休息，很快就会好了。

可他不相信医生的话，总怀疑这个医生没把他的病看透，于是他又四处求医。因为他老是疑神疑鬼，思虑过多，又持续奔波去看病，很是疲惫，他的头疼就没有好，他更怀疑医生骗他，尤其每到一家医院，医生的说法都跟第一位医生的说法类似，他更加确信自己病入膏肓了，医生为了安慰他才统一口径这么说。

因为确实没什么大病，所以各个医院的医生仍然只给他开点药，嘱咐他好好休息。每到一家医院，看完病临回家前，他都一再追问医生自己究竟得了什么病，医生说："你真没什么病，如果说有，那就是疑心病，你放松心情，不焦虑病就没了。"

可回家后他更加焦虑，认定自己脑袋里长了毒瘤，心里充满对死亡的恐惧，常常梦到死神来抓他。他夜不成寐，食不甘味，什么都不干了，也渐渐地什么都干不了了，只等死。家人、朋友、邻居等轮番开导他，他都听不进去，钻了牛角尖无法自拔。

终于有一天，他不堪心魔的召唤，喝药自杀了。

病魔好医，心魔难治。相信事实，相信科学，不要在怀疑和恐惧中浪费生命。

小鸡和小鸭

有一天，几只小鸡和几只小鸭一起在河边玩耍，因为小鸭脚上有蹼，不能刨，并且嘴又厚又笨，捉不到虫，小鸡便用爪子刨虫给小鸭吃。小鸡心地善良，个个行善，总是先让小鸭吃饱，再慢慢捉一点自己享用。小鸭吃饱了，就下河洗澡去了。

天有不测风云，一阵大风袭来，把小鸡全卷到了河里，小鸡大喊救命。小鸭听到呼救声，都飞快地游到小鸡身边，奋勇争先救小鸡，每只小鸭都让一只小鸡爬到背上，把小鸡送上岸，由于小鸭的奋力救助，没有一只小鸡被淹死。

小鸡很感激，对小鸭说："小鸭，小鸭，谢谢你们，要不是你们来救，我们早就淹死了或被大鱼吃了。"

小鸭说："不用谢，咱们是好朋友，永远的好朋友，我们当然应该救你们！好朋友就是互助的。"

真正的好朋友，是会互相取暖的。

张老三卖鱼

张老三贩卖鲜鱼，这天他起得很早，踏着星光赶到渔码头，看到李老四比他起得还早，已经装好鲜鱼往集市上赶了，张老三也赶紧装好鱼，匆忙往集市上赶。

李老四看到张老三紧跟着赶来了，于是灵机一动，隔一会儿就扔掉一条鱼，张老三就在后面捡鱼，心想，李老四走得太急了，竟然没发现丢了这么多鱼，今天我是发财了，他是亏大了。

李老四早赶到了集市上，集市上已经聚集了不少想赶早买到鲜鱼的顾客，李老四的鱼卖了个好价钱，而且很快便卖完了。张老三赶来时，集市上已经有好几个鱼摊卖鱼，他的鱼虽然比李老四多，但卖的钱却比李老四少。

莫贪便宜，才是人生的智慧！

造假的富人

有一个名叫刘小三的富人，心术不正，善于投机，致富手段无非是坑蒙拐骗。他知道阿魏这种药材很难获取，于是就大量制造假阿魏药售卖。

受过他坑骗的人不计其数，那些受骗者联合起来，准备整治他。他听到风声，携家眷匆忙逃离了这个地方。由于他卖的是假药，药物没多少重量，很容易搬走，虽说是匆忙逃离，倒也没丢下什么财物，损失很小。

到了新地方，别人问他是怎样发家致富的，他说："老天爷是我的贵人，我致富全靠老天保佑。坑蒙拐骗的事我半点也不做，本着为父老乡亲做好事的态度，诚信为本做买卖，我的药材货真价实，物美价廉，老天爷觉得我这人应该被眷顾，就让我积累了点小财。"

人们相信"好人有好报"这句话，好人才会得到老天保佑赚到钱啊，由此推断他应该是好人，就相信了他说的话。有了人们的信任，他的生意在这里打开了市场，又坑骗了不少钱财。有了以前的教训，他知道在一个地方骗人是骗不久的，当他觉得在这里骗得差不多的时候，就趁月黑风高的夜晚带着家人和财物撤离。

就是这样，他打一枪换一个地方，越来越富。树大招风，尤其他发这种不义之财，还易招恨，他已被一伙土匪盯上了。在又一个他趁月黑风高大搬迁的夜晚，被劫财害命。他钱财尽失，还搭上了一家老小的性命。

人们议论说："老天从不保护恶人。善有善报，恶有恶报，不是不报，时候未到。"

人生牢笼

有一位青年，想开酒店赚钱，尽管他很努力了，可生意还是失败了。到了成家的年龄，他想找位好姑娘结婚，也处处不如意，几年都没找到合意的结婚对象。工作不顺、婚事不顺，他便患上了抑郁症。事实上，开酒店没挣到钱可以想别的门路，没找到对象更不能操之过急，连30岁都还没到，慢慢再找就是，这并不是多大的事，困难只是暂时的，耐心地坚持一下，总会时来运转，只可惜，他钻了牛角尖，刚过30岁就自杀去世了。

有时候，禁锢我们的不是外界设下的牢笼，也不是他人施予的压力，而是我们自己禁锢了自己。其实并没有遭受多大的不幸，而是心态给自己设下了陷阱，当落入悲观情绪的旋涡时，便执念太深，无以自持了。

人生如茶

有一位老人爱喝茶，喝了一辈子茶了。他最爱的是一种珠兰茶，原因是此茶耐泡，香气浓郁，饮时苦涩，饮后唇齿留香，口舌生津，余味悠长。他最不喜茉莉花茶，说此茶有股邪气，脂粉气太盛，最重要的是泡不了几杯水色味就淡了。

老人有一位青年邻居，遇到了一些愁苦的事，把他折磨得不成样子，他整日愁眉不展，寝食难安。老人知道了，约他来自己家里喝茶。

老人泡上最喜欢的珠兰茶，头遍茶苦一些，第二遍就不那么苦了，清香多了，第三遍已经不苦了，只剩了清香。老人对青年说："你看，即使苦味重的珠兰茶，冲泡三遍之后也就不苦了，你真有那么苦吗？人生就像一壶茶，不会苦一辈子，只会苦一阵子，遇到事情没什么可怕的，积极想办法解决就是了，坚持一下就过去了。"

人生如茶，人生是需要耐性和韧性的，要经得起风雨洗礼，人生又是漫长的，虽也有些苦味，可滋味醇香悠长。

谎言与承诺

有一位青年，家极贫，他和女友是大学情侣。他大学毕业后没找工作，而是开始创业，创业伊始，经济更是极其拮据，女友没嫌他穷，而是在此时接受了他的求婚，并顶着重重压力跟他订了婚。订婚时这位青年连几百元的戒指都没钱买，在路边买了一枚 10 元钱的戒指送给女友，许诺明年订婚纪念日时，给她补上某品牌的戒指。

接下来，他好好工作，好好攒钱，转眼一年过去，订婚纪念日马上就要到了，他打算纪念日那天约上未婚妻去买戒指。没想到他的父亲此时得了重病，急需用钱，他不得不把钱全给父亲交了医疗费。

接下来他仍辛勤工作，已有足够的钱，转眼到了第二年订婚纪念日，他却把许诺抛到了九霄云外。未婚妻提醒了他，并对他说："事实上，我并不喜欢戴首饰，不是戒指重要，是你的诺言重要，如果你次次食言，我次次原谅，那就是纵容你对我说谎，毕竟不能实现或不去实现的承诺，等于谎言。如果我俩之间被谎言隔离，我们还是我们吗？恐怕就变成了你和我。

所以，这枚戒指我是必须要的。"

这位青年很惭愧，是啊，之所以许下这个诺言，是觉得自己一定能实现，现在能实现却不去实现，确实等同于谎言。如果两个亲密无间的人被谎言离间，中间有了隔阂，两个人还会亲密无间吗？谎言越多隔阂越大，两个人越隔越远，总有一天，谎言会把两个人隔离到互相够不到彼此，让两个人彻底分开。这位青年马上就去买来了他许诺的戒指，并诚恳地向未婚妻道了歉。

他们坚持不让谎言插足，没有谎言的离间，婚后多年他们仍旧幸福如初。

最遥远的一天

有一位高中学生，他的数学成绩不好，打算好好补一补，今天想，从明天开始补吧，到了明天又想，改天吧。改天还是没补，又说改天吧。就这样一直拖下去，他始终没在数学上下功夫，数学成绩一直处于下游。直到高中毕业了，他的数学成绩依旧不好，结果没考上理想的大学。迫不得已，他只得复读，这次他吸取了教训，改掉了做事拖沓的坏习惯，对各学科都做了详细的规划安排，想做某事就立刻去做，不仅数学成绩有了大幅提升，其他学科也学得很好，成绩名列前茅，高考时考上了心仪的大学。

最遥远的一天是改天，最有用的一天是今天。

习惯的老师

在大商场里，小明欲进一扇门内，身旁正有妇孺老弱也欲进门内，小明便自然而然地为他们推开这扇门，让他们先进，他们进去后，小明也走进门内，此时身后又有人出现，小明便把门拉住，免得门往回一弹撞到身后的人，或让身后的人吃个"闭门羹"。小明的父母自他年幼时就帮他养成礼貌待人的好习惯，这种习惯基因早已根植于他的生命中，成为合乎天性的能力了，这样的反应早已印入脑海，遇到这种情况，他便自然而然地做出这种合乎礼俗的行为。

孔子说：少成则若性也，习惯成自然也。家庭是习惯的学校，父母是习惯的老师，父母有责任尽早帮孩子养成好习惯，并让好习惯成为孩子的自觉行为。

乌鸦学样

有一只乌鸦口渴了，正巧发现了一个瓶子，里面有小半瓶水，可是喝不到，这只乌鸦听老乌鸦讲过《乌鸦喝水》的故事，心想，此时我遇到的情况跟《乌鸦喝水》故事里的情况完全一样，那我学着故事里那只聪明乌鸦的样子做，不是就能喝到水了吗？于是，它就到处找石子放到瓶子里，附近小河边的石子最干净也最多，它就到小河边衔石子，衔了几十块石子之后还来来回回地衔。

小燕子到河边衔泥垒窝，碰到了衔石子的乌鸦，问它衔石子干什么用，乌鸦说了来龙去脉。小燕子说:"你到这条河边衔石子,就没看到河里有水吗?就没想起来喝河里的水吗?在河边喝河里的清水不就行了!"此时乌鸦才恍然大悟,本来就很渴,又忙了这大半天去衔石子,实在渴坏了,连忙吐出嘴里的石子,喝饱甘冽的清水,心满意足地飞走了。

一种智慧

小明的一个朋友,平日里就爱显现出自己的强大,不懂得示弱,做任何事情都要赢,过度争强好胜,甚至为了赢不择手段,别人讨厌他、防范他,他自己也长期精神紧张,后来得了抑郁症。有一天,小明带这个朋友到了田间,看谷子地里的谷穗。在一块谷子地边,他对这个朋友说:"你看,这成熟的大谷穗都弯下了腰,那不成熟的秕谷穗反而挺直了腰。来了大风,低头的谷穗折不断,仰着头的谷穗就会折断,还是这成熟的懂得弯腰。有时候弯腰是一种谦虚,是一种韧性,不挤迫他人,也不逼迫自己,能保护自己。"这个朋友听了,若有所思,后来,这个朋友也学会适当地示弱了,生活得轻松愉快了很多,抑郁症也渐渐好了。

强大是一种后天的本领,示弱是先天的本能。不要练就了一身本领,却忘记了上天赐予的本能。成熟的人更懂得示弱,就像成熟的谷穗都懂得弯腰。

富则思变

在大华国里,物质极大丰富,有一个人感到自己很富有,物质是足够丰富了,知识也掌握了很多了,知识仅积累在仓库里,就不能让它成就点什么吗？于是，他想到了写文章，以此充实精神生活，活跃思维，让夕阳红的晚年生活更红、更艳、更多彩，这是件很有益的事，至少算得上有趣的事。

当感到什么都不缺的时候，那就不是再去想缺少什么的时候，该想一想凭现有的东西你能做些什么。

坚强的来处

有一个人小时候遇到了灾荒时期，生活困难，每天早上他都起得很早，跟母亲一起用石磨磨一些花生皮、地瓜秧、已无颗粒的玉米棒等供给家庭一天的生活，磨完之后再去上学，无论生活多么艰苦，他都坚持到校学习，他变得坚强。下午放了学，他或者开垦小荒地种菜种庄稼，或者去拔野菜、采树叶，帮助家庭渡过难关。后来，他与一些同学一起考上了初中，有一些同学中途退学了，他却坚持了下来，再辛苦都没辍学。再后来，他考上了当地最好的高中，生活仍很艰难，他克服困难坚持学习，他想，再苦再累也要硬扛，在艰苦的环境中，他变得特别坚强。

别总说自己不够坚强，不是谁天生就坚强，当困苦把你挤在夹缝里，除了克服无路可走，再苦再累都要扛的时候，自然就变得坚强了。

事在人为

小明高考时考上了一所非常普通的大学，让他没想到的是，这所大学的学风很不好，学生们常常攀比和追求一些学业之外的东西，对学业却漠不关心，学生们之间也常有霸凌和打架斗殴的现象，这与他想象中的大学生活截然不同。结局已无法改变，他心里充满了无力感，心情低落，心灰意冷，差点得了抑郁症。

后来，他看到那些考上名牌大学的人进入大学后仍勤奋学习，争取成绩名列前茅，那些比自己成绩差的没考上大学的人去复读了，也在好好学习，希望明年能考上大学。

他想，我遇到挫折就灰心丧气了吗？不能，绝不能放弃自己的人生，改变不了环境，那就改变心态，创造新环境。他给自己写下一句话鼓励自己：比我差的人还没放弃，比我好的人仍在努力，我没资格说无能为力。

他尽量避开不利的学习环境，尽量创造好的学习环境，好好学习，大学四年，他始终保持着遥遥领先的好成绩，后来成功地考上了那所心仪大学的研究生。

随缘之心

有一位女士，上学时学习已经非常努力了，但学习成绩不算好，在总共有50名同学的班级里，她的成绩常在三十来名上徘徊，她没有过分着急，心想，踏踏实实地继续好好学就是了，考上大学还是有希望的；以后工作了，明明很努力了，也没怎么被重视被提拔，奖金也不是很多，她也不怨恨，心想，现在没升职加薪，不代表永远都不会，接下来仍旧好好工作吧；她想找个能一起走进婚姻的好男友，认真谈了几个，结局总是不如意，她嘱咐自己：随缘吧，再努力一把，希望还是有的。

就是这种随缘的心态，帮她缓解了很多压力和不良情绪，使她心情平稳，没有陷入焦虑、无助、抑郁等境地。毕竟陷入悲观情绪的旋涡，才是彻底阻断希望的。

随缘，并不是放弃努力。随缘之心，是平和、安宁、沉静的，是坚强、坚定、积极的。

朋　友

　　闫君，原本是一个勤劳之人，靠自己的辛勤劳动盖起了宽房大屋，过得丰衣足食。后来，他交了不少懒汉朋友，这些朋友常来他家找他打扑克，每当他要到田里干活时，这些懒汉朋友就会说："急什么，打几把扑克再去不迟，你在田里少待会儿，庄稼也会照样生长。"坐下打扑克一打便是一天，玩得很高兴。长此以往，他渐渐地变得很懒惰，整天和一帮懒汉朋友聚在家里，不是打扑克就是吆五喝六地喝酒。有一次，他出门去买酒，他家的大门门槛问他道："你是谁啊？我怎么不认识你？"他才警觉自己已经很久没出家门，也没到田里看看了。一勤交十懒，不懒也要懒。

　　李君，原本是个懒汉，可他交了不少勤劳的朋友，他的这些朋友除了勤劳种田，农闲之时还做些小买卖赚钱补贴家用，也干些编筐、编篓等手工活计，或到山上采山果、蘑菇等野货，个个都是过日子能手，受这些朋友带动，李君也变得很勤劳，日子过得越来越好了。一懒交十勤，不勤也要勤。

心有莲花

　　有一个人住在一个人口众多的村子里，他对一些街谈巷议、小道消息、乡邻八卦等从不去打听，那些已是满城风雨的事情，即使不可避免地传到了他的耳朵里，他也不加议论。他说，很多事情有的无的，有几分真实性？捕风捉影、添油加醋甚至以讹传讹的居多，多听无益，一是对自己没啥益处；二是对那些身处旋涡之中的当事人，也没啥益处；三是即使真如传言的那样，过多地渲染议论，不利于事情的解决。要是真有需要自己去帮助解决的事情，那就多主动去听听当事人怎么说。对于闲话就不要听，没有闲言碎语打扰，反而清净呢。

心有莲花，处处菩提。对于很多不好的事，不闻不看避免污染，才会清净自在，让智慧有停留的愿望和驻足的空间。

回头是故乡

有一位青年，住在青山绿水的乡村里，他的家乡风景秀美，但偏远幽僻，除了种几亩田之外，没有其他赚钱的好门路。村里的年轻人一波又一波地离开了村庄，去繁华都市寻求发展了，大多数都不再回来。而他不一样，他从16岁就外出打拼，十年之后的26岁，他用积攒的钱在乡间建了坚固宽敞的房屋，平时就靠种田为生，只有实在缺钱用时，才去繁华地方赚钱，觉得够用了就回村。

村里的老人们劝他说："你去大地方发展吧，咱这里虽然好山好水，但已经不是年轻人能留的地方了，你留在村里，娶个媳妇都难。"他知道老人的话是对的，但他觉得离开了家乡就像在流浪，在异乡的街头，尽是他乡之客，自己像萍踪无定的浮萍。没留在城市赚更多钱，他并不后悔，在城市里，住处拥挤，空气污浊，声音嘈杂，交通拥堵……这一切都让他难以承受。他想，不管别人怎样选择，自己坚持不下去了，那就不必硬撑，回头，有故乡可回，无论你怎样，故乡都会托着你，这是多大的幸福！

修　塘

冬天里的农闲之时，人们都在家中围着火炉烤火，或闲聊，或打扑克牌，而辛君却扛着镢头和铁锹修塘去了，挖掘、寻石、垒堰几乎花掉了辛君一整个冬天的时间，直忙到开春时节，马上就要开始农耕了，辛君才把塘修好。他修的水塘又大又深，石堰宽厚结实，用石头砌完，再用极好极厚的水泥把石堰一再加固，这是一个极好的水塘。夏天里，雨天来了，塘里存满了水，他看到塘里的水千变万化，有时水波不兴，犹如亮闪闪明晃晃的镜面；有时水波激滟，泛着层层涟漪如风吹麦浪；风大时波浪翻涌又仿佛汹涌澎湃的海浪……每看到水塘，他心里总是美滋滋的。

到了秋天，秋旱来了，别人忙着用车拉水浇地，拉得既慢又少，灌溉不足影响了庄稼生长，他则只需把塘中的水引到田里灌溉。塘里的水足够对抗整个秋天的干旱，能把他的一大片田地浇透好几次。浇地时只需在一畦庄稼浇完时把水改到另一畦中即可，他可以在树荫下歇歇凉。

他自豪地说："凡事要早做打算，早做准备，我从没吃过多做准备的亏。别人烤火我修塘，别人拉水我歇凉，心里有谱不慌张。"

春耕与秋耕

春耕时节，简君认真地备战春耕，他总是选用最壮实有力的耕牛和最好的犁头，耕地时把犁发得深一些，经过深耕的土地有利于庄稼扎根，庄稼的根扎得深扎得稳，就会长得旺，也不容易旱死。他总是说："春耕深一寸，能顶一遍粪。"

在秋收结束后，简君就立刻准备秋耕，他说，秋耕不必深。尽管只是浅浅地耕一耕，却能一举多得，是极有好处的。一是冬天里的雪水完全存储进地里了，没有外流，保持了土地的滋润；二是土地疏松了，土壤透气性好，害虫会被冻死；三是冬天里一冻一积，使犁过的土壤特别松软，春天里好耕种。简君说："秋天划破皮，胜过春天犁十犁。"

无论从事什么行业，都要用心研究，苦心经营，苦心人天不负。

节　制

　　有一个人认为能吃是福，长期暴饮暴食，身体已经很不好。有一次他去赶集，碰到瓜农甩卖自产的瓜，瓜不新鲜了，所以价钱非常便宜，他图省钱，买了一堆烂瓜带回家大吃，结果得了绞肠痧，花了一大笔钱才治好。本来治好了病已是万幸，家人想他这次应该吸取教训了，可这次之后，他一如既往，仍是十分不在意健康，吃饭不离生食，进食速度过快，吃得过饱，三番五次地得肠胃炎，往往是这次病还没好利索，下次病又续接上了。

　　他还有一个毛病，就是酗酒，不知节制，家人劝他少饮，他理直气壮地说："'一尺布不遮风，一碗酒暖烘烘'，'酒是粮食精，越喝越年轻'！"有一次他酒精中毒进了医院，医生认为他的身体状况实在不能再饮酒了，就劝他戒酒，他对医生说："量小非君子，无毒不丈夫，不怕酒精毒，就怕没酒福。"医生说："我劝你戒酒保命，你想你的身体已糟糕到什么程度了？"他振振有词地说："客人喝酒就得醉，不然主人多惭愧？酒场上我可是要脸要面的人，喝酒不用碗，那叫不要脸，辣酒刷牙，啤酒当茶，能喝不输，这是男人的脸面！宁可胃肠烂个洞，不叫感情裂条缝，这是男人的义气！"医生无奈地摇了摇头说："你说得一套又一套，生病是自己受罪啊！"

　　后来有一次，他大量饮酒之后，直接倒在酒桌旁醉死了。能吃是福，能喝不输，虽然没撑死，却醉死了，这次输得彻底，输掉了命。

人闲生病

　　闫君非常爱惜自己的身体，怕勤于脑力劳动累出白头发，又怕勤锻炼身体劳损得快，他认为还是懒一些好，养精蓄锐寿命更长，于是就尽量避免多活动。

家人劝他说："咱出去走亲戚几个月，回来之后咱家水井中的水就变味了，生毒了，水质不好了，水停百日有毒，人闲百日就不会生病吗？再看看咱院子里的石阶，几个月没人踏上一步，现在长满了青苔，人也一样，长期不活动会生病的。"

闫君虽然觉得身体倦怠乏力，这里疼那里痒，可他并不认为是长期缺乏运动导致的，反而觉得是自己养精蓄锐不够导致的。就这样，他尽量保持静态，由于长期不活动，他身体的各项机能老化得很快，六十多岁就老态龙钟了。

水停生毒，石闲生苔，人闲生病。

责己与恕人

阳春三月，山上一派繁忙景象，孙悟空正率领众猴植树造林。

左边山上群猴在栽杏树，右边山上群猴在栽李树，前面山上群猴在栽松树，后面山上群猴在栽槐树……众猴干得热火朝天，很快就栽完了。

这天，悟空亲自巡察新栽的树苗，发现有的成活率高，有的成活率低，松树则没活几棵。悟空仔细查看，树没成活，有的因为水浇少了，有的因为土没压实，悟空心中气愤，想去教训众猴一顿，但转念一想，山上缺水源，山高坡陡运水困难，水浇得少也不能怪他们，怪自己没提早带领大家兴修水利。松树活得少，是因为自己忘了"栽松不让春知道"这个道理，安排众猴在春天里栽松，是不易成活的。这样想着，悟空不生气了，只要吸取教训，做好充分准备，带领众猴再大干一场，满山绿荫不是梦。

遇事常思己过，以责人之心责己，以恕己之心恕人。

乐与忧

长明村里有两位青年。

一位青年安分守己，从不做违法犯罪的事，清清白白做人，本本分分过日子，虽说不能大富大贵，但也是小康之家。由于严于律己修养好，家庭和睦，邻里和谐，每天都过得很快乐。

另一位青年在村里管事，爱贪财，常常把公家的东西据为己有，虽不是贪了什么大财，可大家对他的评价并不好。后来因为在村里失去了村民的支持，被迫下台，只好外出谋生。出门在外，背井离乡、势单力薄，本应踏踏实实别惹事，可他交了些不三不四的小混混，变得游手好闲，整天走街串巷，串游多了难免会干些偷鸡摸狗的事情，后来发展为偷盗团伙，每天都过得心神不宁。终于有一天被捕入狱，这下不只他自己，连他的家人也都愁眉不展了。

守法天天乐，欺公日日忧。

生存之道

有一只小狗出来玩，看到一只小乌龟在那里慢慢爬着，就跑过去想咬小乌龟，小乌龟发现小狗来了，马上把头往龟壳里缩，小狗咬到了龟壳，差点崩掉了牙。

南山的树林里，生活着一群猴子，山下沟沟汊汊的溪流里，生活着很多螃蟹。有一天，调皮的小猴子捉溪流里的螃蟹玩，捉到了便抓着往岸边的石头上摔，忽听小猴子"啊"地叫了一声，原来是被螃蟹的钳子夹到爪子了。

冬天，一只小刺猬在草垛旁边悠闲地晒太阳，一只小猫跑过来挠小刺猬，或者是想把小刺猬当线团玩，小刺猬飞速地把身体蜷成一个刺球，小猫来不及收爪，被刺得生疼，喵喵叫着跑开了。

每种动物都有其生存之道，上天给它们这些本领，就是想让它们好好活着。我们人类更应该敬畏生命，保护动物，不伤害它们，跟它们做邻居，做朋友，而不是做敌人。

天不欺人

有一个人，很有才能，非常善良，为人诚恳，踏实敬业，大家都觉得他老实厚道。有人专门欺负老实人，重活脏活全让他干，工作业绩被抢走，好的发展机会也被抢走，挨污蔑受诽谤……他吃了无数亏，受了很多委屈，但他坚信"人善人欺天不欺"的道理，更加努力地工作。

虽然有人欺负他、糟蹋他，但也有人看重他，爱护他，不让他这个老实人吃亏，他极早地评上了高级职称，得到了好待遇，而且家庭幸福，儿女争气。年老了，他身体健康，没病没灾，没愁没忧，心态也更加平和，过得非常幸福。

人善人欺天不欺。

问事不知

有一只小猴子出去玩，它到了山北坡，看到几块谷田中，一群麻雀在啄谷粒吃，又看到几只田鼠在花生地里扒花生吃，它觉得很好玩，笑嘻嘻地看了好大一会儿便转到了山南坡。此时它看到一位老农民在锄大豆，便凑过去看它如何锄地。老农民看到它后便问:"小猴子,你是从山北坡转过来的吗?你看到有谁在祸害我那里的谷子和花生吗?"

小猴子想到它妈妈嘱咐它的"见事莫说,问事不知"的话,就说:"虽然我是从山北坡转过来的,可是我什么都没看见呀。"它觉得麻雀吃谷粒、老鼠扒花生与自己无关,不该随便去说,就当作什么都不知道。

大家不要随便传播谣言、隐私、八卦等,但对坏人坏事,就要勇敢揭露。

事不关己

大鹿到一个名胜风景区游玩,在美丽的湖畔,它看到长颈鹿往下扯垂柳枝,它没有管,匆匆走过去了。在一座观山亭,它看到一只小猴子在亭子的栏杆上刻"本小猴到此一游",它摇了摇头便走了。它又看到几只小熊在破坏草坪,它也没过去劝阻。它只是想,我要是阻止它们,它们不一定听我的,不高兴了还要跟我干一架,影响我观看美景的心情。我还是不去管任何闲事,快快观赏完美景早点回家吧。

对这些不文明现象,就要尽量想办法善意提醒并合理制止,美好环境靠大家共同去保护,如果谁都不保护,美景被破坏,也便没有美景了。

不会说话

有一条龙带着儿子出来玩,看到不远处老虎也领着儿子出来玩,就凑过去一块玩耍。龙端详了一下虎崽,对老虎说:"虎崽怎么长得像豹呀?你看,小龙多么像我!"

老虎说:"你没见过豹的花纹吗?豹是黑色圆圈,我和虎崽是黑色条纹,虎和豹是两种动物呀!"

龙仍旧说:"依我看,小虎和小豹没啥区别,成年的虎和豹区别也不明显。都说豺狼虎豹,豺狼虎豹都是一路货色嘛!"

老虎生气地说:"反正我看你的儿子不像龙,像蛇。都说蛇鼠一窝,我看龙蛇鼠是一窝生的,一家人嘛!"

龙和虎闹了个不欢而散。

白手绢

几个年轻人一起出去游玩,他们登上一座高山,由于玩得太高兴,忘了下山的时间,直到天黑了才下山,正好这天月黑风高,下山的路丛林环绕,坡陡路险,同伴们很容易走散或发生危险。

往山下走了一小段路,很艰难很危险,大家开始急躁,正当他们发愁时,一位同伴冷静地想了一下,对大家说:"越艰难越危险,咱们越要冷静谨慎,不急不躁,大家都有白手绢,各人都在右手腕上系结实,黑暗中能看到,知道大家在哪里,互相照应着点。"大家都冷静下来,这样做了,大家互帮互助,互相照应,全部人员都安全下了山。

关键时刻,冷静地想办法,机智的人想出机智的点子,就容易解困脱险。

谣　言

在一个猴国里,有一天忽然传出了一个令人震惊的消息,说一个月后的九月九日，有一场陨石雨，整个猴国会遭受灭顶之灾。

猴国里有些成员泰然处之，该怎样生活还怎样生活，更多成员恐惧慌乱，它们想，小小的冰雹就能砸坏很多东西，天上下大石头，那还了得？这下真是活不成了。趁现在还没被砸死，赶紧把财物踢蹬踢蹬，该吃的吃掉，该用的用掉，挥霍完了才不吃亏。于是大家忙活起来，粮食也被挥霍一空。它们认为，世界末日就应该这样。

结果，陨石雨未下，它们的生活却无以为继。冬天马上就来了，它们只好靠那些对传言泰然处之的猴子们接济，可是猴国里需要接济的猴子太多，僧多粥少，很多猴子只好饥一顿饱一顿地艰难度日，好歹没饿死罢了。

后来众猴才明白，这个消息只是个谣言，是一只调皮的小猴随意编出来的。

面对谣言时，不信谣，不传谣，仔细分析，科学求证，才是正确的态度。

轮　回

一只老白羊年纪大了，行动不便，此时正拄着棍子在路上走着。

几只小黑羊看到了，先是捂着嘴窃窃私语，笑话老白羊动作迟缓，又折下树枝当拐棍，在老白羊后面学着它的样子，弓着腰慢腾腾地往前走。

老白羊走累了，停下来直了直腰，往回一看，见身后有几只小黑羊正弯腰驼背地学它的样子，一下就乐了，它不但没大声呵斥它们，反而笑眯眯地对它们说："你们笑话我年老吧？我确实很老了，即使拄着棍子也快要走不动了，而且老眼昏花，嘴里没牙，不中用了。不过你们还是不要嘲笑我吧，也不要学样，你们终有一天也会老的。当你们也像我现在这样拄着拐棍才能走路时，就顾不得嘲笑别人了，这一天并不遥远，转眼之间就来了。我像你们这么大时，也像你们一样嘲笑过其他老羊，现在我也老了，也成了被嘲笑的对象，谁都抗拒不了老去啊。"

一户家庭

村里有一户家庭，男主人极其勤劳，木工手艺好，不仅靠手艺赚钱，家里的几十亩地也种得极好；女主人温柔贤惠，勤俭持家，把家里打理得井井有条。夫妇俩把大量的钱财投入到子女的教育上，同时也资助不少穷人家的孩子读书。夫妇俩平日里乐善好施，对穷苦人家常常救助。他的家庭不只在本村中，在当地的十里八村都很有名望。

勤劳刻苦，用心筹划，乐善好施，耕读传家。在中国，这样的家庭千千万万，是社会的优良基石。

悟空种田

在花果山上，悟空每年都对粮食生产抓得很紧很紧。它知道，山上猴子猴孙众多，如果不好好筹划，就有可能会闹饥荒。每年农闲之时，他就带领众猴在荒野之地植树造林，防风固沙，保护农田，还修渠筑坝，兴修水利，保证灌溉水源和饮用水源充足。每年一开春，春耕春种之前，就落实好各种作物的种植面积，首先保证粮食作物的种植面积，其次保证油料作物的种植面积，然后才是棉花、黄烟、药草等经济作物的种植面积。开始耕种时，给众猴分配好任务，定好责任，如果是因为偷奸要滑等原因完不成任务则会受罚，完成得好进行奖励。各种作物的收购价格也合理定价，保证大家的种植积极性。由于悟空带领众猴每年都防备饥荒，所以花果山上从来没发生过饥荒，始终一派欣欣向荣的繁荣景象。

手中有粮，心中不慌。

根与果

一棵梨树苗被栽进了土地里生长起来，主人把一些农家肥施在树下，梨树根不怕臊臭的气味熏它，好好吸收着其中的养分。过了些天，主人又在树下施上些化肥，梨树根又成天被氨臭味、怪酸味包围着，它仍不怕，依旧极力吸收着其中的养分。就是这样，它的根变苦了，却结出了甜甜的果实。

学习知识也是如此，获得知识的过程充满艰辛，知识的根是苦的，它的果子是甜甜的。

特殊钥匙

一个人想搞写作，怎样构思？怎样观察？怎样积累相关知识？怎样挖掘素材？怎样选材？怎样提炼？怎样修改？这么多问题他都认真解决了，终于跨进了文学的殿堂。

"问号"是打开任何一门科学的钥匙。

知识在减少

一位先生，原先还有些知识能够教给学生，后来退休在家了，只是吃点喝点，出去唱唱歌跳跳舞，一本新书也不买，一张报纸也不看。有一次他参加学生的聚会，昔日的学生们谈论的一些新知识，这位先生一无所知，他原来掌握的知识，也忘掉不少了。

如果知识不是每天在增加，就会不断地减少。

田间教子

王小这位小儿童不爱学习，不爱劳动。有一天，他爸爸把他领到田间，指着田里的禾稻说："你看看这些稻穗，结出饱满的籽实供人们食用，爱学习爱劳动的人如同这些稻穗一样，都是对人类很有用的。你再看看地堰上的这些蒿草，它们只会在田里跟禾稻争夺养分、水分、阳光等，结果被人们从田中拔出来丢弃。不爱学习不爱劳动的人就会像这些蒿草一样，你是愿意做禾稻还是蒿草呢？"

王小说："我愿做禾稻。"

爸爸高兴地说："这就对了，你以后好好学习，热爱劳动，不再懒惰，肯定能成为像禾稻那样有用的人。"

小光做梦

天亮了，小光背起书包去上学，可是，他没去东山脚下的学校，而是爬到了东山上，捉蚂蚱和蟋蟀等昆虫玩。

他捉了半晌捉累了，就躺在树下一块光滑的大岩石上睡着了。他做了一个梦，梦见刻有"时间"两个大字的巨箭飞速地向前奔去，太阳吓得躲进了西山里，月亮跃出了东山头，不大一会儿，月亮落进西山里，太阳又从东山头升起了，正当他想伸手拦住太阳时，却见太阳变成一个巨大的火球向着他滚滚而来，眼看就要滚到他身上了，他惊醒了，赶紧坐起来，揉了揉眼睛，看了看树影，时间已是下午。

他坐着想了一会儿，这个梦好奇怪，太阳公公向来是慈祥和蔼的，早上它用温柔的阳光唤醒沉睡的大地，暖暖的阳光洒向孩子们的床头叫他们起床去上学。看来刚才太阳公公生气了，嫌我逃课，于是变成大火球气势汹汹地吓醒我，赶我去上学。我不能当个坏孩子，惹太阳公公生气，大家找不到我肯定也是既着急又生气。想罢，他背起书包向学校奔去。

兔子求救

有一只小兔子在山间跑啊跑，一时没看清路，跌进了一个深坑里，它试遍了各种方法都没爬出来，急得在坑底团团转。恰巧此时有一只狐狸路过，听到洞里有声响就往里探头看，兔子看到狐狸先是吓了一跳，冷静下来转念一想，即使是狐狸，我也得向它求救，不然我会饿死的。于是兔子就鼓起勇气央求狐狸道："狐狸大哥，快救救我吧，我掉进洞里摔伤了，洞里又缺少氧气，憋得我没有一点力气了，再不出去我很快就被憋死了。山上有葛条，你折一根垂下来把我拉上去吧。"说完就垂下脑袋大口地喘粗气，装作因氧气不足被憋坏了的样子。狐狸看到兔子已经憋得有气无力，心里很高兴，心想，兔子越憋厉害了力气越小，我把它拉到坑口处时越容易捉到它。于是说道："这里也没葛条呀，我得去远处找找。"过了好大一会儿，狐狸才拖着根葛条慢腾腾地来到坑口拉兔子。兔子等快被拉到坑口时，趁机一跃而起，飞速地逃走了。

原来，这个深坑虽然深，但坑口很大，兔子在坑底并没缺氧，也没摔伤，为了迷惑狐狸，便于脱险，它才编了这些谎话，

狐狸很生气，只好悻悻地离开了。

啄木鸟的操守

在一片树林里，啄木鸟医生成天忙忙碌碌地给树木治病，轻易不得闲。有时实在累了，稍作休息时，也会偶尔跟别的鸟说说话。

有的鸟在它跟前说其他鸟的坏话，它只是听听便罢，从不插嘴附和。有的鸟夸它勤劳善良，给那么多树治好了病，它也只是笑笑，从不自夸。

当它开口说话时，往往是夸猫头鹰捉田鼠勤奋，夸乌鸦的孩子孝顺，夸喜鹊捉虫积极，夸黄鹂嗓子好唱歌好听，夸鹦鹉嘴巧会说话……它从不揭露别人的短处，只爱宣扬别人的长处。

树林里的鸟都夸啄木鸟是鸟中君子，树木也都夸它技高心善，感激它，敬重它。

闲谈莫论人非，背后莫道人短，人前莫夸己长。

子孝父心宽

有一位青年，成年之后，看到他的父母年纪也大了，于是他就好好孝敬二老。

他把家安在父母所在的小区里，离父母很近。每年过春节前，他都给父母家里大扫除，把房屋打扫得窗明几净后，给父母贴春联、过门笺、年画、窗花，挂红灯笼，把家里装饰得红红火火，冻僵了手，冻红了脸，可他还是笑嘻嘻的。父母看着心疼，可心情很是舒畅。他看到父母牙齿松了，咬不动坚果了，就把各种坚果粉碎后，拌上红糖或白糖，让父母用小勺子舀着吃，他对父母说："坚果是长寿果，多吃坚果身体好。"父母高兴地笑了。他还给父母买钙片、维生素片、微量元素补剂等让父母养身体，并把家里改装得非常适合老年人居住，并嘱咐道："老年人骨头疏松了，要预防跌倒，摔坏了骨头不容易康复。"父母听着他的絮叨，感到很欣慰。他也给父母置办各种方便使用的生活小助手，譬如电热暖袋、暖手宝等，细心地充好电后再拿给父母使用。有空了就带父母外出转转，活动活动筋骨，看看美丽风景……因为有他细心的照顾，他的父母都身体康健，心情舒畅，生活得非常幸福。

街坊四邻都非常羡慕他的父母，能有如此孝顺的儿子在身边照顾，是多大的福气啊！

老人与布老虎

村里有一位老人，非常勤劳，日子过得挺富裕。她乐善好施，出钱出力帮助了很多人。后来她八十多岁了，干不了力气活了，就说："我年老了，不中用了，可我手不抖眼不花，还能做些针线活，我可以缝些布老虎。虎头虎脑的小老虎看起来虎虎生威，大人孩子看着都高兴，权当个摆设。"

于是她到集市上买来黄布、红布、黑布、珠子等各种物料，缝制了几十只布老虎，分给子孙后代和亲戚朋友。街坊四邻看着眼馋，希望老人多缝些送给他们，老人满口答应。儿女们怕老人累出病来，但也理解老人的心思，就没有阻拦。就这样，老人缝了好几年，缝制了两百多只布老虎，村里几乎每户都有了。老人也因此累得大病一场，幸亏治疗及时，才没有生命危险。老人于95岁高龄时安然去世。

直到现在，人们看到老人缝制的睁着明亮大眼睛、翘着粗尾巴、圆滚滚的身躯如同小枕头般大小的布老虎，都会说："这些布老虎都是一针一线地缝出来的，手工如此精巧，针脚如此细密，缝完一个是多么不容易啊！

这些布老虎看起来充满生气，看着它们就像看到了毕生都勤劳能干的善良老人！"

也有人说："这么好看的传统布艺老虎，纯手工制作，是相当好的艺术品，老人如此心灵手巧，要是活到现在，绝对是出色的非物质文化遗产传承人了！"

大家都深情地怀念着老人。

妻贤家门旺

在一年秋收过后，有一户人家娶进一个勤劳贤惠的媳妇。这位媳妇自从进了家门，孝敬公婆，敬重丈夫，有了孩子之后关爱孩子，精心地养育他们成长。她从没跟公婆红过脸，更从不闹别扭。后来分家另过，逢年过节总是把公婆请到家中，在二老吃饱喝足后，再给他们准备好一大包食品，让他们带回家慢慢享用，有年糕、菜包、豆包、豆腐、肉皮冻、炸鱼、肉丸、月饼、乳制品等等，所有这些都是她亲手做的，还会放上几块猪肉、牛肉、羊肉等生肉，以便老人回家后随时取用。公婆过生日、公婆生病等各种事情，她都安排得妥妥当当。街坊四邻家里有打墙盖屋、红白喜事等，她总是送上礼品之外，忙里忙外地帮忙，还常常送给家庭困难的人衣服、鞋袜、食品等等，见了人也总是笑着说话。

她如此通情达理，对人和气，大家都对她赞不绝口，乡邻也都夸她能使家门兴旺发达。她笑着说："好事坏事都是人做出来的，多积福少招祸，人生在世几十年，多做好事总没错。"

妻贤家门旺。

一斗米之灾

有位富人给了一位穷人一斗米。可富人没想到的是，他是救济了一位懒汉。这位懒汉吃着这斗米，就再也不管他家的田了，结果他错过了农时，别人劝他想办法种点别的庄稼，他不想劳动，根本就没打算种，任其荒着。原本地里产的粮食够他吃一年的，可这一年他的田里没收获一粒粮食，他不得不四处借粮，四处乞讨，才勉强度过了这一年。这一年明明是风调雨顺的好年景，但对这位懒汉来讲，不亚于大灾年。

贪图别人一斗米，失却自己一年粮。

宽恕的果实

一位老汉，有一个果园，他每天都起早贪黑地在果园里精心打理，树上的果子又大又红。果实成熟时，几位少年走进果园摘果子吃，老汉碰到后不但不训斥他们，还摘下最好的放在筐里让他们吃。这几位少年心想："去别的果园里摘果子吃，会被追着打骂，还被看作不良少年，这老汉是多么善良啊，这么好地对待偷果子的人。"

这几位少年长大后，常常义务帮老汉打理果园、看果园，如果碰到来偷果子吃的少年，他们也是不打不骂，好好教导他们，这些少年很受感染，闲暇时也常到果园里帮忙。就这样，这个果园不但没有因为少年摘几个果子吃而损失什么，还有越来越多的人前来义务帮忙，果园越来越大，发展得越来越好。

宽恕别人，终会带来幸福。老汉说："宽恕是棵果树，树上结满累累果实。"

农民伯伯的画

一只家雀不爱出远门，只愿在村里转。秋季的一天，小燕子对家雀说："家雀，家雀，我领你看画去。"家雀说："看画？画在哪里？"小燕子说："不要问，到了你就知道了。"

于是，小燕子领着家雀来到田野上看田野画。家雀放眼一望，火红的高粱穗子像一把把大火炬，圆鼓鼓的饱满籽粒在阳光下闪耀，黄澄澄金灿灿的谷穗弯着腰，风吹来时像一层层金色波浪在欢腾奔跑，玉米老人捋着长长的胡须，像威风凛凛的老将军横刀立马在远眺，大豆也咧着嘴巴露出金牙哈哈笑。小燕子又领着家雀到了山上看画，只见葡萄藤上挂着串串紫玛瑙，柿子树上满树红灯笼在风里摇，山楂树上一簇簇红艳艳的山楂向人把手招……

小燕子问家雀："这些画好看不？"家雀连声说："好看，好看，真好看！这画是谁画的？"小燕子说："这些画都是农民伯伯的汗水洒向大地绘成的！"家雀说："农民伯伯用汗水绘成的画是世界上最美的画！以后我要常出来看这样的画，实在太美了！"

树叶做好事

山脚下的河边有一棵枫树、一棵银杏树和一棵柿树，这年大旱，河水减少了很多，它们快干死了。

有一位渔翁趁河里水少时来河里捉鱼，抬头看到这几棵树的叶子全都旱得垂下来，还有很多叶子已经落到了地上，就用水桶提水把它们救活了。

枫树、银杏树和柿树很感激，却不知道怎么报答他。

捉到鱼后，渔翁坐着渡船过河走了。枫叶看着渔翁乘着渡船过河的背影，受到了启发，渔翁过河有渡船，我不也是渡船吗，虽然我帮不了渔翁，但可以向他学习做好事，我可以当一只渡船，帮助需要过河的小动物。于是它天天在岸边守着，让蚂蚁、蟋蟀、螳螂、蚂蚱、甲壳虫等坐在自己身上过河去。

银杏叶看着渔翁的背影，对枫叶说："渔翁有斗笠遮雨，很多小动物没有东西遮，我就当伞吧。"它大声地宣传自己是把伞，小动物遇到下雨就把它当伞了。

柿叶则说："我可以给小动物当板凳，小动物跑累了、飞累了就坐在我身上休息吧。"

在它们的带动下，大家都争做好事，互帮互助，生活环境和谐美好，大家都生活得更加幸福。

小草的一生

有一个人去爬山，爬累了就坐在山坡上的一棵树下休息，看到树下的小草都枯黄了，就问小草："小草小草，你的生命快结束了吧？你活了这一季，心里有什么感受啊？"

小草说："我很欣慰，这一生我过得很充实。当我冒出新芽时，人们会在我身上看到新希望；我努力生长，为牛羊提供草料，还给很多小动物当藏身的地方；当我成熟了，我结下草籽为鸟雀等提供粮食，又为后代留下了种子；现在我快要死了，在我死后又回归大地成为大地的养料。还有，我毕生都在美化环境，染绿大地，净化空气，把大自然装点得更加美丽，让大自然更洁净。"

这人听了很感慨。是啊，人生一世，草木一秋，小草的一生和人的一生何其相似，小草都能为世界做这么多贡献，人，怎么能虚度这一生呢？人总不能不如一棵小草啊！

枫树醉酒

山谷里有一些枫树，秋天的某一日，小兔子问它们："枫树，枫树，你们的叶子红得像火焰，是贪杯喝醉酒了吗？"

枫树说："是啊，你看，咱们这里山清水秀，蓝天白云，没有污染，自然环境多好啊，有这么好的生长环境，我们才长得枝繁叶茂，我们心里高兴啊，就喝酒庆祝，喝得醉醺醺了，叶子就红如火焰了！"

爱的琴键

在一个偏远山区，有一条河。河上没有桥，村民们在河里每隔不远就放上一块青石，一直摆到对岸，人们管青石叫跳墩。大人小孩都踏着这青石跳墩过河。晴天时，跳墩露出水面，学生们上学经过时很快就能踏着跳墩跳过河去。雨天水小时，跳墩没在浑浊的浅水下，年龄大的学生便手拉手，站在看不见的跳墩上，筑成一个长长的栏杆，让小同学扶着跨过河去。下大雨水更深的时候，老师们都来了，试探着稳稳地踏着水下的跳墩，一趟一趟地把学生们都背过河去。

那一溜青石跳墩就是爱的琴键，与这些可亲可敬可爱的人共同谱写着爱的乐章。

找　家

有一天，风见到了云，可怜兮兮地说："我看到小毛虫在树叶上，花蝴蝶在花瓣上，小鸟在窝里，它们都有家，我却没有家，整天东奔西跑，找不到地方歇一下，好可怜啊！"云说："谁说不是呢，我看到小蜜蜂有大宿舍，小河是鱼和虾的家，原野是蜻蜓的家，小孩一生下来就有温暖的家，可是我和你一样，也无家可归。"说完，急得流下了眼泪。然后，它俩异口同声地说："家是温暖的港湾，有家就是好，咱也努力找家吧。"

一棵大树听到了它们的对话，对它们说："你们的家不用找了，你们已经在家里了，天空就是你们的家。你们的家最好，也最大。"

草原雄鹰

辽阔的大草原上，有一只雄鹰，它眼神凌厉，姿态威猛，雄健有力，有时在草原上空盘旋翱翔，有时一飞冲天，直击长空。可前不久，它得了重病，濒临死亡，一位牧人发现了它，把它带回家精心照顾，待它完全康复后又把它放归了草原。它感恩牧人的救助，要为人们做些贡献。

雄鹰想，不如给人们一些判断天气的信息吧。于是它来到朝霞升起的地方，当朝霞消逝后，在空中告诉人们：今天黄云来了，狂风会翻卷的，沙尘会滚滚的，大冰雹会劈头盖脸打下来的，赶快做好准备躲避吧。雄鹰说得千真万确，这天狂风大作，飞沙走砾，冰雹噼里啪啦从天而降，铺天盖地。晚上，月亮高高地挂在天空，清风阵阵吹着，雄鹰在空中告诉人们：明天会是十分晴朗的天气。事实确实如此，第二天艳阳高照，晴空万里。

雄鹰又想，草原广袤无边，人们会在大草原上迷路，我可以给他们一些指引，于是，它在清水、羊群、村庄的上空盘旋着，向远方迷路的人们发布信息：向这里奔吧，这里有出路，有希望！人们真的奔了来，发现了一潭清水，成群的牛羊和一座村庄。

草原雄鹰，是人们可靠的朋友，读懂了它的语言，人们会受益匪浅，不妨与它交朋友吧。

观企鹅

在动物园里，可爱的企鹅很受欢迎，很多游人有秩序地参观企鹅，唯有一位少年使劲地往前挤，挤了这个挤那个，人们都向他投来责备的目光，他也毫不在意。他挤到最前面看到了企鹅，企鹅昂首挺胸，穿着黑色燕尾服，露着圆滚滚的白肚皮，神气十足，他高兴得又蹦又跳，手舞足蹈，全然不顾旁边的人。

过了一会儿，饲养员端来一盘吃食，企鹅排着整整齐齐的队伍，一个一个地去吃，像极了彬彬有礼的小绅士，他想了一下自己刚才的行为，感到脸上热辣辣的，红着脸悄悄地走了。

值 日

有一个班级，班里的同学每天轮流当值日生。这天轮到小伟值日，他看到小强掏手绢时，从口袋里掉出一团纸，于是就在《班级卫生检查记录本》上记上了，并没提醒小强捡起来，他自己也没动手去捡。学校卫生检查员来到他们班级检查卫生时，看到了这团纸，于是就在《学校卫生检查记录本》上记录下这班的卫生较差，地面上有废纸。

第二天小强值日，他看到小伟课桌底下有铅笔屑，就拿起笤帚和畚箕打扫干净，校值日生来了，看到教室里很干净，就记录下了这班卫生优秀。

发现了问题，能解决的就解决掉，而不是只是发现而不去解决。

脸　盆

有一位少年，到了一个新的学校里，跟同学们闲聊时，说道："我家有一个大脸盆，脸盆里有鱼，有虾，还有很多船。"同学们都说他吹牛，脸盆里有鱼有虾或许是真的，有很多船，这就是说瞎话了。

老师了解这位同学的情况，于是对同学们说："这位同学没说瞎话，他家住在大湖里的船上，他天天拿毛巾蘸着湖水洗脸，这湖不就是他的大脸盆吗？这脸盆里有鱼有虾，还有很多只船不也是真的吗！所以，情况没了解透彻，就不能轻易否定事情的真实性。也就是说，没有调查就没有发言权。"

粗心的小老鼠

有一只小老鼠很粗心，它妈妈不断地教育它要细心，不然会吃亏的。它口头上答应得很好，可实际上根本不当回事，也不去改正。

有一次，它打电话约小伙伴们来家里玩耍，听到门铃声它以为是伙伴们来了，喜滋滋地跑去开门，打开门一看，来的是一只大花猫，它吓了一大跳，赶紧关上门飞快地藏进了深洞。幸亏它反应快，不然就会成为大花猫的美餐了。

在洞里，他冷静下来之后仔细回想，这才知道，自己拨错了电话号码，拨了大花猫的电话号码把大花猫叫来了。自从有了这次教训，它再也不敢粗心了。

人与动物

有一位老爷爷，住在树林边上的木屋里，他喜欢大自然，非常爱护小动物，常常按照小动物的食性给他们准备食物。有一天，老爷爷又来到了树林里，小松鼠看见了，高兴地跑过来顺着他的腿一直爬到他的肩膀上玩，松鼠妈妈看见了，着急地说："快下来，快下来，这不是树干，是人，他会伤害你的！"小松鼠笑着对妈妈说："妈妈，放心吧，他不会伤害我的，他是位善良的老爷爷，是我的大熟人，常常给我松果吃，以前我就爬到他的肩膀上玩过很多次了，你忙于收藏松果，没看见，我也没告诉你。天上的鸟，地上的虫，水里的鱼，他都喜欢，这些小动物也都喜欢他。"

是啊，喜欢小动物的人，怎么会伤害小动物呢？

急性子

小刚很没耐心，做事时因为缺乏耐心常常做不好，听别人说话更是没耐心听完，往往听了上半句就不听下半句了，已经形成了习惯。

有一次他去公园里玩，公园管理员告诉他："这椅子……"话没说完，他"嗖"地一下就一屁股坐到了椅子上，说道："这椅子只能坐，不能躺。"结果，这张椅子刚刚刷上新油漆，粘了他一屁股。

小鸟争伞

两只小鸟正在一起玩耍，忽然下起了大雨，它们赶紧跑到一个蘑菇下面躲雨，开始时都觉得这个蘑菇长得大，是把好伞，随着雨越下越大，它俩便争吵起来，一只说："你没看见我淋雨了吗？往那边靠一靠！"另一只说："你怎么不往边上靠一靠？你没看见我的羽毛淋湿了吗？"它们你推我挤互不相让，结果"咔嚓"一声，蘑菇伞断了，它们被大雨淋得寸步难行，甭说起飞了。后来它们被雨浇得连站都站不稳，只好趴在地上。最后，它们都被淋得大病了一场。

遇到危难时，应互相体谅，搞好团结，共渡难关。

蚱蜢夸口

一只蚱蜢特别爱出风头，有一天它在一块石头上乘凉，看到下边蟋蟀、蚂蚁、蜗牛、螳螂、瓢虫等正在一起玩耍，心想，今天观众多，我得好好表现一下，让它们知道我的厉害。

想罢，它就大声说："你们这些小动物听着，谁敢跟我比赛跳高？"小动物们说："我们不敢！"蚱蜢说，你们不敢那就看我的，我跳给你们看！看到那棵狗尾巴草了吧？我能跳到最高的那个穗子上！"说着，它跳下石头，三蹦两跳地来到狗尾巴草跟前，大声对小动物们说："看好了，我让你们开开眼，看我怎么跳上去的！"说罢蚱蜢使出九牛二虎之力猛地一跳，结果连狗尾巴草中等高的穗子也没够着。它不泄气，道："这一跳没发挥好，没体现出我的实力！再来！"于是，它憋足了劲又是一跳，结果还不如刚才跳得高。

小动物们说："你就是吹牛大王，你在这里跳吧，我们可不爱看了！"说着都到别处玩去了。

没有实力的夸口，等于出丑。

变色龙

古时候有一天，变色龙静静地想，我行动缓慢，没有多大本领，如何在世上生存呢？求人不如求己，为适应环境，练！练！练！练得皮下有多种色素块，能随时变成不同的保护色，还得练得能根据光线和温度而改变体色，光线强而热的地方，体色会变成绿色，光线不强而较暗的地方，会变成暗色，这样就不会被敌人轻易发现。

变色龙经过漫长时期的刻苦练习，练就了出色的变色能力，得以从古代一直生存到现在，若无变色本领，恐怕早就灭绝了。

粗心的小兔子

有一只小兔子，有个粗心的毛病，观察东西很不仔细。有一天它对妈妈说："妈妈，我看到一些小刺猬在树上吊着，我还看到一些小刺猬使劲往地里钻，个个都钻进去半截了。"兔妈妈说："你看到树上吊着的和往土里钻的都有刺吗？"小兔子说："我看清楚了，都有刺。"兔妈妈想了一下说："刺猬身上都有刺不假，可有刺的不一定都是刺猬，你要全面地、仔细地观察。告诉你吧，树上吊着的可能是毛栗子，把屁股往土里钻的应该是仙人球。你告诉我你在哪里看到的，我带你去求证一下。"

小兔子领着妈妈来到看到刺猬的地方，它妈妈说："我猜对了吧，你再好好观察一下，它们是不是都不是刺猬？"小兔子这次看仔细了，胸有成竹地回答道："它们不是刺猬，是毛栗子和仙人球！"

气象员

有一天，癞蛤蟆、蚂蚁、燕子、小鱼在一起玩耍，玩了一会儿，燕子说："咱们光在一起玩耍，太没意思了，我们干点对人类有意义的事情吧！"

于是大家讨论起来，讨论来讨论去，都觉得做个气象员比较合适，就把这事定了下来。过了几天，它们都觉得天气要变，要下雨，于是就准备向人们报告。

一个农民去地里干活，正走在路上，癞蛤蟆蹲在路边草丛里看到了他，跳出来问道："你到哪里去呀？"农民说："我到田里干活去。"癞蛤蟆说："要下雨了，没法干活了，回去吧。"农民说："谢谢你的好心提醒，我以后再也不叫你癞蛤蟆了，还是叫你蟾蜍吧。"癞蛤蟆听了很高兴，一蹦一跳地跳到草窠里去了。土墩上的蚂蚁听到了他们的对话，也向农民打招呼说："是快下雨了，我们正忙着把家搬到地势高的土墩上呢。"燕子在低空飞着，也凑过来说："你看，快下雨了，小虫飞不高，我只得在低空捉虫呢！"池塘里的小鱼也跳出水面说："确实要下雨了，下雨前气压低，我在水里闷得慌，要往水面上跳呢！"农民说："谢谢你们这些小气象员告诉我要下雨的消息，我先回家吧，等雨停了我再去田里干活吧！"

这些小动物，既是我们的小帮手，也是我们的好老师，从它们身上，我们能学到很多很多知识。

好朋友

有一只小黄狗出去玩耍，碰到了一只小花狗，它便龇牙咧嘴地发出呜呜的声音吓唬小花狗，小花狗也不甘示弱，也龇着更大的牙、咧着更大的嘴吓唬小黄狗。

小黄狗害怕了，马上跑到妈妈身边对妈妈说："小花狗龇牙咧嘴地吓唬我。"妈妈问道："是它先吓唬你的吗？"小黄狗如实地说："不是，是我先吓唬的它。"妈妈说："你再到它身边，和和气气地说'我跟你一起玩好吗'，看它怎么说。"于是小黄狗来到小花狗身边，和和气气地说："我跟你一起玩好吗？"小花狗说："好啊，我自己玩也没趣呢！咱俩一起玩正好！"接着它俩便在草地上撒欢打滚玩起来，玩得不亦乐乎。

小老鼠的牙齿

有只小老鼠，已经长了牙了却十分不愿意嚼东西，它太懒，只吃软食不吃硬食，大家说："你这样可不行，没有硬东西磨磨牙，你的牙继续长，以后张不开嘴可怎么办？"它说："胡说！哪有牙齿会不停地往长里长的？"

它继续只吃软食，一点硬东西也不吃。过了些日子，它的牙齿长得很长了，样子非常难看，并且嘴巴让牙齿撑得合不拢，动也动不得，饿得直掉眼泪，也说不出话来。别无他法，只好找来老鼠医生用小钢锯把它的牙齿锯掉了半截。有了这次教训，它以后再也不敢只吃软食了。

猴医生

有一位猴医生开了个诊所，由于医术不精，没有动物来找它看病，于是它背着药箱在田野里到处转悠，总想找个动物给它看看病。

这天，它看到了袋鼠妈妈，端详了一会儿，然后说道："你肚子前面长着个毛茸茸的口袋很不雅观，我用手术刀给你割去吧！割掉后保准让你既美观又轻快。"袋鼠妈妈说："小袋鼠的童年就是在这个口袋里度过的，长到七个月大的时候才能到外面活动，这个袋子把袋鼠宝宝保护得很好，不能割。"猴医生说："小袋鼠长时间在这个袋子里，你多累啊，你不怕苦和累，是个伟大的好妈妈！那么这个袋子留着吧。"它又观察袋鼠妈妈的尾巴，见袋鼠妈妈有一条又粗又长的大尾巴，猴医生说："你的尾巴太大了，是个累赘，我给你修理得秀气些吧！"袋鼠妈妈说："你看，我在休息时，大尾巴正好和两条粗壮的后腿组成一个'三角架'，可以稳稳地支撑身体，你若把我的尾巴修理小了，就没有这么稳当了。"猴医生说："原来是有大用处的，那就一点儿也不能割。"

每样东西都有它特别的用处。

蚂蚱学艺

一天傍晚，一只蟋蟀正在弹琴，琴声特别优美动听，一只蚂蚱听见了，非常羡慕，就循声找了过来，见到是蟋蟀在弹琴，于是就对蟋蟀说："你弹得真好听，教教我吧，我拜你为师。"蟋蟀说："好啊，我收下你这个徒弟，你可得用功学啊。"

于是，蟋蟀便耐心地教蚂蚱，边示范边讲解："我们是利用翅膀发声的，你看，我的右翅膀上有像锉一样的短刺，左翅膀上有像刀一样的硬刺，左右两翅一张一合，相互摩擦，震动翅膀就可以发出悦耳的声音，这就是弹琴，我们的鸣声就是通过弹琴发出来的。此外，我们弹琴时不同的音调、频率能表达不同的意思，夜晚，我们响亮的长节奏鸣声，既是警告同性禁止进入，又是求偶的信号。我们也会用急促而威严的鸣声驱赶同性。我们家族已有十四亿年的历史，自古以来就是以这种方式鸣叫的。"

蚂蚱边听边用眼睛瞥着旁边的嫩草，没好好听课，敷衍着说道："看来弹琴并不容易啊。"

蟋蟀说："你的翅膀也健全，要想鸣叫得好，有美妙动听的声音，得每天早早地起床，不管春夏秋冬都坚持练习，持之以恒练下去，肯定能成功！你现在就开始练吧！"

蚂蚱练了不大会儿，就不想练了，跟蟋蟀师傅说先歇一会儿再练，歇了好长时间才又开始练，没练多大会儿，便坚持不住，怏怏地走了。

直到现在，蚂蚱还不会鸣叫。害怕困难，什么都学不会。

自知之明

有一天，猴子在外面闲逛，遇到了鸵鸟、长颈鹿和斑马，它先笑话鸵鸟道："你看看你，脖子上连根毛都没有，难看之极！倒是方便抓着脖子扭下你的脑袋！"它又笑话长颈鹿道："整天伸着这么长的脖子干什么？图好看吗？显得你高吗？脖子跟身体的比例严重失调，极不相称，简直是个怪胎！"接着，它又对斑马说："你既然是马，就不能有个马样儿吗？身上花里胡哨的，条条杠杠的，哪匹马都没你会显摆！你就是个炫耀狂！"

猴子说完，大摇大摆、趾高气昂地往前走去，鸵鸟、长颈鹿和斑马一齐说："你只知道笑话别人，你知道自己的后腚什么样吗？你的紫红腚真是丑极了，血管丰富又没有毛盖着，可真瘆人，太适合打你屁股！回家照照镜子，好歹穿上条裤子遮遮再出门吧！"

白云和塔

有一朵白云在蓝蓝的天空上飘着，它飘啊飘，飘到了一座大肚子塔前，它问道："你叫什么名字？挺着个大肚子在这里干什么？"这座塔说："我叫水塔，我会储存水，有了我，大家都能用上自来水啦！那么多人用水，我不挺着大肚子多存些能行吗？"白云又说："你整年挺着大肚子，不坠得慌吗？累不累啊？"水塔说："坠得慌不假，累也确实是累，可我想多做些对人们有帮助的事情。"白云很佩服，拍着它的肩膀说："水塔老弟，你真是好样的！"

白云又飘呀飘，飘到了另一座塔前，它问道："你叫什么名字？身上滴溜当啷地吊着些什么东西？"这座塔答道："我叫跳伞塔呀，我能同时让三顶降落伞升到半空，让蓝天绽放鲜艳的花朵。我愿意好好为人民服务，让人们练好跳伞。"白云说："你也是好样的！"

白云又飘呀飘，飘到了大海上的一座塔前，大风想刮得这座塔睁不开眼睛，它不怕，奋力地睁大眼睛；大雨来了，想淋得它闭起眼睛，它也不怕，眼睛还是睁得大大的；巨浪翻涌，疯狂地拍打它，它也不怕，仍旧睁着眼挺立着。白云问道："你真勇敢，你叫什么名字？在这里做什么？"这座塔说："我叫灯塔，大海上的轮船看到我的眼睛，就不会迷失方向。我给轮船导航啊。"

白云非常敬佩这些塔，和它们成了好朋友，常常来探望它们，把自己在天空中旅游时的所见所闻讲给这些坚守岗位的塔朋友听。

斗牛图

有一位画家画了一幅《斗牛图》，一个牧童见到了，说道："您没见过两牛相斗的情形吧？您画的牛尾巴是翘起来的，那是牛用尾巴赶牛蝇的样子，作为斗牛图的话，您把牛尾巴画错了。两牛相斗的时候，全身的力气都用在角上，尾巴是夹在两条后腿中间的。"

画家说："多谢你的指教，你真该做我的老师啊。"

小东科普

这天，小东给同学们讲知识，他说道："地球上有些地方水温很高，那里的鱼适应了在热水中生活，有的鱼甚至能忍受 60 摄氏度的高温。它们要是在常温的水里反而会被'冻僵'，只有回到热水中才能慢慢苏醒过来。"有同学说："我以前只知道五六十摄氏度的水会把鱼烫死，原来有的鱼能在烫手的水里生活呢，真是大千世界，无奇不有。"

小东说："平时我们总能见到动物吃植物，还有植物吃动物的呢。猪笼草就是一种食虫植物，它叶子的顶部长得像瓶子，上面还有一个小片，像掀开的盖子，盖子的边上有蜜，虫子飞到盖子上吃蜜，一下子就滑进瓶子里，不一会儿就化了。"

同学说："大自然真奇妙啊，要多多留意大自然的奇异现象。"

小东说："是啊，大自然这本书，知识太丰富了，比如一块岩石，在上面能读到雨痕、波痕、树叶、矿物、贝壳、小鱼……还能读到这块岩石原来在陆地上，后来沉入海底，又从大海里慢慢地升到了高山顶上，岩石还能告诉人们哪里有宝藏。"

大自然是一本了不起的大书，要好好读。

发明创造

古时候，鲁班看到一个老大娘用杵在臼里研磨粮食，就问道："大娘，你不用杵捣，怎么用它研磨呀？"老大娘说："我年纪大了，扬不动杵了，只得用杵在臼里研磨一点儿。"鲁班马上想到，两块石头中间放上粮食，让上面的石头转圈，不是也能磨吗？于是，他找来两块石头，做成圆柱形，摞在一起，在下边石头的上一面打上槽沟，在上边石头的下一面也打上槽沟，把粮食放在上下两块石头中间，这就是中国农村用了两千多年的石磨。

早先，有一个人买了一大张邮票，在这一大张上，有许多枚小邮票连在一起，他想把邮票分开来用，可他没带小刀。于是，他找来一枚别针，在每枚邮票的连接处都刺上小孔，邮票便很容易地撕开了，而且撕得很整齐。可他没想到以此发明点什么。另一个人看到他这一举动后，立刻想到，发明一台机器给邮票打孔不是很好吗？他马上研究、制造，并不断改进，造出了非常实用的邮票打孔机。

还有一个人，看到天气炎热时人们用扇子扇风降温，扇出的风让人凉快些了，可扇风很费力气，用力又会让人出汗了，因此迟迟凉快不了。他想，现在人们已经发明了电，能不能造个电风扇用来扇风？他用心思考，又不断实践，终于发明了电风扇。

每一种发明，都是人们仔细观察、用心思考、不断实践得来的。

大自然的指南针

有一个人在白天迷路了，他利用太阳辨别出了南北；又有一次，他在夜晚迷路了，他利用北斗星辨别出了南北；还有一次，他在阴天迷路了，他利用树上的树叶"南稠北稀"的现象找到了南北；再有一次，他在冬天的雪地里迷路了，他利用雪化得快还是化得慢确定了南北。

还有一个人，来到某个村庄里找一位养蜂人——这个村里唯一的养蜂人，没遇到能给他引路的人，他便仔细观察路边采蜜的蜜蜂，那些蜜蜂采了蜜就飞往村东的一个园子里，他循着蜜蜂飞行的方向，顺利地找到了养蜂人。

就是这样，迷路不慌张，多看多想，利用大自然中的天然指南针，就能辨别出正确的方向。

打扮春天

春天来了，花草树木和各种小动物聚拢在一起，谈论如何打扮春天。柳树说："我让长着黄色嫩叶的柳条随风摇曳来打扮春天。"青草道："我没什么本事，就用青色来打扮春天。"树木说："我也没什么本事，我就使劲地长新枝、发新芽，用满目绿色装点春天吧。"花儿说："一花独放不是春，万紫千红才是春。我们用色彩缤纷来打扮春天，让人们看到一个姹紫嫣红、百花齐放的春天。"蝴蝶和蜜蜂说："我们要翩翩起舞，用美丽的身姿和舞姿让春天更美丽。"燕子说："我们能在空中上下翻飞耍杂技，能用尾尖点水漾开层层绿波，还能停在电线上谱写五线谱，给春天增加诗意。"明镜一般的大湖说："我就映照出你们的倒影，让春天更热闹吧。"湖里的小蝌蚪说："微风吹起湖里的波纹时，我们常常自由自在地在波纹上跳舞，就像一个个小音符在跳动，我们是谱奏水面上的乐章呢，跟燕子一样，也是为春天增加诗意。"

经过大家的共同努力，打扮出了一个生机勃勃、五彩缤纷、光彩夺目的美丽春天。人类世界也是一样，人们团结协作、共同努力，就能创造出一个丰富多彩的美丽世界。

消失的村庄

早先，在一个山谷中，坐落着一个美丽的小山村，这里环境优美，树木郁郁葱葱，河水清澈见底，天空湛蓝高远，空气清新甜润。

后来，家家户户买来锋利的斧子和锯子，不停地砍伐树木，建房屋、造农具、造家具、当柴烧……长此以往，山上的树木被砍伐殆尽，皆成裸露的土地。没有了树木的保护，小河干涸，土地干裂，风沙、洪水、干旱等自然灾害频发，水土流失严重。原本水草丰美、林木遍野、田畴相接的宜居之地，渐渐变成了沟壑纵横、风沙肆虐的穷山恶水之地，终于在某一年的夏天里，连下了几天几夜的暴雨，山洪暴发，洪水裹挟着大量沙土岩石滚滚而下，把这座小山村彻底淹没了，轰隆隆的呼啸声响彻四野，迟迟不绝，像是悲伤的哀号。

这座美丽的村庄就这么消失无踪，没有了人烟，这里成了一片荒野。

小明画画

小明画画，在画作即将完成之时，一大滴墨水滴到了画纸上，把画弄脏了。他十分懊恼，怪自己不小心。他仔细观察了一下这幅画，觉得在此处画上只小黑猫也不错，于是，他就细心地用那滴墨水画了一只生动可爱的小黑猫，正是这只小猫的加入，使这幅画更加趣味横生，这幅画最终得了大奖。

生活中发生的看似不好的事情，或许并不像我们想象的那么糟糕，只要肯动脑筋，坏事也能变成好事。

倔强的扁豆蔓

有一位少年，听大人谈论到扁豆的蔓是向右绕着爬的，他想，这仅仅是听说，我要亲自观察观察。于是，他找来扁豆种子，种下扁豆，待扁豆长出藤蔓之时，他便在扁豆旁边立下一根小竹竿，把扁豆蔓从左边缠上去，结果，到了第二天，扁豆蔓从右边绕了上去。他又将扁豆蔓从左边缠了上去，并用红墨水做了记号，每隔一段时间去观察一次，可扁豆蔓还是越来越远离记号，慢慢地转到了竹竿右边，再次向右绕着爬上去了。就是这样，这位少年通过自己的亲自观察，确信扁豆蔓总是向右绕着爬。

凡事不可轻信，要严格求证。对待科学问题，更应如此。

蟋蟀建房

　　一只蟋蟀，有一个很大的愿望，要靠自己的力量给自己建一座豪华庄园。它跑了很多地方，仔细谨慎地选好了建房地址，然后就用前足扒土，后足推土，奋力地大干起来，实在累了，就稍作休息，然后再继续干。建卧室、建大厅、建书房、建音乐室……房屋里各种功能的房间一应俱全，还在院子里挖了大泳池，并在泳池边建了精致的健身房。房屋建成后，蟋蟀又对房屋进行了豪华装修，它是爱好音乐的音乐家，会弹琴，会作曲，会填词，会唱歌，因此它对音乐室尤其重视，给自己装修了功能齐全、豪华有品位的音乐室。它小小的身躯完成如此浩大的工程，耗费巨大的精力，需要漫长的周期，经严寒历酷暑，但它丝毫不惧，每天披星戴月地艰苦劳动，终于建成了一座豪华庄园。他的住所美丽、清洁、卫生、干燥、舒适，是个极好的住处。它在这里观朝阳，看晚霞，弹琴唱歌，好不快活。

　　小小的身躯，简单的工具，顽强的意志，艰苦的劳动，也能建成大工程呢。

小海龟出海

　　海滩上的一个龟巢里，有很多只幼小的海龟。有一天，这些幼小的海龟想出去玩，又怕遇到危险，于是一只小海龟对一只大一些的海龟说："大哥，你当侦察兵出去侦察一下，有危险你就快回来报信，我们就不出去。没有危险你就在外面先玩着，我们随后全出去玩。"

　　于是，这只大些的海龟便出去了。刚出去就被一个人看到了，这人心地善良，心想，得把这只海龟放入大海，任其裸露在海滩上会遇到危险。于是他就捧起这只海龟放入了大海中。大哥迟迟没回巢，巢里的其他小海龟以为外边安全，就一齐高高兴兴地出了巢，很快便被海鸥、嘲鸫鸟、鲣鸟等捉去，成为它们的口中之食。

那位善良之人不懂自然之道，好心办了坏事。

一个人的修养

有一个人，严于律己，时常自省。现在，他已是耄耋之年。这天，他坐在花园里，望着天上的大雁，想到自己这风风雨雨、跌宕起伏的一生，无论在哪种环境里，无论身处何种艰难处境中，他都自珍而不自恋，自重而不傲慢，要求而不苛求。首先是自重自爱，注意自己的言行，爱惜自己的身体和名誉。他想，生我者父母，父母生下自己不容易，把自己养育成人更不容易，如果为人处世不做好，就是不自珍自重，不尊重父母，有负父母所付出的辛劳。他还认为，教我者师长、同志、朋友，要善待他们，并好好请教。无论身居高位还是腰缠万贯，都要尊重别人。另一方面，对别人要宽容，要求但不苛求，自己也并非完人，只揪住别人的弱点或缺点不放，有百弊而无一利。就是这样，他得以立稳脚跟，度过了几十年岁月。

自珍而不自恋，自重而不傲慢，要求而不苛求。

交 换

有一个人拼命地干活，想多赚些钱。常年的奔波劳碌，饥一餐饱一顿，倒是攒下了些钱，但年纪轻轻就得了严重胃病，双腿和双臂也出了毛病，只得卧床；另一个人拼命地读书，沉迷学习，日渐消瘦，眼睛累成深度近视，累得神经衰弱偏头痛，大脑也不那么好使了，不得不休学养病；还有一个人，拼命地吃喝，觉得能吃能喝是口福大，是福气，觉得吃得多就是赚便宜，结果撑坏了胃，累坏了大肠小肠，又因过度肥胖得了好几种病。

任何东西都不能以毁坏健康为代价来换取，健康的身体才是自己最大的保障。

糖四卖糖瓜

糖四自己做糖瓜卖，用的都是最好的材料。后来，他被一个老板雇去做糖瓜时，仍坚持这样做，老板嫌他这样做成本高、利润少，让他掺点假，他不听。未等老板解雇他，他就辞职不干了。

他说："公平买卖走正道，顾客点头说声好，回头再来是个宝，生意实在万年牢。"

知识的宝藏

古时候，有一个中国人，看到鸟在天上飞，便想让人也能在天上飞，他造了四十支火箭绑在椅子四周，让人把自己绑到椅子中间，把四十支火箭一齐点燃，果真带着他和椅子飞了起来，虽然只是飞了一小段距离便落了下来，但人们都认为他是航天的先驱。

后来，莱特兄弟研究了鸟飞翔的原理之后，发明了飞机。再后来，人们发现蜻蜓这个飞行高手飞得快，翅膀也不会折断，经过观察，发现它翅膀的后端都有一些厚点，这就是防止翅膀颤动的关键，据此改善了机翼容易震动断裂的问题，大大减少了机毁人亡的飞行惨祸。现在科学家们继续研究苍蝇、蚊子、蜜蜂等飞行的昆虫，根据它们的身体特性制造出各种性能优良的飞机。

再有，人们造出的轮船，开始时是方形船头，后来研究了鱼类，改成阻力小的尖头，又继续研究，发现鲸鱼的形体是极为理想的流线型，人们根据鲸鱼的外形特点来造船，大大提高了轮船的航行速度。

科学家从自然界的生物身上得到启示，进行各种发明创造，让人们的生活更便捷。自然界不仅有取之不尽用之不竭的物质财富，更是取之不尽用之不竭的知识宝藏。

老农的智慧

一天早晨，小明看了看天，问爷爷："天上怎么有那么多鱼鳞啊?"爷爷说："这是鱼鳞斑状的薄云彩。俗话说'天上鱼鳞斑，晒谷不用翻'，赶紧晒咱家的谷子吧。"果然，那天骄阳似火，谷子没翻就晒得非常干了。

有一天傍晚，天气闷热，小明拉着爷爷的手说："爷爷，咱们到村头的水坝上乘凉吧。"爷爷说："你看天快黑了，咱家的鸡迟迟不进窝休息，你再听听，咱家的鸭子不归圈，叫得这么欢快，这是离刮风下雨不远了。咱们出去凉快一会儿就赶紧回家。"果然，没多久就起了风，雨也哗哗地下起来了。

还有一天，小明说："爷爷，今天雾这么大，快下雨了吧?"爷爷说："现在是春天，有雾会起风的。"果然，上午就刮风了。又有一次，小明问爷爷："今天雾这么大，像下小雨似的，是不是要下大雨了?"爷爷说："现在是夏天，有雾会是大晴天。"果然雾退了后，太阳火辣辣的，的确是个大晴天。小明又问："爷爷，要是秋天早晨有雾，天气不好吧? 冬天天气寒冷时有雾呢? 天气怎么样?"爷爷说："秋天有雾会阴天，冬天有雾会下雪，看到冬天有雾，你就能堆雪人、打雪仗了!"

认识从实践开始

有一位老农，去年在一块地里种植了大蒜，今年在这块地里种上了棉花。去年落在地里的一些大蒜瓣今年又发芽了，老农也没把它们锄掉，它们便零散地在地里和棉花一起生长。过了些日子，棉花上生了蚜虫，大蒜上则没有蚜虫，靠近大蒜的棉花植株上也没有蚜虫，老农纳闷：这是怎么回事？做试验看看吧。于是他捉了蚜虫放在大蒜棵上，蚜虫赶紧逃跑，放在紧挨大蒜植株的棉花棵上，蚜虫也赶紧逃跑。离大蒜植株远的棉花棵上，则生满了蚜虫，老农想，蚜虫是怕大蒜的气味吧？傍晚时分，老农还没回家，忽然听到大蒜和棉花在说话，大蒜说："我发出的气味你受得了吗？"棉花说："你身上的气味很好，蚜虫不敢来伤害我了，别的害虫也不敢来了，我得谢谢你！"

从此之后，老农年年把大蒜和棉花进行间作，一行棉花一行蒜，年年获得好收成。

认识从实践开始，仔细观察，用心实践，会形成正确的认识。

断指碰瓷

有一个男子，文化水平不高，干不了文职工作，可体力活他又一概不愿干，他总想走歪门邪道，发不义之财。

一日，他骑着自行车来到大街上，想着制造一个交通意外，骗点钱财。他找到一个没安装监控的地点，像捕食的老虎一样，等待猎物的出现。没多大会儿，看到不远处一辆价值不菲的轿车徐徐开过来了，他心想，机会来了，舍不得孩子套不着狼，付出自断手指的代价，这次该成了吧？豁出去了，干！他拿起一块石头猛地砸断了自己的一根手指，然后忍着疼痛撞向了轿车，去赖那辆轿车车主，要求赔偿私了。轿车车主认为自己是正常行驶，而且速度不快，不能接受此人狮子大开口般的讹诈，于是报了警。警方仔细调查，虽然此处没装公共监控，但是有家私人商店的监控拍到了这一幕，警方发现此人受伤是自己所为，他的撞车行为是危害公共安全、毫无道德的碰瓷行为，他不但没骗到钱，还进了看守所。

古有断臂求法，今有断指碰瓷，如果不根除不劳而获的思想，就会滋生邪念害人害己。

真　相

一只乌贼正在玩耍，一群鱼游到了它的身边，一条鱼对它说："背板过海，满腹文章，你腹中有墨，真是个大学问家！"另一条鱼问它："乌贼，乌贼，你从无偷窃行为，为何贼名远扬？"乌贼说："我们肚子里有些墨水不假，可并没有满腹文章，不是什么学问家。我喷出墨汁染黑海水是为了逃生，仅是逃生本领而已，根本不是偷了东西趁黑逃跑的贼。大贼鸟才是海上真正的贼，常常攻击其他海鸟抢劫食物，还抢鲣鸟和企鹅的雏鸟，一辈子靠抢劫为生。我们不是贼，不愿叫乌贼，叫我们墨鱼或墨斗鱼吧。"

有一户人家，家里的老人得了重病，他的儿女守夜看护。猫头鹰落到这家人院中的树上，"咕咕哇、咕咕哇"地叫着。一位男子从屋里出来"吼、吼"地吓唬驱赶，并说："你这不吉祥的鸟，想把老人的魂儿叫去吗？"猫头鹰说："我怎么不吉祥了？我一个夏天能捉几百只田鼠，是保护庄稼的能手，就按一只田鼠一年能吃三斤粮算，你看我保护了多少粮食！没工夫跟你讲了，我晚上捉田鼠，白天还得睡大觉呢！"说完就飞向了田间。

鸵鸟在沙地上奔跑，遇到危险赶紧把头埋进沙里，屁股露在外面，人们都说它傻，顾头不顾尾，自欺欺人。其实，它把头贴在地面是为了辨别声音的方位和远近，以便选择逃跑的方向。

在大海上，海鸥喜欢展开银光闪闪的翅膀，紧跟着大轮船飞翔，轮船的船尾激起海浪，把海洋中的鱼打翻，浮出水面，海鸥只要船尾逐浪，就能轻松地捕到鱼了。海鸥捉鱼不惧风浪，在波涛汹涌的大海上，海鸥是搏击风浪的勇士。

很多问题和现象，我们习惯于只看表象，其实，表象背后往往是另一个样子。

兔子和乌龟

一只乌龟在草地上慢慢爬着，一只兔子跑到它身边对它说："冤家路窄呀，咱俩又见面了。你的动作真缓慢呀，简直像蜗牛爬！上次咱俩赛跑你赢了纯属侥幸！要不咱俩再比一场，只要我不在树下睡着了，我肯定赢！"

乌龟知道自己跑步确实极慢，这次兔子吸取了上次的教训，再跟兔子赛跑自己肯定得输。就说："每次都比赛跑步多没意思，这次咱们比赛长寿，怎样？我说乌龟活得久，更长寿。"

兔子心想，我见过的小动物往往体型越小活得越短，小蜜蜂就活不过蚂蚱。我们长得比乌龟高大，肯定也比乌龟活得更久。想罢，兔子就说："好，就比长寿！我说兔子肯定比乌龟更长寿！"

乌龟说："那我肯定赢了，因为我们乌龟家族虽然生长慢，跑得慢，但新陈代谢也慢，身体老化的速度也比较慢，因此寿命长。而你们跑得快，新陈代谢就快，身体的老化速度也快，因此没有我们寿命长。"

兔子说："这只是你随口说的，有什么凭证？"

乌龟说："咱们去求证好了，咱们找最年老的兔子和最年老的乌龟，问问它们，看看谁的年龄更大。再找众动物评判，它们肯定见过很多只老乌龟和很多只老兔子，知道谁更长寿。"说罢，它们一起去求证，果然老乌龟比老兔子年龄大得多。众动物们也都肯定，它们见过的老乌龟和老兔子，都是老乌龟比老兔子年龄更大。乌龟又赢了。

乌龟对兔子说："上次比赛你是输在懒惰，这次比赛你是输在无知，看来你的懒惰导致了你的无知，两次你都输得不冤。"

老黄牛

"任劳又任怨，田里活猛干，生产万吨粮，只把草当饭。"这说的是牛。牛耕田时，牛轭紧紧地压在脖梗子上，肯定很疼的，它总是默默坚持着，累了时主人还会用皮鞭抽它，让它使劲儿干，它只是憨厚地用明亮的大眼睛看主人一眼，嘴里喘着粗气，继续坚持干。生活上要求不高，只是吃点草而已，不指望人们喂它精料。任劳任怨一辈子，它是农民最得力的好伙伴、好帮手。

老黄牛精神值得人们称赞与学习。

两朵小浪花

有两朵小浪花，在弯弯曲曲的小清河里往前跑，它们的理想是汇入大海，成为大海中的滔天巨浪。为了实现远大的理想，两朵小浪花手牵着手，一路唱着歌不停地往前跑，跑着跑着，碰到了河中的一块大石头，两朵小浪花都摔了个大跟头，摔得七零八落。它俩都不怕疼，也不哭，瞪着大眼睛望了望大石头，向大石头摆了摆手，然后绕过大石头，继续往前跑。跑着跑着，又遇到了一棵倒在河面上的大树，它们又被拦住了去路，又被撞得粉身碎骨，它们只好从树干下的罅隙中钻过，或变成腾空跃起的水珠越过树干，很快又凝成浪花，继续欢快地向前跑。勇敢的小浪花无论遇到什么艰难困苦，都乐观地克服了，最终它们一起汇入了大海，变成了大海中汹涌澎湃的波涛。

我们也要学习小浪花，像它们一样勇敢乐观，勇往直前。

蜘蛛结网

小明看到他家墙角处的一张蜘蛛网被大风吹坏了，有只蜘蛛马上从房檐上顺着一根仅剩的蛛丝爬下来，不辞劳苦地重新织好了一张网。过了几天，下了一场瓢泼大雨，网又被浇坏了，这只蜘蛛又费心费力地重织了一张网。有一天，一只小鸟飞过来，撞上了它的网，网第三次被毁坏，蜘蛛不气不恼，又尽心尽力地重新织了网。

小明想，这只蜘蛛只要活着，它的网就会永远存在，虽然它只是一只渺小的蜘蛛，可它勤劳不懈，如此刚强，这是多么伟大的劳动者啊！

收藏美丽

春天来了，百花盛开，小明跟着妈妈去公园里赏花。走到了一棵牡丹花前，小明说："妈妈，这花朵又大又美，还香喷喷的，真不赖呢！我想摘一朵带回家，让家里变得又香又美！"说罢就想伸手去摘。

妈妈拉住他的手说："公园里的花是不能摘的，你觉得这花美丽芬芳，赏花感到心旷神怡，那别人也会觉得欣赏这花非常高兴，如果人人都要摘一朵，摘光了之后，大家不都无花可赏了吗？"小明想了想，惭愧地说："是啊，要是每个人都跟我一样想摘一朵，那就真的无花可赏了！"妈妈说："你动脑筋想一想，怎么能留住花的美丽呢？"小明拍了下脑袋，有了！他咔嚓咔嚓地拍了几张照片，说道："看！姹紫嫣红、争奇斗艳的美丽春天我收藏好了，这可比摘一朵花好得多啊！"

摘花留不住花的美丽。

卖鱼不带秤

一个人卖鱼时却不带秤，有人说他："你是认真做买卖的人吗？卖鱼不带秤，你是抓虾还是抓瞎？"另一个人说道："你纯粹就是牛皮纸糊的鼓面子——糊弄事啊！"

卖鱼人说："我这不是抓虾也不是抓瞎，更不是糊弄事，我卖了一辈子鱼了，眼力和手感都很准，抓起的鱼说几斤几两就是几斤几两，不信咱们就试试。"说罢，他随手抓起一条鱼说："这条鱼三斤六两，不多不少，正好。"

人们将信将疑，找来一杆秤，仔细地称了一下这条鱼的重量，果然三斤六两。

卖鱼人经过长期的经验积累，手上有真功夫了。

半夜偷桃

有一个人工作能力很强，但性格忠厚老实，别人平时抢了他的劳动成果或给他亏吃，他都不动怒，只是宽解自己：吃亏是福，自己吃了亏，别人就赚了便宜，这是自己间接地帮助了别人，是做了好事。

后来单位打算裁员，有人提早听到了风声，为了保住自己，就想方设法钻营，想让这个老实人被裁掉。领导们意见不统一。甲领导怕裁掉性格强悍会钻营的人被其报复，也想裁掉这位老实人；乙领导说："不能裁他，他不就是憨厚点儿，软弱点儿吗？我们不能半夜偷桃吃，专找软的捏。论文化水平、工作成绩、工作态度与为人处世，他哪一样比别人差？还比别人更强呢！裁掉他，那不是欺负老实人吗？有的人像泥鳅，油滑狡诈，占尽了老实人的便宜就罢了，还想钻营着把工作能力强的老实人裁掉，简直就是泥捏的神像——没安人心肠。"

单位里的其他同事议论纷纷，有的评论说："甲领导糊涂吗？如果半夜里偷桃吃，黑暗中不知生熟，只能靠捏，光找熟透了的软的偷，还算有那么一丝合理，可光天化日之下，大家的眼睛是雪亮的，能看到生熟，他还是只找软的捏，居心不良。"

有的说："就不能像甲领导只摘软的，乙领导才是英明公正，作为领导，硬的也得啃。处理硬者，仿佛咬钢嚼铁，领导就应该能咬钢嚼铁，不怕硌掉牙才对。"

最终，单位裁掉了钻营者，留下了老实人。

帮喜鹊搭窝

傍晚，天刚擦黑，一阵急遽的狂风吹来，把孙老二院门外大树上的喜鹊窝掀翻了，若干只还不怎么会飞的小喜鹊扑棱着翅膀掉到了地上，孙老二看到这种状况，赶紧找了个篮子把小喜鹊先安顿好，想等天亮时给它们搭好新窝，再把它们放到新窝里去。半篮子小喜鹊叫声嘈杂，没完没了，热闹是真热闹，可吵得孙老二整宿都没睡好。天刚蒙蒙亮，他就找来树枝，架好梯子，迅速地帮小喜鹊搭好了窝，小心地把小喜鹊放了进去。虽然非常疲惫，看到小喜鹊又有了温暖的家，他还是感到非常高兴。

人们爱鸟，完全可以帮它们重建家园。

豆腐渣包饺子

张三是个卖豆腐的豆腐郎，他是个暴脾气，就像炮仗，点火就着。有一天早上，他跟老婆闹了矛盾，气得摔了担子，把豆腐全摔碎了。他对老婆说："我既然已经撂了挑子，就不跟你过了，我自己过！"他老婆也很生气，收拾收拾就回了娘家。

到了中午，他肚子饿了，就打算用摔碎的豆腐当馅包饺子，可找来找去没找到家里的面粉在哪里，就想用豆腐渣做饺子皮。由于豆腐渣太散没黏性，他鼓捣了半天也没做成饺子皮，自然没吃上饺子。他想，做人得有些韧性，做事得有些黏性，尤其夫妻之间，要是像这豆腐渣一样散、一样任性，那是过不成日子的。

想罢，他赶紧去岳母家向老婆赔礼道歉，想把老婆接回家。他老婆嫌弃他脾气暴，早就不想跟他过了，就说："到了这地步，就像豆腐渣贴门对子，两不黏，今后咱是互不相干了。"他好劝歹劝，都没把老婆劝回家。这下，想有韧性想有黏性也晚了。

人横与马横

有一个小朋友，因为家人很宠爱他，他恃宠而骄，变得任性，骄横无礼，在学校里霸凌别的小朋友，不尊重老师，在家里更是像小霸王，说一不二。后来，他的家人意识到了问题的严重性，开了个家庭会议商量对策，最后决定，全家人不再娇宠他，而是耐心地引导他，慢慢地帮他改正错误和坏习惯，经过一段时间的共同努力，他变化很大，在学校尊重师长，团结同学，在家也不再任性无理，成了一个好孩子。

一个人养了几匹小马，这几匹小马皆没套缰绳，马主人想等小马再长几个月后给它们套。有一匹小白马，性情凶暴，老想咬别的马一口，踢别的马一脚，拱别的马一头。这次，它又想咬一匹小枣红马，马主人及时阻拦了它，并给它套上了缰绳。经过马主人的认真调教，小白马成了一匹性情很好的马。

人横有道理，马横有缰绳。成才不容易，容易不成才。

万事不如美德高

冬日，几位老者坐在小广场的椅子上边晒太阳边闲聊，他们在议论什么东西最高。

有人说珠穆朗玛峰最高，有人说飞机飞得最高，有人说导弹打得最高，还有人说火箭飞得最高，更有人说宇宙飞船飞得最高……其中有一位老者说，依我看美德最高，古时候的王祥卧冰求鲤，以至孝之心感动了上天，他的美德才是最高的，美德比天高。

大家一致赞成道："万事不如美德高，美德才是世间最高的。"

一个悲伤的人

一个人整天这也忧愁，那也忧愁，这也悲伤，那也悲伤，天天一副愁眉不展的模样。渐渐地，他反应迟钝，动作迟缓，仿佛木头一般了。智慧来拜访他，想进入他的头脑占据一角，可探测了一下，方知他的头脑早已被忧伤占满了，没有了丝毫空隙，实在是挤不进去了，既然没有了容身之所，智慧便远离了他。智慧临走时看了这个人家的铁院门一眼，这个铁门已锈迹斑斑。智慧心想，锈蚀铁，悲损智，他的智慧被悲伤给销蚀殆尽了，极度悲伤，还会让他的健康越来越糟糕的。果然，过了没几年，这个人便去世了。

世间没有解不开的结，如果有，那就放下；世上也没有过不去的坎，如果就是跨不过，那就转个方向，改个道，没有任何东西比生命更重要。

一个思虑过多的人

有一个人，老实本分。他在一座偏远僻静的小山村里生活，几乎没离开过村庄，也没去过什么大地方，在村庄里生活得倒也平静安稳。

直到有一天，他媳妇看到别人去外面打工赚了不少钱，回村盖起了气派的房屋，就建议他也出去打工挣钱。他听了后心里打怵，忧心忡忡，思前想后，不知道出门在外怎么应付生活，不知道背井离乡会遇到什么意外或险境……他所思虑的事情，令他忧郁的远远多于令他愉快的。他的媳妇又催促了他几次后，他更是百般思虑：是媳妇起了外心把我往外推吗？是嫌我穷而厌弃我吗？别人在外赚到了钱盖起了好房，我要是出去没赚到钱有什么脸面回村？我要是外出了我媳妇还会好好照料我年迈的父母吗？孩子出问题了又该怎么办？他不禁愁肠百结，整日愁眉不展，渐渐地，他感到失去了生活的乐趣，进而又发展到觉得活着没意思，失去了做人的乐趣。

随后，他的家里又遇到了一件不那么容易解决的事情，这成了压倒他的最后一根稻草，他钻了牛角尖，想不开自杀了。

遇到事情，解决它或放下它，没有什么事情值得百般思虑。

怨天尤人

有一个人，很胆小，也很懒惰，什么都不愿做，却又总是怨天尤人，整日郁郁寡欢。

一天，有朋友约他去一座不远处的山上游玩，他说："风景确实很美，可遇到狼怎么办？我们打得了吗？"朋友说："没听谁说山上有狼啊？即使有，做好充分准备，还怕狼吗？"他说："没发现有，不代表没有。如果有，反正我是打不过的。"朋友说："只是爬座近处的山，这座山不高也不险，更没谁在山上见过狼，既然你如此害怕，那就不要去了吧。"这人于是就没去。其实，山上有狼只是传言，确实谁都没有亲眼见过。他的朋友们去玩得很尽兴地回来了，而他一生都没去看过那座不远处的山。

又有一天，这人在集市上买了些芝麻，想榨些芝麻油，可他又吝惜力气，不用力榨，结果没榨出油来。他想，肯定是芝麻秕，我得去找卖芝麻的人讨个说法。卖芝麻的人说："我种了半辈子芝麻，也卖了半辈子芝麻了，第一次听说我的芝麻秕榨不出油来。你十里八村都打听打听，买过我芝麻的人有谁觉得我的芝麻不好吗？"确实，这人是种芝麻能手，种出的芝麻籽实饱满，口碑很好，从没卖过秕子。他又想，那肯定是榨油工具不行导致没榨出油来，可别人用同样的芝麻同样的工具都榨出油了。他坐在那里苦思冥想，怨这怨那，连榨油时刮的风都怨了，就是不怨自己。

转眼蹉跎了半生，他整日坐在家里愁眉不展，心生怨恨，怨父母没给他个好命，怨老天爷让他一事无成。

成功之道

一匹骆驼，驮着很重的货物在沙漠里艰难地行进。它走得很慢很慢，却任劳任怨不停地走，一天又一天，浩瀚的大漠依然望不到边。它走了一个多月，终于走出了大漠，到达了目的地，它高兴地哼唱起来。

有一只小鸟，想垒一个温暖结实的大窝，就到一个池塘边衔了一口泥垒在了一个屋檐下，马上又飞下屋檐去衔泥，垒上之后再去衔……一趟又一趟，日久天长，天长日久，一个大鸟窝便筑成了，它站在鸟窝沿上高兴地叫个不停。

只要开始行动了，再小再慢的一步都是在走向终点，走向成功。

瓶子的报复

有一天，瓶子见了石头，不住地埋怨石头，因为以前石头滚骨碌玩耍时不小心碰到了瓶子，把瓶子磕上了几道瑕。听到瓶子的埋怨，石头说："我当时确实不是有意碰你的，只怪我滚得太快没看清。我知道对你伤害很大，现在你狠狠地碰我几下吧。"瓶子听到石头这么说，就使劲地去磕石头出出气，结果没碰坏石头，自己身上又多了几道瑕，几近破碎了。瓶子好不伤心，呼天抢地大哭了一场，可于事无补，只好带着更多的伤痕度过此生了。

有时候，不选择报复，是为了保护自己；有时候选择原谅，是不再增加自己的痛苦。

真理之光

　　谬误和愚昧特别害怕真理，真理之光照射得它们无所遁形，让它们惶惶然如丧家之犬。它俩合计着怎么把真理埋葬掉，绝不让它露头。于是它们把真理放到大火里烧，可真理怎么也不燃烧；它们又把真理放到水里淹，幻想着真理沉入水底永不露面，可真理永不下沉，它们以失败而告终。

　　它们心想，既然灭不了真理，那就用谬误和愚昧把真理淹没，虽然真理还存在，但别人已经看不到它。真理利剑是真理的保护神，那就要把专门斩除谬误和愚昧的真理利剑销毁，这样真理便因失去保护而被彻底淹没。于是，它们把真理利剑置于大火之中烧了一百天，可真理利剑越烧越亮；它们又把真理利剑放到深海的海底，在剑柄和剑尖上压上巨石，让剑中间悬空，心想，海底的压力这么大，看你弯不弯，看你生不生锈！不知多少年过去了，真理利剑露出了海面，它仍是笔直锋利，一点锈也没有，光芒更加璀璨耀眼。

　　谬误和愚昧实在无奈，垂头丧气地退却了。从此，真理的光芒耀四方。

先生与后生

　　一只梅花鹿的犄角要顶开头顶的皮肤长出来，刚冒出一点"蘑菇"，耳朵便迫不及待地对它说："你是怎么长也长不过我的，我是'先生'，而你是'后生'，哪有'后生'胜过'先生'的嘛！"小小的"蘑菇"犄角说："不错，我是'后生'，你是'先生'，但是'后生'也能够胜过'先生'的，不信，过些日子咱比比看。"过了些日子，犄角长大了，一比，它比耳朵长得长呢，耳朵不得不甘拜下风。

眉毛早早地就在人的眼眶上长了出来，十多年后才长出了胡子。眉毛看到胡子刚长出来时毛茸茸的，又细又弱，就嘲笑道："你占据了这么好的位置，却长得如此细弱难看，乌七八糟没个章法，你到底是来给人增光添彩的还是来搞破坏的？我就能让人更加美丽！看我，乌黑浓密，根根粗壮，顺顺溜溜，属实是给你做了个榜样，学着点，就得像我这么长！"没过多久，胡子长得长长的了。主人把胡子刮掉，粗硬的胡茬预示着苗壮旺盛的生命力，又过了一段时间，胡子又长得长而浓密，跟眉毛比了一下，比眉毛长很多了，也粗壮多了。

虎豹之斗

一只豹子逮住了一只野山羊，正大快朵颐，吃得津津有味，忽然看见一只老虎在不远处蹲下了。豹子知道，老虎蹲下并不是为了给自己施礼，而是准备战斗，于是它也顾不得再吃，蹲下准备迎击。正如豹子所料，老虎猛地扑了过来，它也猛地扑了过去，大战几个回合，打了个平手。豹子想，自己快吃饱了，这只老虎一看就是只饿虎，饿虎抢不到食物是不会善罢甘休的。想罢，豹子不再恋战，乘隙逃跑了。豹子跑得很快，霎时便无影无踪了。老虎也未穷追不舍，赶紧去享用抢来的大餐了。

不跟饿虎争食，也是一种智慧。

一匹长背疮的马

有一匹高头大马，身姿矫健挺拔，性情洒脱不羁，活泼善奔，颇有一日千里的千里马之风。不幸的是，这匹马的背上长了些疮，虽然主人给它医治了，可还是没能及时医好。这匹马每天疼痒难耐，心情烦躁，性情变得胆怯脆弱，一有人到它跟前，它就特别害怕，四处奔突竭力避开，总怕别人骑到它的背上。

人也如此，光明磊落之人犹如生疮之前的骏马，性情洒脱不羁；有欺骗行为或有弊病之人，心便很虚，生怕别人发现他的谎言或弊病，如生疮之后的病马。

有弊病之人心虚，长背疮之马胆怯。

四只公鸡舂米吃

公鸡四兄弟走到一个碓处，它们看到这里有一个石臼，一个杵，还有一筐箩谷子，大家异口同声地说："这里家伙事儿齐全，咱舂米吃吧，米吃起来可比谷子好吃多了。"

老大拿了一下杵试了试，沮丧地说："舂米吃确实是个好主意，可我力气不够，拿不动杵，怎么舂米啊？"老二、老三、老四也都各自试了一下，都说自己力量不够，无能为力。老大想了想，道："咱四个一起拿杵，四兄弟的力量加起来不就够了吗？"于是它们齐心协力拿着杵猛捣，很快就捣出了金黄的小米，它们美美地饱餐了一顿。

只要齐心协力，就不会无能为力。

黑母牛与黄母牛

有一位牧人，养了一头黑母牛和一头黄母牛。这天，他又把黑母牛和黄母牛一起赶到了山坡上，黑母牛努力地吃草，想多为牧人产牛奶，黄母牛嘲笑黑母牛道："你看你黑不溜秋的，把你放到黑炭堆里还能找到你吗？你这么黑，竟然还想多产奶，料你的奶也没多么白的！产得再多谁稀罕呢！"

话音刚落，牧人来给黑母牛挤奶，挤出来的奶白白的。挤完奶后，牧人摸着黑母牛的头道："你真是一头好母牛，能产这么多这么好的牛奶，给我们提供这么好的食物，太感谢你了！"

说完，又对黄母牛说："你真是头不干正事的牛啊，一边吃草去吧！"黄母牛只好到另一边吃草去了。

知识的源泉

有一个人，他的祖辈传给他一个葡萄园，可是他对如何种植葡萄、如何经营葡萄园一无所知。于是他买来很多关于种植葡萄和经营葡萄园的书籍，边学边实践，渐渐地，他积累了很多关于葡萄园的知识，把葡萄园打理得非常好。

他从打理葡萄园得到了启发：只要多学习多实践多积累，知识就会掌握得越多，现在既然打理葡萄园得心应手了，那我可以再学习其他方面的知识。于是，他又开始研究钻井技术。如果掌握了钻井技术和维护水井的方法，那葡萄园就会有充足的水源，葡萄就会长得更好了。他学习了很多寻找水脉和掘井的知识，之后他就开始掘井。他掘开一浅层，有了一股泉水，此时泉水是浑浊的，他继续掘，掘成一口比较深的井，此时，泉水已变得很清澈了。他持续不断地努力掘井，成功地掘了很多口深水井，每口井的井水都清澈甘甜。

他想，学习知识就像经营葡萄园，既靠学习，也靠实践，这样掌握的知识才牢固有用；学习知识也像掘井，井掘得越深井水越清澈，知识越学越深刻。广泛积累之后还需往深处挖，这样掌握的知识才会既广博又深刻。

知识的功效

有一个人，住所的各个房间里到处都是书籍，不管走到哪间房里，总是有书看。有书陪伴他，使他心胸开阔，他从未叹过气，总是愉快而充实地度过每一天，简直越活越年轻。

有一位少年，家庭极度贫困，他只得帮家人干活，自小没怎么上学，他的内心、精神、思想等变得消极。他的父母看到了这种状况，商量了一下，觉得无论多苦多累，都要把他送进学校读书。进了学校后，他在知识的海洋里遨游，知识驱散了他心灵的黑暗，他成为积极阳光的快乐少年。

知识和书籍能把人导向光明，导向幸福。

幸福要靠劳动来

有一个人，承包了一大片荒山。

这天，天刚鱼肚白，他就来到了山上。他想，茶花是一朵一朵开出来，芭蕉是一串一串结出来，竹笋是一春一春长出来，香椿是一年一年发出来，而幸福生活呢，是一点一点地干出来的，不干哪来的幸福？想罢，他抡起镐头大干起来，大汗淋漓了也舍不得休息。就这样，他夜以继日地垦荒，一镐一镐地把荒山开辟成了层层梯田，再凭着精耕细作，年年粮、棉、油等作物大丰收，每逢收获季节，家里满仓满囤都是收获的庄稼，看起来像金山银山一样，让他由衷地感到幸福。

山上千千万万个不能造田的小沟堑，他全部栽上了桃树，春天里，桃花趁着东风开放，装点着千沟万壑，芬芳满山满谷；夏天里，桃子满树，绿荫匝地，山风夹杂着果实的清香徐徐吹来，渴了伸手摘个鲜红的大桃子解渴，又香又甜。这些桃树，让他在田间劳动时心旷神怡。

因为这片亲手开垦出来的土地，因为辛勤劳动带来的丰收，让他觉得他就是世界上最幸福的人。这让他深深地体会到，劳动奉献给自己的最美礼物和最高奖赏是幸福。

桃花要趁东风开，幸福要靠劳动来。

君 子

几位有文化的老者在一起喝茶，边喝茶边讨论"做个君子，也就是做个最合格、最理想的中国人"这个话题。有的说："最合格、最理想的中国人首先得爱国守法。"有的说："还得明理诚信。"有的说："第三项是团结友善。"有的说："第四项是勤俭自强。"有的说："第五项是敬业奉献。"有的说："社会公德、职业道德、家庭美德、个人品德等都得讲究，不讲究不像个君子，也便不是最合格、最理想的中国人。"

君子，人们心中的人世楷模，其人格理想被历代中国人孜孜追求，正是这种世代持续的对美德的追求与自谨自律，让中华民族五千年的文明熠熠生辉，生生不息。

知足常乐

王君是位农民，他利用农闲之时到山上采山果，卖钱补贴家用。

这天，他早早地上了山，摘了一挑子山果到集市上去卖，他挑着担子走在路上，欣赏着美丽山景，两只山果篓子忽闪忽闪地扇起风来，像在欢快地跳舞，令他感到轻松自在，虽然担子并不算轻，可他步态轻盈，身体轻快，走得无比欢实。

他看了一眼路上那些骑马的、坐轿的人，或紧张地勒紧马头，或闷在轿里，并没什么乐趣可言，他想，他们还不如我呢，我担起担子扇起风，反比骑马坐轿更轻松。我是坐轿闷得慌，骑马嫌摇晃，就是觉得脚踏实地最畅快，哪怕是挑着担子负重前行，也觉得浑身松快，自由自在。

知足常乐。

祝君赏月

中秋节之夜，祝君坐在院中赏月，看着圆圆的月亮向人间洒落清辉，把人间照得恍若白昼，而又不炽烈灼人，月光下秋虫鸣叫，微风轻拂，送来阵阵花香果香，祝君在感恩着月夜美景的同时，心中充满了感慨。

他想，过了今夜便进入八月的下半月了，转眼也便到了八月底。同样，转眼也便到了年关，旧的一年过去，新的一年开始。真是时光荏苒，岁月如梭啊！自己在年少时没立好志愿，半世光阴就这么浑浑噩噩蹉跎而过，至今一事无成，白白辜负了大好时光，我要尽早劝告儿子立定志愿，希望他今生大有可为。

年怕中秋月怕半，人生立志在少年。

一只劲鹰

有一只雄鹰，长得身强体壮，翅膀很大，飞起来直冲云霄，好不威风。有一天，它飞了很长时间，累了，就想找根树枝歇息。虽然已是疲惫至极，但它不将就，只选直指蓝天的树枝停留。它心想，我是一只劲鹰啊，怎么能立在耷拉下垂的枝头上呢？要像老虎一样，老虎是森林的王者。我希望自己是天空之王，翱翔于高远的天空，立在傲然挺立的枝头。

虎在山头立，鹰向云霄冲，连鹰都知道不立垂下的枝头，我们难道要蹉跎岁月荒废理想吗？

手把式

东山坡上有一块荒地，虽说已经长满了荒草和灌木，但看得出这是块好地。如果把荒草和灌木除掉，仔细修整一下，会是一块良田。这天，烈日炎炎，村民们聚在村头大树下乘凉，七嘴八舌地闲谈，听到布谷鸟叫了，一个人说："布谷鸟叫了，该种谷子了。谁要是把东山上那块荒地整理好种上谷子，会打不少谷子的，那可是块肥地。"另一个人说："谁说不是呢，怎么就没人去种那块地呢？"又一个人说："虽说是块好地，毕竟荒废多年，如今灌木丛生，杂草遍地，整理起来可没那么容易，得费大力气，所以大家也就不愿出这份力来耕种了。"有一个人说："别人不种我来种，又不是没手没脚，既然能产不少粮食，却让地一直荒着，这是暴殄天物啊，我绝不让这块地再荒废下去！"

说罢，他就回家取了农具，顶着烈日去垦荒种田了。他没日没夜地辛勤劳作，没几天工夫，这块地就被他整理好了，他紧抓农时，扛起耩子，牵上牛，把整块地都种满了谷子。转眼几个月过去，收获了上千斤谷子，这些谷子去掉糠麸后变成了金黄诱人的小米，他吃着香喷喷的米饭，心里美滋滋的。

一千个嘴把式，顶不上一个手把式。

榜　样

有一只大狗在爬墙，一只小狗眼巴巴地看着，大狗爬过去之后，小狗也随后爬过去了。大狗爬墙，小狗看样。有一只羊要过河，它后面的十几只羊也要跟着过河。它从哪里过，那十几只羊也从哪里过，它用怎样的动作过，那些羊也学着它的动作过，模仿得很像。

有一个人爱好喝酒，达到了酗酒的程度，常常喝得醉醺醺的，喝醉了就发酒疯，常把家里砸得七零八落，家里常常一片狼藉，混乱不堪。全家赖以生存的土地和生意，也都搞得一团糟，生活无以为继。他的儿子正上中学，只好辍学出去打工，在外打工期间结识了一些游手好闲的无业游民，一起打架斗殴，流窜盗窃，最后发展到吸毒贩毒。不能说这个孩子的堕落完全是他父亲一手造成的，但他父亲的不良行为和失责是主要原因，没给孩子树立好榜样，孩子从父亲身上学到的是放纵、暴力、得过且过，以及对生活的厌弃和绝望。

动物会模仿，且模仿得有模有样；孩子更是会学样，家长要以身作则，树立榜样。

老牛拉横耙

使君中过风，嘴巴有点歪，变得非常敏感自卑，脾气也很暴躁。有一天，他又因一点小事跟唐君闹矛盾，明明自己无理，却净说些横话，还说唐君欺负他嘴歪。

唐君说："不怕嘴歪，就怕话邪。难道谁会不满你的嘴歪？不都是不满你胡搅蛮缠、蛮不讲理吗？你见过老牛拉横耙的场面吧？那是老牛实在没有力气了，才在地里胡乱走，不拉竖耙拉起了横耙。你尽说横话，不正像无力老牛拉横耙一样，证明你是实在无理了，才强词夺理吧？"

后来在大家的开导劝解下，使君渐渐地不那么在意自己的嘴歪了，也慢慢地改了脾气，不再强词夺理了。

读书与实践

祁君在河边读《游泳学》，自以为读得滚瓜烂熟了，对游泳的各种动作、技巧都如数家珍，相当精通了，于是就下到了河里，结果才知自己连浮在水面上的本领都没有，拼命地用狗刨式扑腾，才没淹死在河里，更甭谈蝶泳、蛙泳等各种泳姿了。后来他不断地到江河里练习游泳，才真正学会了游泳，且本领不低了。他不禁感叹："熟读游泳学，不如下江河。"

纸上得来终觉浅，绝知此事要躬行。只有理论联系实际，对掌握的理论进行充分实践，才能学好本领。

适　度

戚君一只水杯的柄掉下来了，他用胶粘，涂了很多胶还是没把柄粘住，就不住嘴地说："我涂上了很多胶怎么就粘不住呢？"几乎说了上百遍，他老婆烦了他的唠叨，对他说："如果靠唠叨就能粘住的话，那早就粘得像金刚石那样牢不可破了，我看你是涂胶太多了，你少涂点试试。"他想了想，确实是这个道理，便把大量的胶刮掉，只涂上适量的一层，这才粘牢了，他想，看来真是胶多了不粘。

戚君除了爱唠叨，还爱美食，不管哪里开了新饭店，只要他得到了消息，总会第一时间赶了去吃。他吃东西不限量，每次都吃到很撑。家中有了好食物，他也是猛吃，就这样胡吃海喝，他的胃隔三差五就疼，隔些天就得一次肠胃炎，有时挂着吊瓶输着液，肠胃炎还没治好，他便又忍不住大吃大喝了。他的身体变得越来越差。每次他去医院看病，都对医生不停地说恭维话，医生渐渐也听腻了，就对他说："有两件事你要是不做，会很舒服。一是你要控制自己暴饮暴食的恶习，这样你会很舒服；二是你不要再不停地恭维我，这样我会很舒服。你要知道，食物虽好吃，吃多了伤胃肠，好话虽好听，但就像那鹦鹉舌头画眉嘴，说多了惹人厌啊。"

做事要适度，大家才舒服。

一根与千万根

有一根稻草躺在墙边，它想到墙的另一边去旅游。可是它无论如何自己都翻不过这堵墙，于是就央求一个路过的人帮忙把它抛过墙去。路人扔了很多次也没把这根稻草扔过去，于是路人找来很多稻草和这根稻草捆在一起，很容易地就扔过去了。

在墙那边，这捆稻草看到有一根木头孤零零地立在那里，很伤感的样子，就问道："你孤孤单单地立在这里干什么？"木头说："我立志竖起一堵墙来，可大家说我只是一根木头，不是一堵墙。"稻草说："我们来帮助你。"于是稻草叫来了许多根木头，这些木头排成一队，一堵长长的墙便竖起来了。

告别了这根木头，这捆稻草又往前滚，想深度游览一下这个地方，它们遇到了一根竹子，竹子说："我想搭起一架通天云梯，可怎么都搭不成。"稻草说："你独自一根，身单力薄，怎么可能搭得起来？我们来帮你。"稻草找来很多根竹子一起搭建云梯。有的竹子自告奋勇，把自己劈成细条当绳子用。大家齐心协力，终于造好了云梯。

老来方觉少时非

某所师范学校因不可抗拒的原因停过课，导致有的课程在学生毕业之前没法学完，教学秩序恢复之后，有些错过的课程已没有时间在学生毕业前另行安排开课，学校让每个学生多拿十块银元，然后就可以在该校多学习半年，把耽误的课程补上。学生们不同意了，起来抗议，把校长赶下了台。事情过去几十年之后，有些当年的学生回忆起这件事，便认为自己年轻时做错了。他们讲："多拿上十块银元能够多学习半年，有什么不好？这是多么超值的事！这十块银元花在任何地方都没花在这里值，年轻时的学习时光多么宝贵啊，何必年轻气盛？"

过后方知前事错，老来方觉少时非。

人老与牛老

冬天里，大寒节气到来时，魏老汉十分发愁，大寒大寒，此时真正寒冷的冬天到了。老人年纪大了，极怕冷，寒冷的这段时间，日子难熬啊。

冬天过去，又到惊蛰节气了，一头老牛十分害怕。老牛知道，到了这个节气，天气暖和了，蛰居的动物们被惊动，开始出来活动了，而自己呢，也要被人使唤着春耕了，自己老了，已没有多少力气拉犁，又得不断挨主人的鞭打了。

人老怕大寒，牛老怕惊蛰。

老人如宝

　　孔君是位能干的青年，常年在外奔波忙碌，管理着一大摊生意。每当他在外遇到疑难问题时，不管离家多远，他总是回到家里，询问家里的老人，跟老人商量对策，寻找解决之道。

　　事实上，老人确实能很快地找到问题的症结所在，并谋划好如何解决。孔君认为，老人阅历多，经历的事情多，人生经验也多，就像一棵百年老树，树根盘根错节，一棵树能刨出一大垛树根。家里的老人，年轻时就是干事业的好手，即使年老了，也能把家里的一切打理得井井有条。而听老人讲话，听完一句还想听下一句，实在是很有听头。毕竟树老根多，人老智多呀。

　　家有一老，犹如一宝。

曹爷爷去世

　　曹爷爷今年八十多岁了，平日里身体还算健康。某一日，他被脚下的台阶一绊，重重地跌倒了，去医院检查后，也没摔坏骨头，可他从此却躺在床上再也没下来床，不久便去世了。老年人的生命就像瓦上霜、风前烛一样脆弱。人老怕摔跤，创造适合老人的居住环境非常重要，少台阶，多把手，地面不要太滑。无障碍设施不仅适合残疾人士，也适合老年人。

　　爱护老年人，从便利老年人的生活开始。

相马与相士

有人让阳君相一匹马，阳君说："相马以舆，你找一辆马车来吧。"那人便找来了一辆马车。阳君把马套在这辆马车上，让马拉车，很快便检验出了这匹马的好坏。有人又请阳君相士，看看某人怎么样，阳君说："相士以居，请你详细地跟我说说他居住在哪里，和什么人住在一起，他平时又是和什么人相处、交往？"阳君根据这些，分析判断出了此人的好坏。

相马以舆，相士以居。

贪心不足

某君骑着骡子外出做生意。他走在路上，心想，要是我有匹骏马骑着该多好，走得快，又威风，要是再跟上几个随从，多有排场！他做生意赚得了千钱，就想，我什么时候能赚得万钱呢？要是赚得了万钱，我就不干了，优哉游哉地游山玩水去。可等他赚得了万钱，他又想，我要是能当个官多好，当官才是真正威风，于是他花钱捐了个官当。在官场他八面玲珑，平步青云，最后做了宰相，做了宰相后，他确实相当得意。不过，他又禁不住想，在这个国家，我已经是数一数二的人物了，可是，上面还有皇帝管着我，我要是成为皇帝多好呀！

他的仆人提醒道："您说这话可要小心啊，要是传到皇帝耳朵里，那可不得了。再说，即使当了皇帝，还想长生不老呢，天天吃着术士千辛万苦炼出来的仙丹，尽想着成仙呢！"可这人就像着了魔，把仆人的提醒全当耳旁风，他不仅想当皇帝，还想长生不老，命人想方设法炼仙丹。他的言行最终传到了皇帝耳朵里，皇帝心想，他想当皇帝，这是要造反除掉我呀，简直狼子野心！他已经开始吃仙丹了，仙丹是他该吃的东西吗？这是骑到我头上超越我了！皇帝找了个借口把他杀了，他最终连脑袋都没保住，一无所有了。

兴家与败家

小人国里有一个小人，用针当扁担挑土造地，他勤劳不辍，日久天长，终于造出了一大块地。他辛勤耕种，地里所产的物品使他丰衣足食。

他在挑土造地时曾看到，当水把一叶扁舟往下冲时，一阵浪头便能把扁舟冲下去几十米，浪头把河岸的沙堆一下就冲垮了。他联想到兴家十分辛苦不易，而败家则很容易，就对家人说："兴家犹如针挑土，其过程艰辛而漫长，败家就像水推舟、浪打沙这么轻而易举，我们要克勤克俭，勤俭持家，方能家业兴旺，子孙繁衍，世代昌盛。"家人们也都亲历了兴家的不易，都很赞成他的想法。他们全家人既勤且俭，齐心协力，终于变得家大业大，人丁兴旺，世代兴盛了下去。

好雨落荒田

吴君有一块地，他草草地把庄稼种上就不管了，地里长满了杂草。

这一年风调雨顺，是难得的好年景。别人都在这好年头里好好侍弄庄稼，他却吊儿郎当。别人家都喜获丰收，家家麦满仓，谷满囤，他这块荒地却没产出几粒粮食，好雨落在他的荒田里，百无一用，净长草了，白白浪费了这块好田和这年的好雨，白白错过了好天时。

如果不做好准备，好运来了也不会垂青你。机遇是给有准备的人。

健妇持门户

有一位农民，娶了一位聪明伶俐、勤劳能干的媳妇，这媳妇种地、做饭、做衣都优于其他妇人，社交活动也极为出色。她不仅把家里的田地打理得非常好，还把家里的一片荒山整理好，种满了果树，常年瓜果飘香。她还把家族里的老老少少也团结得很好，跟乡邻的关系也都非常和睦，正是她的这些品性，把家庭搞得红红火火。

人们都夸奖说："健妇持门户，胜过一丈夫。"

捉兔与寻金

有一个地方，麦收时节，麦子熟了，田野里翻起金黄的麦浪，人们正兴高采烈地忙割麦，忽然从麦地里跑出来一只肥硕的野兔，于是，几个人一齐放下镰刀，飞奔着捉兔子去了。耽误了大半天工夫才捉住兔子。到了傍晚，天色突变，大风把没割完的麦子全部吹倒，倾盆大雨把麦穗打坏，麦粒落了满地，到手的粮食就这么损失大半。这几个捉兔之人懊悔不迭，可也没办法了。

春暖花开时节。这天雨过天晴，正是播种的好时机，人们正在一个山坡上忙着播种，忽听有人说，曾有人在这个山坡上遗落了一块不小的金子，迄今没有找到，谁找到算谁的。于是，正在忙碌的上百人都停止播种，开始寻金，连寻几天都一无所获。接下来阴雨绵绵，没法播种，错过了春时。虽然后来又补种上了庄稼，可收成并不好。

人生会面临很多选择，选择失误会得不偿失。

一粒米

有一位老师，在课堂上给同学们讲节约的重要性，他说："节约节约，积少成多，一滴两滴，汇成江河。"讲完后给同学们布置了一个作业：10亿人口，每人每天节约一粒米，假如一千粒米重一斤，每人每天吃一斤粮，节约的粮食够多少人吃一天？同学们很快得出了答案：够100万人吃一天。得出的答案令大家都很吃惊，仅是每人每天节约小小的一粒米，就有如此惊人的成就，如果每人每天节约十粒米、百粒米呢？

日常生活中，浪费粮食的现象十分普遍。有人剩了半碗米饭，随手倒掉，丝毫不觉得可惜；有人剩了半个馒头，随手扔进垃圾桶，也不觉得可惜；有人做了满满一桌菜，只吃了很少一部分，觉得剩菜不利于健康，也全部倒掉，还是不觉得可惜。心想，这些剩饭剩菜不值多少钱，没啥心疼的。的确，这是物质非常丰富的时代，对很多人而言，吃穿用度都不缺，都能轻松承担。但这对个人来讲不是浪费不起，而是还有很多人吃不上饭，浪费是在挤占别人的生存空间。再者，财富是人民群众创造的，浪费哪怕是一粒米，都是对劳动的不尊重，都是对人民血汗的挥霍。

节约粮食，人人有责。

富贵无根，贫穷无苗

那君家这个富户出了败家子，争产、分家、为祖传铜缸打官司，很快就变贫穷了，那君便相信"富贵无根"这句话很对。

旧时，简君家是穷苦之家，父辈兄弟姐妹六人都很能干，但都很贫穷。

有人造车，各种各样的车造出不少，都供给别人坐了，自己只能步行；有人当泥瓦匠，造出了广厦豪宅，自己却住低矮草房；有人当织工，织出绫罗绸缎无数，做成无数件衣裳，自己汗衫破了，补了又破，破了又补，穿了一年又一年，汗衫补得像夹袄；有人是铁匠，打造出千千万万件铁器，自己却穷得叮当响，只得用薄铁片当菜刀；有人编席子，却买不起一张席，只能睡在地板上；有人烧窑，烧得精美瓷器万万千，吃饭用的却是破碗。大家一年盼望一年好，可一直穷困潦倒。后来，到了他们这一辈，换了天地，来到了新社会。大家心情振奋，经过辛勤劳动，现在大家都很富裕了，因此他对"贫穷无苗"这一句话也深信不疑。

富贵无根，贫穷无苗。富裕之家也会败落，穷苦之家也能富裕。

穷人过活

春天里，鸿雁往北飞，在穷人路君的头上鸣叫了一声，他吃了一惊，心头发紧。又到了青黄不接的春荒之时了，家中的粟子已经很少，一大家人，却日无半升米。路君是勤快人，租了地主 10 亩地种，起五更睡半夜地干，累折了膀子，收成也不错，可收租时，地主用鼓风机吹粟子，不太饱满的全被吹在地上，也不许路君带走，地主拿回家喂鸡。而且地主造的斗比民间的大很多，交上租之后基本就没多少余粮了。到了青黄不接之时，把富人家扔掉的糠捡来吃，不间断地去挖些野菜充饥，即使吃糠咽菜也还是吃不饱。现在又到了春荒之时，更是难免挨饿了。

秋天里，鸿雁往南飞，又在路君的头顶上叫了一声，他又是心里一惊。快立冬了，天气越来越冷，家里却夜无半床被，盖的是草编的片子，全家人穿的衣服没有一件囫囵的，皆是破烂单衣，露腿露肚，衣不蔽体，食不果腹，严冬该怎么熬呢？要是冻饿病了，没钱寻医问药，只能硬挺着，希望能挺过寒冬。

穷人过活，肚里无粮盼收获，身上无衣望天热。

唤　醒

　　天光大亮，小明出去玩。他看到太阳出来之后沉睡的大地被唤醒了，一切都像镀上了一层金光，明亮耀眼，阳光照耀下的万物是那么活力满满，生机勃勃。他想，这么美好的时光，我光是这样闲逛可不行，日出唤醒了大地，我的头脑还没被智慧之光唤醒呢！于是他赶紧跑回家，趁着大好时光开始读书学习，读书学习使小明开阔了视野，增长了很多见识，学到了很多知识，他感到思维敏捷了，头脑也越来越清醒了。

　　日出唤醒大地，读书唤醒头脑。

做学问

　　小明学习累了，来到室外逛逛，看看花园里的花草树木，晒晒太阳，呼吸呼吸新鲜空气。他看到，小蜜蜂采蜜正忙。他想，蜜蜂采得百花酿得蜜，我学到百书上的知识不就可以做学问吗？古人说，"凡操千曲而后晓声，观千剑而后识器"，我想做学问，最好有"读万卷书"的书本知识和"行万里路"的生活实践，掌握丰富知识后的实践更有的放矢，更能检验所掌握的知识的真伪，也更能把所学到的知识融会贯通，更灵活地加以运用，并在实践过程中获得新的知识和经验，在此基础上进行有益的探索和创造。

　　就这样，小明后来成为一个大学问家，做出了大学问。

人而无仪

若干个人在一起闲谈，谈到原子弹，两个人起了争执，张三说："原子弹大，威力也大，弹皮杀伤力可不轻。"李四说："原子弹是核武器的一种，利用铀等原子核分裂所产生的核能进行杀伤和破坏。爆炸时产生冲击波、光辐射、贯穿性辐射和放射性污染，主要是利用冲击波、光辐射等造成杀伤和破坏作用，是杀伤力大的武器。"

李四所讲的知识张三都不懂，他虽然对李四的话无法反驳，却对人身攻击很在行，就对李四说："你成天戴着副眼镜，像'四眼土狗'，谁知你说的对不对呢？或许你就是为了显摆而信口开河，其实你仅是'四眼土狗'的见识罢了！"

李四说："在你眼里当然你自己最厉害，不然就不会成天说这个那个不如你，对这事那事不服气。我懂得少，是乱说，你懂得多，说得对！"

王五觉得张三平时既浅薄又狂妄，自己胸无点墨，却经常讥讽打击别人，今天又看他如此对待李四，就说："那些学通古今，融贯中西的有学问之人，哪个不是虚怀若谷？浅薄之人容易骄傲，无知之人容易狂妄。"

张三听着很不顺耳，吵闹了一阵，谁都不理他，他只好没趣地离开了。

灵魂在哪里

有一位医生，他每天都很忙碌，早上6点钟起床去医院上班，晚上七八点到家，到家吃饭洗澡之后，又开始复盘当天看过的病例，总结一下自己所用的治疗方法是否已是最优，如果觉得还能做到更好，就尽力去做完美。

除此之外，国内外的医学书籍和文献资料都要涉猎，世界上顶级的治疗方法和科研成果都要熟知。他常说，对自己严格，就是对病人负责。无疑，这位医生的灵魂是高贵的，他的灵魂表现在他的事业上，体现在他认真负责的日常工作中。

有一位母亲，她的孩子不能走路，生活很难自理。从孩子出生时起，她就对孩子精心照顾，孩子虽然没法走路，但在她无微不至的照顾下，孩子乐观阳光，爱学习爱助人。等孩子到了上学年龄，她每天接送孩子上下学。很多时候需要她背着孩子，可她毫无怨言，从不对孩子假以辞色，最终孩子考上了名牌大学，立志成为一名为祖国为人民作出杰出贡献的科学家。这位母亲的灵魂是高贵的，她的灵魂存在于她对孩子的爱和陪伴中，存在于她对孩子的培养和教育中，体现在她为祖国和人民培养了优秀人才的行为中。

每个人都是有灵魂的，灵魂就体现在所做的一件件事情中，存在于所担当的每个角色中，所做的是有益于祖国和人民的事情，灵魂就是高贵的，所做的是有害于祖国和人民的事情，灵魂就是丑陋的。

成功者与失败者

在花果山上，孙悟空挑选了一些优秀的金猴，去莲花山的悬崖峭壁上开凿水渠，以便引来大沙河里的水灌溉土地。这些金猴说："引水浇地，使土地旱涝保收，稳定高产，是件大好事，艰难的任务我们也要圆满完成！"它们高兴地去挖渠了。

孙悟空又安排了一批金猴到莲花山上深翻地，要求翻一市尺深。有一只金猴心想：我分到一小块地，按理说任务并不艰巨，可我也不想干。深翻地，难道翻出生土来就好吗？我可以糊弄一下。它苦思冥想，动了一番脑筋，决定隔一段翻一段，把翻出来的生土盖在未翻之处的熟土上，看起来整块地都焕然一新，像整块地全翻过了。

成功者以简单的情绪，挑战艰难的任务；失败者以复杂的情绪，面对简单的任务。

顺水船与顺境人

老艄公的船又在顺水行驶。顺水行船时他没有粗心大意，总是谨慎小心地驾驶，使船速不太快，并时刻试探水中的情况，谨防暗礁，因此，几十年来他的船从未触礁，也未发生其他危险事故。有人说他，驾船技术如此好，太过谨慎走得慢，完全没必要，老艄公说："小心驶得万年船呀。"

翁君刻苦学习骑马，经过长时间严格的训练之后，骑术炉火纯青了，而且在马术大赛中获得了金奖。他觉得现在是他最会骑马的时候，觉得倚仗骑术高超可以松懈一下。刚一松懈，马恰巧一跃而起，把他重重地摔在了地上，差点葬送了他的职业生涯。他吸取了教训，以后即使是在自己骑马状态最好的时候，也保持谦虚谨慎，不骄不躁，不掉以轻心，再也没从马上摔下来过。

顺水船，防暗礁；顺境人，防跌倒。

一懒生百邪

有一只懒鸡婆带着它的一群小鸡仔捉虫吃，它未等捉到一只虫就趴下休息，那群小鸡仔也马上跟着它学，都趴下休息。过了好长时间，它又起来胡乱地刨了几爪子，便又趴下休息，小鸡仔仍是学着它的样子，胡乱刨几下子就趴下。长此以往，小鸡仔都没学会刨食本领，自然就没有一只勤快的。这群鸡常常饿肚子，很是瘦弱，什么邪病都能染上，渐渐地一只接着一只地全病死了。懒鸡婆带鸡仔，可怜这些枉死的小鸡仔了。

鸡如此，人也一样。有一个懒汉，不肯干活，家有菜园产不出菜，家有良田产不出粮，他便偷偷地到别人家的菜园里拔菜，到别人家的地里刨花生、掰玉米、摘豆荚……大家都睁一只眼闭一只眼，不理会他这些小偷小摸的行为。除了偷，他还抢，看到谁手里拿着好吃的，打着哈哈抢过来就吃，即便如此，他仍是过着饥一顿饱一顿的日子。他家中漏雨，他宁愿下雨时在家顶着破席也不打算修葺房屋，还大骂老天下雨。他还去外地偷盗，在人生地不熟的地方，人们对他不像乡里乡亲对他那么宽容，他被人逮住打得不轻，从此身体更羸弱了，就这样得过且过地过了些年，他便生病去世了。

一懒生百邪。

各有用场

彦君的房屋建得非常坚固结实，房顶上用了一根又长又粗的大铁梁。这根铁梁仗着自己身高体壮，觉得自己是梁界之王，平时非常骄傲，简直不可一世。它常嘲笑其他同事，笑完砖头笑檩子，笑完瓦片笑墙石。

这天，铁梁居高临下看到了绣花篮里的绣花针，便对绣花针说："你这么小，十万个你能顶上一个我吗？看到你都费劲，你能干啥呢？就忙着把布料一戳一个窟窿搞破坏啊，你可真是小不点，坏心眼！"

绣花针也是个高傲的主儿，它觉得自己头那么尖，飞针走线的本领无人能及，既能为人们缝制衣服，还能绣出各种鲜艳的花朵和美丽的图案，非常了不起，忽然听到大铁梁如此笑话自己，不禁怒火中烧，回击道："是你的眼神不好，才只看到我把布戳个窟窿，就看不见我绣出的图案吗？有本事你绣花我看看呀！看来传言不假，可真是大铁梁，坏心肠！"

彦君说："你们谁都别笑话谁了，无论大小，各有用场，做得梁的做梁，做得针的做针，量其才，作其用，谁都替代不了谁。"

大铁梁和绣花针听了很感惭愧，都默不作声了。

好酒与好茶

江君和童君是多年未见的同事，他俩时隔十几年偶然在大街上碰到了。两人的关系既不陌生也不热络，他们曾在同一家公司一起待过三个月，后来童君另谋高就，离开了。

江君对童君说："真没想到啊，时隔多年在另一座城市碰上了。走，去酒楼喝酒去。"童君很感为难，就说："我是滴酒不沾啊，我完全喝不了酒啊。"江君听了心里有些不愉快，心想，不喝酒？这是在搪塞吧？不想聚就罢了，何必找借口。

童君说："咱去茶楼喝茶去吧，我知道一个不错的茶楼，环境清雅，再说，喝茶总比喝酒健康啊。"江君更加不快，心想，这是给我装高雅呢，我喝茶可是睡不着觉啊，这真是哪壶不开提哪壶。想罢，江君就说："好酒的不进茶楼，好茶的不进酒楼，就这么着吧。我还有事，得先走了，对不住了啊。"说罢就大步流星、头也不回地走了。

看到江君走了，童君心里一阵轻松，心想，江君倒是个爽快人，这样挺好，交情没到，不必强装故友，道不同不相为谋，爱好不同难强求，舒服的关系就是不让对方为难嘛。

霍　君

霍君这位青年原本不事稼穑，他年龄很小时就跟随父母离开了村庄，在外地开了家小餐馆。不料他的父母意外出了车祸受了重伤，虽说捡了条命回来，可都干不了活了，也开不了餐馆了。他万般无奈，只得关掉餐馆，带着父母回村生活，一边种田一边照顾父母。

刚回村时他不会种田，就虚心地向老农学习，学会了种植各种农作物。刚过完春节，他就往田里运肥为春耕做准备，田地解冻之后他就开始春耕，谷雨一到他就适时播种……编筐编篓、搓绳、打造农具等活计他也都做得很好，他的身体也练得很灵活，能攀爬陡峭的悬崖，从悬崖上采到奇花异草，又能捉到各种昆虫，捞鱼摸虾捉螃蟹也很在行，由于他的勤劳聪慧，他和父母在村庄里都生活得很好，很富足，很舒心。

大家都夸他是个下农业的好把式，都很佩服他的坚强乐观，好学能干。

身处逆境时，要选择一条正确可行的路，坚强乐观地走下去，生活终会出现曙光和转机。

一对夫妇

万姓女子和柯姓男子是一对夫妇，这对夫妇都勤劳能干。

即使在严寒的冬天里，万姓女子也不辍劳作，纺线、织布、做衣、做棉被……因为双手不停地活动，尽管天气寒冷，她的双手也没冻着，总是热热乎乎、红红润润的。一个冬季她织了很多物品，除了能满足全家人的穿戴和生活用度，还能卖掉多余的赚不少钱。人们称赞她是比蜜蜂还勤劳的巧手织女。

柯姓男子则是十分能干的庄稼汉，在一个大涝之年，老天不住地下雨，大家都觉得这是个绝产之年，靠天吃饭的思想让大家觉得不可能战胜老天爷，都不怎么到田里去了。可他不信邪，他相信"靠天吃饭鱼上滩，靠手吃饭鸟投林"这句话，他想，作为农民，不就是依赖土地和辛勤劳作创造财富，从而过上丰衣足食的幸福生活吗？有什么理由懈怠耕种、荒废土地呢！财富的母亲是土地，财富的父亲是劳动啊！只要雨一停，他就去为庄稼排水、除草。如果晚上下了雨，天刚蒙蒙亮他就去地里除草，由于他起早贪黑地劳动，尽管大涝之年别家的地都荒了，他的地不但没荒，庄稼还长得很苗壮，收获的粮食一点都不比往年少。天气大旱时，他挖渠引水，勤劳灌溉，也能夺得丰产。对他来讲，无论大涝之年还是大旱之年，都是丰产之年，对他这种辛勤苦耕之人来讲，不存在灾年。

天冷不冻织女手，荒年不饿勤耕人。

野牛战老虎

有几头野牛正在山上悠闲地游逛着吃草，忽然来了一只猛虎，其他野牛撒蹄狂奔逃生去了，而有一头野牛在悬崖边被老虎截住了去路。老虎张开大口就咬，野牛赶紧用牛角猛抵。野牛想，老虎有血盆大口，凶猛可怕，可我颈粗力气大，只要老虎没咬中我的要害，我就能跟他搏斗一番，谁胜谁负还不一定呢。野牛坚定信心，镇定精神，决定和老虎战斗到底。双方大战了无数回合，都遍体鳞伤，躺在地上爬不起来，谁都没打败对手，老牛无力抵死老虎，老虎也无力咬死野牛了。

最后，老虎勉强硬撑着站起来，野牛也拼死挣扎着爬起来，瞪大眼睛梗着脖子，做好了跟老虎拼死一搏的准备，老虎看了看没希望战胜拼死搏斗的野牛了，掉头慢慢地离开了。

当身陷绝境之时，心怀希望放手一搏，就有可能力挽狂澜。

小虫的愿望

这天，刚下过一场春雨，太阳缓缓地钻出云层，洒下柔柔的光芒，照耀着被雨水洗礼过的原野，原野上绿草茵茵，露珠晶莹，一派清新气象。一群小虫子在草地上玩捉迷藏，玩了半晌玩累了，便凑在一起议论在世上做哪种动物更好。一只小虫子说："我愿做只小蜜蜂。"另一只小虫子说："我愿做只知了。"这两只小虫子如愿以偿，分别做了蜜蜂和知了。

那只做了小蜜蜂的小虫子忙了一个月，由于采花酿蜜过于勤劳累死了，但它死时心满意足，因为它为人们贡献了不少甜甜的蜂蜜；而那只做了知了的小虫子，虽然比小蜜蜂多活了一个月，但它却因为悠闲了两个月没有为人们作出贡献而悔恨、内疚，郁郁而终。

宁做辛勤的蜜蜂，不做悠闲的知了。

恶人天收

廖君性情暴躁，好勇斗狠，大家都怕他。一次，廖君和耿君为了一点鸡毛蒜皮的小事在河边吵架，廖君看到四下无人，起了坏心，他知道耿君不会游泳，想趁耿君不备把他推下水淹死。实施这个计划时，他没想到自己也不会游泳，而且万万没想到自己也被耿君拖下了水。两个人在水里互相撕扯着快要沉下去了，在这千钧一发之时，一位放牛的青年路过此处，赶紧解下牛缰绳扔到水里，他俩挣扎着抓住缰绳被拉上了岸。

上岸之后，廖君不但不忏悔自己的行为，还恶狠狠地自言自语道："若要人下水，自己先脱衣。怪我疏忽了，这次没淹死他是他命大，下次，他就必死无疑了。"耿君被河水呛得不轻，正剧烈咳嗽，没听见廖君的话，放牛的青年听到了，心里大概明白了两人落水的原因，他悄悄拉了一把耿君，使了个眼色低声说："我的牛正急着回家，你赶紧骑到牛背上跟我走。"耿君会意，赶紧骑上牛背，青年牵着牛离开了。

廖君看到他俩走了，骂骂咧咧地脱下衣服拧水，没想到脚下一滑又掉进了河里，转眼就被河水冲得无影无踪了。此时耿君和青年刚走出没多远，听到轰隆隆的水声，回头时恰巧看到了这一幕，不禁惊得目瞪口呆。

放牛的青年说："我只是想到，河的上游刚下过雨，雨势很大，没想到河里涨水这么多。我当时听到了那人的恶言恶语，心里很惊惧，觉得如果你不赶快离开这里，他还会害你，就赶紧让你爬上牛背离开。没承想他又失足落水被水卷走了。"

斗 富

翟君和党君都居住在大王庄，都是大王庄的富户。有一天，翟君得知党君购置了良田一千亩，成为大王庄首富，心中很不是滋味，于是四处对人讲："一千亩良田算什么，我家中的金砖、银锭不计其数，多到我都记不清了，如果归拢一下，甭说买一千亩良田，买两千亩良田也绰绰有余，只是我现在没打算购买而已。现在兵荒马乱，如果需要逃难，土地能搬走吗？金砖、银锭我可是能运走的。"

此消息传到了土匪的耳朵里，在一个夜晚，土匪把他家的金银财宝全给抢去了，他由富足变得贫困了。人们议论道："明知世道不太平，竟然还敢如此招摇，斗富没斗败别人，却斗败了自己。"

这下没人再说他富了，而是说他愚。

爬　高

龚姓少年在一棵高树下玩耍，劳君对他说："这棵树又高又粗，很难爬，我料你爬不上去。"少年本来就顽皮，上墙爬屋的事情没少干，经劳君这么一激，就开始"蹭蹭蹭"地往上爬，边爬边说："谁说我爬不上去？太小看人了，你看着！"这棵树果真不好爬，粗壮的树干根本环抱不过来，也就使不上多少劲，爬到一半时，少年脚下一软没挺住，掉下来摔伤了。

少年的父亲闻讯赶来，问少年道："你为啥爬这棵树？不是告诉你不要爬树吗？"少年指指劳君说："他说我爬不上这棵树，我不服气才爬的。"

少年的父亲对劳君说："你不知'激石成火，激人成祸'的道理吗？两块石头相撞都能撞出火星，你刺激小孩能不酿成灾祸吗？幸亏跌得不重，跌重了你能负得起责任吗？"

劳君觉得很羞愧，确实不该激将小孩做危险的事情。

观孔雀

瞿君喜欢孔雀，就常去看孔雀。他看到雌孔雀无尾屏，背部羽毛浓褐色，并泛着绿光。雄孔雀羽毛翠绿，下背部闪耀着紫铜色光泽，尾上覆羽特别发达，平时收拢在身后，一到两米长，展开时呈大半圆，这就是孔雀开屏，尾屏犹如华丽璀璨的云锦，上面镶满了有着精致花边的"小镜子"，极其美丽。无论雌孔雀还是雄孔雀，都极其爱护自己的尾羽，总是用嘴巴把尾巴上的羽毛梳理得整整齐齐，干干净净。尤其是雄孔雀，它是轻易不开屏的，是怕弄脏了自己的尾屏吧？

翟君想，孔雀都如此爱惜自己的羽毛，我更应该爱护自己的名誉，绝不能做任何一件哪怕是微小的有损自己名誉的事。

生而为人，就得有人该有的优良品性与高尚道德。

扈君造鼓

扈君在造大鼓。他先用木材造好了鼓的身体，然后在底面和顶面各蒙上了一张皮，造好后打了打试了试，鼓点铿锵，"咚咚"之声雷鸣一般，像雷霆大将军发威，气势磅礴。

他一边打着鼓一边想，鼓打两张皮，这两张皮对鼓而言，有着举足轻重的作用，看人看什么呢？得看一颗心，人的心地好坏，善不善良，对一个人来讲，其重要性也是无出其右。好心人做好事，坏心人做坏事，从一个人的言行举止就能判断出一个人的好坏。既然好事与坏事都得费力气来做，为啥不选择做好事呢？

沟通的法宝

小狗赛虎和小猫花花是好朋友，这天它们一起出门玩耍，路上见到了一只小狗，赛虎便"汪汪""汪汪"地叫了十几声，意思是邀请它来一起玩，那只小狗以为赛虎要咬它，吓得赶紧跑了。它们又走了一会儿，碰到了一只小猫，花花只叫了一声"喵"，那只小猫就欢快地摇着尾巴跑过来，加入它们一起逛着玩了。

沟通不在于说的话有多少，而在于对方理解了多少。沟通的法宝是心领神会，心有灵犀。

抬人与贬人

浦君这个人，平易近人。当某些人犯了错误时，他会当面委婉地提醒，或温和地指出他们的问题或错误，并帮助他们改正，从不在背后议论人的缺点或错误。夸人时则常常在背后夸，在背后说别人好话。

夏君，喜欢不断地贬低别人，有时为了抬高自己不惜污蔑、诽谤别人，想方设法地给自己脸上贴金，人们便议论说："从没从他嘴里听到过谁是好人，却总是听他夸自己善良有本事，是净做好事的好人，难道在他心里，这个世上除了他自己之外就没有一个好人吗？或许正是因为他经常做坏事，又经常污蔑、诽谤、贬低别人，自己太坏，没有人夸，才这么拼命地抬高自己，自卖自夸。"

老葫芦爬秧子

南山上长着两棵葫芦，在一个月明星稀的夜晚，微风习习，两棵葫芦在闲谈。它们海阔天空无所不谈，贪恋着星光和微风，后半夜了也不舍得去睡。

一棵葫芦说："你看咱俩，漫无边际地闲谈，越扯越远了，咱谈点实际的吧。咱俩的秧子一天天延伸，已经长得很长了，待咱老了时，秧子会长到三丈长也不止，咱俩光长秧子可不行，得有葫芦这果呀，光长秧子不结果，到时主人会把咱俩当废草连根拔掉的。咱们不如憋足劲，各自结十个葫芦奉献给主人怎样？"另一棵完全赞成道："很好，正是主人对咱不薄，才把咱种到肥壤沃土上，常给咱浇水施肥灭虫，咱才长得这么好，咱俩来个竞赛，一定结十个以上大葫芦。时间不早了，咱赶紧休息吧，养精蓄锐多结果。"

没多久，这两棵葫芦果然各自结了十几个大葫芦，主人乐得合不拢嘴，见人便夸他种了两棵好葫芦。

赖泥下窑

村里有一座村民集体股份的陶器厂，陶器厂的领导分配给各家各户任务，要定时把制作好的陶器坯子交到厂里一起烧制。各家各户都选择上好的黏土认真制作，烧制的陶器质量很好。但刁小三马虎了事，平日里东游西逛，直到交货日期马上到了，才用些赖泥随便做了几件陶坯，没等阴干透就交上去了。好陶器都是由好黏土做坯烧成的，赖泥烧不成有用的东西，刁小三制作的陶器坯子都烧碎了。

村民们说："像他这种没有责任心、吊儿郎当的人办不成事。"

木槌敲钢板

一个小炉匠，想用一块钢板做件容器，可是想事情太入神，本来想拿榔头敲钢板，却无意中拿起了木槌，在那里用木槌敲钢板，敲得"咚咚"响，他竟然没发现木槌敲钢板时"咚咚"的声音跟榔头敲钢板时"叮叮当当"的声音很不同，尽管他很用力气，可是钢板始终没变样。他自言自语道："我打铁的技术也过硬呀，这次怎么忽然就不行了呢？使的劲都去哪了？"正纳闷间，有人过来提醒他："看你心不在焉的样子，究竟是什么勾走了你的魂儿？不是你技术不好，是你用的家伙事儿不行，你拿错家伙了!"这时他才恍然大悟,原来自己拿错了家伙,白忙了一场。

木槌敲钢板,白费力气。做事用错了方法,往往也是白费力气。

老鼠的抱怨

有一只老鼠对自己的长相非常不满,觉得很多地方都需要改变,尤其尾巴和鼻子。

它嫌自己的尾巴太细,与整个身体比起来显得十分难看,就想把伙食搞得好一些,吃得多一些,让尾巴长得粗壮些。它每天都认真研究食谱,精心准备食材,精心烹饪,可吃得再多再好,它的尾巴还是原样,并没粗壮起来。它想,这招不行,那就另想他法,于是它买来张狐狸皮,一层层地缠到尾巴上,绑得结结实实。果然尾巴看起来非常粗壮有力,这下它可高兴坏了,赶紧跑出家门去炫耀一番。刚一出门,它就被一只猫盯上了,它吓得撒腿逃窜,可尾巴又大又重,它没法跑快,差点被捉住丢了性命。

它嫌自己眼睛小小的,鼻子却太高,鼻尖常常挡住视线,它明明不想看到鼻尖,却无可避免,这严重影响它的心情,而且它觉得高鼻子严重影响它的美貌,它想要小小的鼻子来配它那双像鹿藿豆一般的小眼睛。于是,它找到猴医生,请求猴医生帮它割掉鼻子。猴医生端详了一会儿说:"如果把你的鼻子割掉,恐怕就认不出你是啥了,你既不像鼠又不像兔子,你愿意做四不像的动物吗?那你就得天天被围观,可就没有一点隐私了,而且引来的围观者越多你会越危险,因为来围观的很多动物都能吃你,到时恐怕小命就难保了。为了美搭上条命,不值!还是安心地做老鼠吧!"

从此老鼠不再抱怨,觉得自己的尾巴虽然细,但很轻快,鼻子虽然大,但嗅觉灵敏,看惯了高鼻子,反而觉得塌鼻子丑呢!

老母鸡捉兔子

有一只老母鸡，特别想成为老鹰，只要有机会，它就仔细地观察老鹰，它觉得老鹰最大的特点是能在天空翱翔，于是它就刻苦地练，可无论怎么练都只能在院子里扑棱几下子，根本飞不上天。它又仔细观察，发现老鹰长着锋利的钩子嘴，可它又实在长不出这样的嘴。

有一天它走出家门来到一个山坡上捉虫吃，看到老鹰一个俯冲捉到了一只野兔，它大喜过望，心想：捉兔子，我准行！于是它在山坡上等着捉野兔，可野兔实在跑得太快了，往往没等它反应过来就一溜烟跑得无影无踪了。它好不沮丧，垂头丧气地回了家。

回到家后，它看到主人养的家兔，灵光一闪：不就是捉兔子嘛，管他家兔野兔，只要能捉到兔子，那我就是老鹰！于是它便在院子里"扑棱扑棱"地飞着追兔子，边追边喊："我是老鹰，我能捉到兔子！"

有的鸡说："人家老鹰性猛，能捕食兔子，你没这样的本领就别扑棱了！"又有一只鸡说："你天天练飞，能飞上天了吗？没有老鹰的本事，却装本事，你就是只鸡，醒醒吧！"还有一只鸡说："你是犯了魔怔病的骗子鸡，我们都不跟你玩了！"说罢，其他鸡都走了，只剩下它站在地上呆若木鸡。

老虎吃天

有一只老虎，想做件其他动物做不到的事情，它思来想去，决定吃天。它兴奋地想：如果我能把天吃掉，那就威震天下，天下无敌了。世界上的所有动物，甭管天上飞的、水里游的、地上跑的，都得对我顶礼膜拜。

它谋划来谋划去，决定从东边开始吃，朝阳跃出地平线那一刻，它张开血盆大口朝着天际线咬，咬了好大会儿，直到咬累了，也没发现天空被咬坏，反而是自己的脖颈累得又酸又僵，牙齿也因持续碰撞而生疼。它又从西边吃、从南边吃、从北边吃、从中间吃……仍没伤到天空一丝一毫，天空还是完好无损，老虎泄气了，只好作罢。

它想，看来，把天吃掉根本就不现实，目标太大，是永远都无法完成的假大空的目标，我还是安安稳稳地当好兽中之王吧，占山为王的虎大王也足够威风了。

小花猫拔虎须

有一只小花猫，在野外游玩，它四处游逛，逛着逛着就走出了好远。这时，它看到一只老虎，它觉得这只老虎很眼熟很亲切，以为是自家亲戚，因为老虎长得跟自己的妈妈很像。这只小猫顽皮好动，平时也总是喜欢到处爬上爬下地玩耍，而且常常爬到妈妈的背上，它以为长得像妈妈的老虎一定跟妈妈一样，很温柔，很善良，便爬到老虎的身上玩，在虎背上跳舞，开始时老虎感到背上被按摩得很舒服，又解痒，没有发怒，小猫跳够了舞后顽皮地去拔老虎的胡子，这下老虎生气了，便把小猫一口咬死吃掉了。

小花猫的妈妈发现小花猫不见了，便四处寻找，找了很多地方都没找到，最后找到了老虎这里，猫妈妈看到了正趴在地上休息的老虎，猫妈妈知道老虎非常厉害，常吃其他动物，就远远地赔着笑脸问道："老虎大王，你可真会选地方，这里的风景真美呀！我的孩子找不到了，你看见过在这里玩耍的小花猫吗？"老虎心想，又要吃到鲜美的猫肉了，但它离我这么远，我得引诱它靠近我，于是就和颜悦色地说："看到了，到我身后的树林里玩去了，你从我面前这条路走进树林就能找到它了。这只小花猫很调皮，刚才还拔我胡子玩呢!"猫妈妈听后,知道小花猫已经被老虎吃掉了,有哪只动物到了老虎嘴边不被吃掉?拔老虎的胡子,自寻死路啊。

猫妈妈虽然很伤心,可是没有办法,还是赶紧逃命吧,于是猫妈妈飞快地逃走了。

黑老鸹笑猪黑

有一只黑老鸹,全身的羽毛都是骏黑的,这天,它落到了一头黑毛猪的猪背上,差点笑歪了嘴。它笑话这头猪道:"你真是黑得给自己长脸,胜过乌云,胜过木炭,胜过碳素墨水!你浑身上下,有一点白吗?黑夜里你岂不就像消失了一般?这倒好,你爹妈都找不到你,一家人认不出一家人了!哈哈哈!"

猪想反驳,可笨嘴拙舌,吭哧了半天也只是憋出来一句:"你也黑!"

喜鹊见事不公,就奚落黑老鸹道:"你只看见别人黑,看不见自己黑,你以为自己是白的吗?你都黑得放光了,黑油漆都没你黑!我原以为这头猪黑,这么一比,还是你更黑!"

猪听了喜鹊的话后来了灵感,驮着老鸹来到一个水明如镜的小湖边,对老鸹说:"你照照,咱比一比,看看谁黑!"

老鸹看清了自己,确实是一只全身黑透了的黑老鸹。从此,它再也不笑话其他动物黑了。

老鸹尾巴上绑孔雀毛

有一只黑老鸹,觉得自己浑身上下全是黑色羽毛实在太单调,太没看头，总想长些其他颜色的羽毛，可想尽了办法费尽了力气，还是连一根其他颜色的羽毛也没长出来，于是它找来些孔雀羽毛绑在了自己尾巴上。尽管这些长长的孔雀羽毛让它几乎无法行走，无法觅食，也很难躲避危险，但它为了美，还是硬撑着，天天费力地拖着孔雀羽毛四处炫耀。它每天都艰难地挪到显眼的地方、鸟多的地方，期待其他动物，尤其是其他鸟的赞美。有的鸟说它美，它高兴异常，答道："你眼力真好，我就是美！"有的鸟说它不伦不类实在丑，它就回道："你失明了没眼光！"有的鸟说它装模作样，净出洋相，它怼道："你智商不够，连装都不会装！"

就这么硬撑着坚持了段时间，它已经饿得皮包骨了，只好解下了孔雀毛，当它又能在地上蹦蹦跳跳地捉虫时，当它自由自在地在蓝天飞翔时，当它没有了绚丽沉重的假尾巴而变得更安全时，它很庆幸自己是只黑老鸹。

小猴垫床腿

有一只调皮的小猴子，它看到人睡觉时是睡在床上的，心想，人在床上睡得那么香，看来床真是个好东西，那我也搭张床睡在上面，肯定比躺在地上睡或趴在树枝上睡要舒服得多。于是，它捡了些木棍搭床架，又薅了些茎秆柔软的草当草绳，搭起了一张床，搭完床后它觉得床有点矮，想找个东西垫一下床腿，正好碰见一只癞蛤蟆蹦着在草地上捉虫，就跑过去把癞蛤蟆捉了来垫床腿。

癞蛤蟆捉了不少虫正吃得高兴，没想到会被小猴捉来，赶紧向小猴求情道："亲爱的猴哥，我浑身软囊囊的，不是垫床腿的料，即使用我垫了，床腿也不稳当。再者，即使我时时鼓着肚皮鼓足劲，也只是让床略高了一点，高度也很有限，你不如去找些硬东西垫呢。"

小猴觉得癞蛤蟆说得很对，心想：我还是去捉小乌龟来垫床腿吧，它的壳硬，能垫得高些。于是它就对癞蛤蟆说："中用不中用的你先在这里顶着，有你还是聊胜于无，等我找到更好的东西就放你走。"小猴说完就出去捉小乌龟去了。

癞蛤蟆趁着小猴离开的空当，使劲一鼓气，再一松气，趁着一紧一松的劲儿，从床腿下逃脱出来，赶紧逃跑了。

小猴捉来了小乌龟，把小乌龟垫在床腿下，小乌龟骨碌着眼睛求情道："聪明英俊的猴哥，也只有你这么聪明的美男子，才能搭出这么结实好看的床，怎么会用我这么丑的东西垫床腿呢，不如用带花纹的鹅卵石垫，才配得上你这张漂亮的床！正好，我知道哪里有美丽的鹅卵石，不如我带你去找吧！"小猴瞅着小乌龟，小乌龟正挤眉弄眼、龇牙咧嘴地做出最丑的表情，小猴想：确实，这么丑的小乌龟怎么能配得上我这张床呢！于是就让小乌龟带路，去河边找鹅卵石了。顺着小乌龟的指引，小猴果然在河边找到了美丽的鹅卵石。它就把小乌龟放了。

小老鼠跳崖

一只小老鼠心中有个梦想，那就是成为会飞的英雄或侠客。它每天祈祷自己会飞，可这个梦想至今没实现。

一天晚上，它做了一个梦，梦见自己长出了翅膀，能在天上飞了，是一个武功盖世的大侠！它高兴坏了，正想给这个会飞的自己起个响亮的名字，雄鸡报晓把它吵醒了。天亮后它把这个梦告诉了妈妈，它妈妈不以为意地说："你梦到自己长着翅膀，这哪里是什么大侠，明明是梦到了蝙蝠嘛！"小老鼠偷偷地观察蝙蝠，可不是嘛，跟自己梦中武功盖世的大侠几乎一样啊，于是它便叫自己蝙蝠侠。叫了自己蝙蝠侠几天后，它忽然觉得自己好像有了特异功能，总有想飞的冲动，它变换花样试了很多次，都没飞起来。但它坚信自己拥有了飞行的超能力，于是就跑到崖边要试试，它觉得往下跳时说不定顺势就飞起来了呢！金翅鸟看到了，阻拦道："你是没有翅膀的老鼠，跳下去会摔坏的！"小老鼠说："小东西，告诉你吧，从此刻开始，我就会飞了，我是会飞的蝙蝠侠！"说完，就猛地跳了下去，结果把自己摔晕了。

应该有梦想，但如果是不切实际的梦想，越执着危害越大。

老虎吃爆豆

有一只狐狸，总是想方设法去讨好老虎，想跟老虎搞好关系，狐假虎威的事情能多做些，靠山是百兽之王，威力势不可挡，在动物圈里显显威，扬扬名，谋个好差事。

这天，狐狸弄到了一些爆豆，赶紧给老虎送了来。老虎开心地吃着爆豆，只听得"嘎嘣、嘎嘣"响，声音脆生生的，极其好听。老虎边吃边对狐狸说："这爆豆嘎嘣脆，我吃了之后感觉口齿更伶俐了，说话也嘎嘣脆了，非常好听，以后你要多送些来，送少了可没你好果子吃！"狐狸送来爆豆本想讨个赏，听了老虎的话，把讨赏的想法吓没了，唯唯诺诺地说："是，是，大王，明天我给你送一大口袋爆豆！"老虎满意地说："好，一大口袋爆豆够我吃几天了！明天这个时候你就送到我的大殿上，退下吧！"狐狸离开后，既害怕又懊悔，心想：刚才被老虎吓得不轻，胡言乱语些什么！夸口也不看对象，对老虎夸口，能有好吗？"一大口袋爆豆"，我去哪里弄啊？狐狸急得团团转，挖空心思，就是没想出办法，自言自语道："从此之后，老虎那里我是去不得了，再也不会有狐假虎威这种事了，想以老虎为靠山在动物圈扬名立万，无异于痴人说梦啊，我赶紧逃吧，逃晚了小命不保！"于是，狐狸连夜逃走了。

靠山不是任何人，可靠的靠山永远只有自己。

老虎挂佛珠

有一头老虎，在脖子上挂上一串佛珠，开了一场新闻发布会，大造舆论说自己吃斋念佛了，要当头大善虎，从今之后只吃素，不食荤，只吃点树叶、草叶、草籽等聊且果腹就行了，一只小动物都不会祸害了。老虎抹着眼泪，说得情真意切，声情并茂，百兽之中有一半相信了老虎的话，它们说："老虎挂上了佛珠，那就是真要念佛行善，改变了本性。"另一半不相信，说道："老虎讲话时看似抹着眼泪，其实是在偷偷观察百兽的反应，看哪些轻信它的话，更容易成为它的猎物。即使它挂上了佛珠，也改变不了本性，只是为了更加具有欺骗性，并没看到它数着佛珠念佛。"双方谁都说服不了谁。

相信老虎改变了本性的这一方，常去拜访老虎，路上昂首挺胸，说话山响，唯恐别人听不到，说什么"我去虎大王家走亲戚，老虎殿对我大开着门，虎大王最讲义气，把我保护得极好"，还有的说："我跟虎大王亲如兄弟，别人摸不得它的屁股，我摸得！别人拔不得它的胡子，我拔得！"可是，这些去走亲戚的动物有去无回，都像太阳下的水滴，蒸发不见了，再也看不到踪迹了。不相信老虎改变本性的这一方，对老虎更加警惕，离老虎远远的，几乎没有受害的。

鸡给黄鼠狼拜年

一只黄母鸡，有一天它突发奇想：这世上都是恃强凌弱，一般都是弱者求强者办事，或求强者不欺负自己，眼看着年关了，我何不趁着过新年的时机去给黄鼠狼拜年，溜须拍马一番，求它别再来捉鸡吃了，这样不就保证我们鸡族的安全了嘛！

说干就干，黄母鸡精心准备了礼物，更是打扮一番，穿得花枝招展，连头巾都经过精挑细选。准备妥当后，黄母鸡提上礼品就去给黄鼠狼拜年了。

刚见到面，黄母鸡心里很紧张，怕遇到危险。黄鼠狼对黄母鸡却很客气，说道："上门就是客，来就来吧，还带什么礼物呢！论起来，咱们是一家，我是黄鼠狼，你是黄母鸡，咱们都姓黄，是同姓的一家人啊！"

黄母鸡听了很是高兴，心情放松下来，警惕之心也打消了，心想：果然，拳头不打送礼人，我这是来对了！正当黄母鸡高兴时，黄鼠狼扑上来就把黄母鸡咬死了，当作了新年大餐，边吃边说："这个年过得真不错，不用出门就吃到了丰盛的年夜饭！"

老虎拉车

有一只老虎，在山林里吃够了动物，就想到村庄里换换口味，可它知道人类很聪明，只要有虎进村，男女老少齐上阵，用各种办法驱赶老虎，老虎很难得逞。于是它苦思冥想，想出了一条"妙计"。

这天，它拿着一副套对人们说："你们见过马鞍、驴套、牛套等，没见过虎套吧？你们看，我做的这副虎套怎么样？木头磨得光不光滑？油漆刷得均不均匀？我决定今后用这副虎套帮你们干活了，拉车、拉磨、拉犁我都能干，如果让我来个农活全套，我也是能胜任的，我的虎爹曾对我说过，我们的祖先就是务农的，都是干农活的好把式，后来我们才误入歧途成了捕猎家族。现在我打算改邪归正，好好务农，好好为你们服务！"

人们觉得老虎的话难以相信，有的说："老虎拉车？奇景！甭听它那一套，老虎害人还差不多！"有的说："老虎是猛兽，根本不可能驯服，给人拉磨？做梦吧！"还有的说："它拿的那副套再好，也别信它那一套，那是它设下的圈套，等人们往里钻呢！"又有的说："即使老虎真能拉车，谁赶？谁要是敢赶，恐怕命都没了！"

大家都不相信老虎，而是齐心协力驱赶它。老虎看到实在没人上当，只好又回到山林里继续寻找食物了。

永不凋谢的花

小英是一位外表不怎么漂亮的女孩，浓眉大眼，皮肤黝黑黝黑的，有些男子汉的模样。容貌如此，不能改变了，她也并不在意自己的容貌美丑，不在意别人喜欢还是不喜欢，她活得像一朵迎风绽放的野花，不那么矜贵华丽，可她时常绽放着明媚的笑容，脸上含笑的神情很是动人，人们都喜欢她笑的样子。她的五官虽没有雅致清幽的含蓄与清秀，但让人觉得世界是那么生动蓬勃。她明媚的笑容就是最美的。

我们不能改变容颜，但我们能够展现自己的笑容。人们爱看一张美丽精致的脸，同样也爱看一张明媚灿烂的笑脸，可容颜易老，笑容则是世上永不凋谢的花，它们都美。

小鸟追窝

有一只小鸟，渐渐长大了，鸟妈妈对它说："孩子，你已经长大了，是一只有能力自食其力的鸟了，你找一根结实又安全的枝杈，垒一个牢固温暖的窝，开始自己的新生活吧。"

小鸟听了妈妈的话，就告别了妈妈出去找地方垒窝。它先找到了一棵山上的大树，站在树梢上试了试，感觉风呼呼地摇着树枝，又冷又不安全。它又飞到沟底的一棵树上，这里风小些也暖和些，可它看到适合垒窝的树枝已经被别的鸟占用了，没有好地方了。它又飞啊飞，找啊找，在山坡上找到了一个好树杈，这里不高不低，不冷不热，风不大不小，光线不明不暗，真是垒窝的好地方啊！小鸟非常高兴，忙忙活活地衔草垒窝。

窝刚搭好，它还未来得及在新窝中体验享受一番，鸟窝却似生了脚一般跑起来，小鸟大叫："不好啦，我垒的窝长脚啦！"原来，一只雄鹿在山坡上玩累了，趴在地上睡着了，小鸟找的这个好树杈正是这只雄鹿的角，小鸟把窝垒在了鹿角上。

雄鹿睡醒了觉得肚子饿，就跑着去找食吃，没想到竟被小鸟追，雄鹿吓得在山坡上飞奔，小鸟则在天空中疾飞着直追。

鸟妈妈赶紧飞来拦住了小鸟，对它说："孩子，别追了，你是把窝垒错了地方，垒在鹿角上了，下次垒窝时更要好好地细心观察啊！"

小鸟又出去寻找新的地方垒窝，它不辞劳苦四处寻找，功夫不负有心人，它终于找到了好树杈，垒了个温暖结实的好窝。

雪娃娃

窗外寒风呼啸，大雪纷飞，狂风夹着怒雪已经下了一天一夜，积雪已经快有半个人深了，还没有停止的迹象。几个小朋友趴在窗前，看着窗外疯狂飞舞的鹅毛大雪，简直望眼欲穿，盼着大风大雪赶紧停下，他们好出去堆雪人，打雪仗。天空好像听懂了孩子们的心声，让大风大雪慢慢地停下了。小朋友们一拥而出，比赛堆雪人。

大家都忙得热火朝天，只有一个小朋友看起来病恹恹的。确实，他得了重感冒，身体刚好，抡起铁锨、木锨铲雪还有些吃力，可他又不想放弃堆雪人比赛，这可是他盼了大半个冬天才等来的大雪啊，他没有懊恼，站在一边看着。他看到其他小朋友玩得兴高采烈，深受感染，灵机一动，何不让雪地给自己拍个照呢！想罢，他仰面朝雪地上猛地一躺，把自己深深地陷在了大雪中，他慢慢地小心地爬起来，雪地上出现了一个完美的人形，头、身躯、手、脚，一切都那么生动逼真，真像一张照片呢！他又认真地在"照片"的头部镶嵌了眉毛、眼睛、鼻子、嘴巴、耳朵，栩栩如生。其他小朋友看了，都说他的雪人做得最快最好。

快乐很简单，只要常怀乐观，肯动脑筋，快乐就会追随你。

小燕子旅行

这天，小燕子打算出去旅行。

早上，小燕子来到草地上，看到晶莹的露珠在闪烁，像一颗颗美丽的珍珠，它问露珠道："露珠，露珠，昨天中午我来找你玩，怎么没看见你？"露珠说："太阳那里也需要亮闪闪的珍珠，大地愿意跟太阳分享我的晶莹，就让我去太阳那里了，早上太阳就把我还回了大地。而我，是很喜欢跟大地和太阳分享我的晶莹的。"

中午，小燕子飞到了大海边，看到了小贝壳，小燕子问："请你告诉我，你年纪又不大，为什么皱纹多又多？"小贝壳说："那是一条条录音带，能把大海的一支支歌录下，等我录下更多支海洋之歌后，我一定打电话给你，咱们一起来欣赏。"

到了晚上，小燕子来到一个湖边，天上的大月亮洒下明亮的光辉，湖水又把月亮倒映在水中，天上的月亮和水中的月亮一起，把湖面映照得恍若白昼，莲叶平铺成绿舞台，青蛙们正在莲叶舞台上"咕儿咚、咕儿呱"地又唱又跳。小燕子问道："你们开音乐会是在庆祝什么吗？"月亮、湖水、莲叶和青蛙齐声说："我们是在分享快乐！"

这是多么美好的世界啊，大家懂得分享美好，世界会更美好。

争　高

在南山上，有一棵千年银杏树，它已经长到 60 米高了，鸟儿们在树枝上叽叽喳喳地议论，想让它再长高 60 米。它说："长多高才够？我听说世上的树木有长到近 120 米高的，这简直是极限了，长那么高容易被暴风雨折断，被雷电劈死，甚至会被自身的重量压塌。我虽然只是 60 米高，但已在狂风暴雨中经历了很多惶恐，历经了很多灾难，我不愿一味追高，去承受被毁灭的大灾难，被毁灭了，可就什么都没有了。我活着，用葱茏茂盛的树冠美化大地，净化空气，用庞大的根系防止山坡上水土流失，夏天给人们遮阴，秋天又献给人们果实，即使长得慢些，也不妨碍我每年都开花结果，还能让我的花和果更多更好，这或许比一味地长高更有意义。"

只是一味地争高，带来的不一定是好处，也有可能是灾难。

一株老槐

在东山上，有一株长了两千年的中国国槐，人们都称它为"汉槐"，现在它已是奄奄一息，快走到生命尽头了。树上的鸟儿问它："你快要死去了，不懊悔吗?"老槐说："我不懊悔，我已活过两千年，历经了两千年的风风雨雨，见证了两千年的世事沉浮，亲历了我身处的这座古城的兴衰更替，这两千年我很满足。天上的星星活几十亿年也得老去，何况我们树木。星星老去时感到悲伤，还要把雾气等聚集起来再坚持几万年，我老去却不感到悲伤，我要把两千年的经历凝聚成智慧洒向人间，把两千年积累的精华凝聚成种子，种下新的希望和祝福。"

鸟儿们听了，都拍翅向它表示赞许，愿它好好地度过最后的岁月，也希望不久之后，看到凝聚着希望的种子发出新芽。

生命有终期，希望有轮回，希望的种子生生不息。

黑熊开大会

在一片大森林里，有许多动物，大黑熊就是其中一个。在这片森林里，它力大无比，又很勇猛，是最强者。但是它常跟其他动物玩耍，性格极好，大家都喜欢它。

大黑熊常常组织动物们一起开大会，大会的内容是它向大家介绍这片森林中每种动物的优点。这天，它又在开大会了。它先是让一只梅花鹿上台，并对大家讲道："大家请看，这只雄性梅花鹿，它的角分成四叉，像美丽的珊瑚，多好看啊！它的背部中央有暗褐色背线，尾短。现在是夏天，夏毛棕黄色，遍布鲜明的白色梅花斑点，真是美极了！"大家欢声雷动，"啪啪"鼓掌，都觉得梅花鹿真美！

接着，黑熊又让一只貂上台，对大家介绍道："貂是非常可爱的动物，它的皮毛光滑漂亮，十分珍贵，但貂的价值不是因为它的皮毛，而是它本身就是大自然所创造出来的独特珍贵之物，它是独一无二的，并非为他人而存在，我们可以欣赏它，爱护它，但不能拥有它，包括它的皮毛，谁要是祸害貂，我可对它不客气！"貂很感动，大家又是"啪啪"鼓掌。就这样，黑熊欣赏、保护动物们，大家在一起生活得很安心很幸福，和睦愉快。

强者不会随意打倒毁灭别人，而是会保护抬举别人。

脚底板上的肉刺

凤凰山顶上有一块平铺着的大青石板，小猴子经常在石板上玩耍嬉戏。由于天长日久的风吹日晒和雨雪侵蚀，石板上出现了一个小洞。

某日，一只小蚰蜒钻进了这个小洞，被小猴子看见了，它过去使劲地把右脚底板压在小洞上，心想：过不了 10 分钟，就把你憋死。过了 10 分钟，小猴子抬起脚来，小蚰蜒没死，爬出来跑了。又一天，一只小蜘蛛掉进了这个小洞里，小猴子仍用右脚底板狠命地压住洞口，对小蜘蛛说："上次我把小蚰蜒憋了 10 分钟，它还是活着逃跑了，这次我憋你一个小时，看你还活不活得成。"小猴子说到做到，一压就是一个小时。

小猴子经常这样做，日复一日，年复一年，后来，小猴子的脚底板上长出了一根与小洞一样粗细的肉刺，一碰就疼，小猴子只好蜷起脚趾走路。

伤害别人，也是伤害自己。

野猪与青蛙的求救

有一只老虎不小心滚下了崖坡。崖坡下有一头野猪正在拱树根，它们互相看了一下。野猪想：我跑不过老虎，此时逃跑也无用，叫来同伴一起跟老虎战斗，或许我还能有条活路。于是它大声呼叫，引来了十几头野猪，一齐跟老虎战斗，有的咬老虎腿，有的咬老虎尾巴，有的咬老虎肚皮……面对这么一群横冲直撞、乱叫乱咬的野猪，老虎使出了浑身力气反咬，大战了一场。老虎受了伤，大部分野猪也受了伤，但没有被咬死的，它们以这种两败俱伤的结局结束了战斗。这头野猪在必要时刻选择了分散风险，虽然不可避免地也受了伤，但没被咬死，没承受灭顶之灾。

在一个小池塘处，有一条水蛇咬住了一只青蛙，这只青蛙就"呱呱"大叫，引来了十几只青蛙，这些青蛙一只接一只地过来往蛇头上喷尿，喷得蛇眼睛都睁不开了，嘴也咬不紧了，不得不松了口，被咬的青蛙逃脱了。这条蛇就像被高压水龙头喷了一般，晕晕乎乎地奄奄一息了。

遇到凭一己之力战胜不了的困难时，借助众人的力量是能够渡过难关的。解决问题也是这样。面临一个大而复杂、自己无法解决的问题时，要学会与人合作，大家群策群力，把大问题拆分成一个个的小问题，逐一击破，大问题便迎刃而解了。

贪金之鸟

一只鸟飞到了一座山上，发现山上有一些黄金。这只鸟很爱财，不舍得放弃这些黄金，于是就把黄金系到自己的两个翅膀上，又怕飞行时黄金掉下来，便用死扣把黄金系得死死的。系好黄金后它想飞到天上，可无论它如何拼尽全力展翅，都飞不起来，而翅膀上的黄金又解不下来，这只鸟便不能在天空中飞翔了，它只好拖着重重的翅膀在地上慢慢行走，好歹找点食物吃。翅膀被黄金坠着，又被绳子勒得太紧，常常疼得它满身冒汗，它也只好忍受着。

不该贪的财就不要贪，它会给你带来无尽的麻烦。

帮马拉车

付君赶着马车运货。为了更好地鼓起马拉车的劲头，他花大价钱买了上百个铃铛，把马车上以及马身上都系上了铃铛，想凭着众多铃铛发出的响亮声音鼓起马拉车的劲头。可是，这么多铃铛"叮当叮当"的响声不绝于耳，响声嘈杂混乱，又加上众多铃铛在马身上摩擦来摩擦去，马身上有的地方痒有的地方疼，这让马很是烦躁。

在一个很陡的崖头上，马收缩着浑身肌肉猛力拉，马车猛烈地摇晃，马身上的铃铛也激烈地在马身上摇来晃去，摩来擦去，众多铃铛一齐响，声势浩大，响声震耳，但车终未拉上去。马被铃铛折磨得不胜其烦，猛地往马路旁边的沟槽挣去，马脱了缰，马车也翻进了沟槽里。付君费了九牛二虎之力，把马车上的货物卸下来，分成了两车，并解下了马车上和马身上多余的铃铛，为了安抚烦躁的马，让马歇了一个时辰，这才分两次把货物全部拉上了崖头。

马铃再多，也不能帮马拉车。用错方法不但帮不了忙，还适得其反。

看不清路的狐狸

在一片大森林里，生活着好多动物。有一只狐狸，见到兔子等弱小的动物，就把头昂得很高，用下巴对着它们，以示自己的高贵和不屑与大家为伍的尊贵。有一次，狐狸见了一只小老鼠，它更是趾高气扬，把脑袋昂得比往日更高，下巴也抬得更高，结果没看清路，掉到一个烂泥塘里去了。又有一次，狐狸本来昂首挺胸地在外面走，碰到了一只狼，它赶紧换了姿势，使劲地弯腰鞠躬，点头哈腰地对狼溜须拍马献殷勤，结果也没看清路，又掉进了烂泥塘。

头昂得太高，躬鞠得太深，都会看不清方向。

蝼蛄穿大衫

蝼蛄即是拉拉蛄，又叫土狗子。一只蝼蛄穿上了一件大衫，便称自己是土绅士，对其他蝼蛄炫耀道："我是一个绅士，你们见了绅士就要恭恭敬敬的，不然就是失礼！"它昂首挺胸很神气，架势拿得很足，还真把一群蝼蛄迷惑住了。无论它走到哪里，那群蝼蛄就跟到哪里，前簇后拥，好不威风。它很感谢大衫，没有它，自己如何充当绅士？因此它十分爱惜大衫，怕脱下来会弄丢了，连睡觉时都穿在身上。

为了展示它的大衫和绅士的身份，它常常外出游逛，大摇大摆，神气活现，这种招摇给它带来了极大的快乐，也给它带来了更多危险，但它完全迷恋上了这种极致的快乐，这种快乐麻痹了它，它渐渐忘乎所以，完全忽略了周围潜藏的危险。

这一天它又穿着大衫出来招摇，被一只麻雀看到了。这只麻雀自言自语道："这只蝼蛄是个新品种吧，以前没见过呢，我得过去问问它。"麻雀走过去问蝼蛄："你长得这么别致，哪里来的？"蝼蛄骄傲地说："我是绅士，自然是从绅士家那宽房大屋里来的！"麻雀说："你生活在土里，光咬农作物的根，让庄稼枯死，是一种害虫，你是哪门子绅士？我还是尝尝你什么味道吧！"说罢，麻雀一口就把它吃掉了。

老虎屁股上抓痒

老虎的屁股痒痒了，转着圈抓痒，却很难抓到痒处。有一只勤劳善良的小猴子自告奋勇地说："我常给自己抓痒，也常给别的猴子抓痒，抓痒本领很高，不如我帮你抓痒吧。"老虎很爽快地同意了。

于是小猴子就爬到老虎的屁股上给它抓痒，抓得很卖力。老虎眯着眼睛很舒服，但也在想诡计。小猴子很认真地抓了一会儿，问老虎道："大王，很舒服吧？"老虎回答："很舒服，继续抓吧!"又过了一会儿，老虎觉得屁股已经不痒了，就开始找碴道："你刚才怎么抓的？越抓越痒!"小猴子不明白自己哪里抓得不好，也不明白老虎的心思，就说："大王，我还是一样抓的呀。"老虎哼了一声道："你再抓吧!"小猴子继续像刚才那样认真地抓，老虎说："你真是越来越放肆了！抓得我皮肤生疼，是想抓破皮让我发炎，想害死我吧？"说着猛地转过头一口把小猴子咬死，然后吃掉了。

想飞的野猪

有一头野猪，在秋收过后的田里拱食吃，吃得肚皮溜圆后，想到树林里找个地方睡大觉。它刚腆着大肚子走进树林，一只鸟扑棱着飞起来，吓了它一大跳。它一个趔趄撞到了一棵大树上，疼得龇牙咧嘴，嗷嗷大叫。它抬头看看天空，鸟儿自由自在地飞在天上，心想，我要是会飞该多好啊，天空中就没有这么多挡路的障碍物了，可以不受拘束地自由飞翔。

于是，它就开始练习飞翔。尽管它平时很懒，可为了练出能飞翔的本领，它常站在高石上或悬崖边往下跳，这种练习让它找到了飞的感觉，但常常摔得鼻青脸肿。可它意志坚定，心想：我时时练，日日练，月月练，年年练，总会学会飞翔的。喜鹊、麻雀、乌鸦、燕子等都来劝它不要这样折腾自己了，可它对大家的好言相劝根本听不进去。

清醒地认识自己很重要。

癞蛤蟆上戥盘

戥盘是戥子上的一个托盘，主要用来盛放要称重的物品。有一天，一只癞蛤蟆跳到了戥盘上，要人们称称它的重量。人们说："戥子是用来测定贵重物品的重量的，你不值得用戥子称，快下去，你这个没有自知之明的小家伙！"

癞蛤蟆据理力争，拍着胸脯说道："我可是捉虫能手，是植物的好朋友，无论田野里的庄稼、菜园里的蔬菜、瓜田里的瓜秧、果园里的果树，还是花园里的花草，都夸我是它们的保护神，我在它们心里可是相当重要、相当有分量的好朋友，用戥子称我的重量，很值得！"

人们一听，癞蛤蟆这么有爱心，这么有能耐，保护着这么多给人们提供食品、美化环境的植物，为人们做了不少的贡献，它不仅是植物们可贵的好朋友，还是人类可贵的好朋友，确实值得用戥子来称，于是就愉快地给它称了重量。癞蛤蟆很高兴，说了声谢谢之后，就蹦蹦跳跳地捉虫去了。

后 记

　　值此《荣斋故事》付梓成书之际，以诚挚之心记叙一二，以作后记。

　　先谈一下自己与书籍的故事。记得年幼时，家里有两间房的墙壁上从地面到房檐全是书架，上面摆满了各类书籍，自己的玩具就是这些书籍。那时自己还不识字，每天从天亮就开始玩耍，把书从一些书架上取下来，一本本地铺排在院子里，摆成各种图案，摆满院子时已时至中午，半天时光就这么愉快地度过了。午后再把摆在院子里的书慢慢地收进屋，仔细地摆回书架上，天擦黑时院中的书收完了，这一天的玩耍便宣告结束。第二天，再把另一些书架上的书搬到院里摆着玩一整天，就这样循环往复，乐此不疲。后来搬了几次家，一些书籍被父亲捐出去了，去旧添新，渐渐地家中书籍也更新换代了很多，最终只留下了一些经久不衰的经典之作。就是这些精简之后的书籍陪伴着自己从少年到成年，让自己喜欢上了古典文学以及经、史等文化典籍。读书对自己而言是精神给养，通过读书让自己做个善良的好人，让自己知晓古今，这就是最大的用处。

工作之余偶尔写几篇故事，其实是受父亲影响。自小就看着父亲在繁忙的工作之余写作《沂蒙寓言》，其中有些小故事对年幼时的自己产生了不小的影响，给自己带来了很多欢乐。自己在闲暇之时偶尔写几篇文章，算是业余爱好，也算是对父亲希望我跟他合作著书的一种响应。当今社会越来越多的人日渐远离书籍，日渐痴迷于网络提供的阅读与娱乐，父亲则坚持读书与写作，并让我跟他合作著书，这是让我与传统阅读保持联系、不远离书籍的一种方式，算是父亲的一个愿望。父亲坚韧、顽强而执着，人生之旅经历了很多困境与风雨，但始终性情温和、心态平和、沉静淡泊，且非常乐于奉献。我想，父亲的这种性格是受祖父母的影响。祖父为人处世很是儒雅，是众人交口称赞的谦谦君子，颇有高风亮节与雍容大度之风；祖母则和善贤淑、慈祥宽容。二老都勤劳善良，乐善好施，助人为乐。伯父、父亲和叔父兄弟三人都承袭了祖辈的君子之风，身为晚辈的我们也应如此，有责任把良好的家风传承下去。

时代洪流滚滚向前，风起云涌，各种风潮一波又一波地迎面而至，时世变迁，风云变幻，星霜荏苒，居诸不息。风停浪退之后，岁月沧桑之中，总有些东西在历史长河中璀璨闪耀，其中最重要的发光体便是善良美好的人性，人性光辉永不磨灭，永远璀璨。这也是《荣斋故事》这本书想表达的思想，可能此书并没把人性的光辉阐述得完备精当，但此书确实是用一个个小故事赞扬美好的人性，希望美好的人性光辉永远在历史长河中璀璨闪耀。

孙 宇
2022 年 10 月 28 日
于日照市教授花园

后记